哀しみの絆

シャロン・サラ
皆川孝子 訳

BLOODLINES
by Sharon Sala
Translation by Takako Minagawa

mira

BLOODLINES

by Sharon Sala writing as Dinah McCall

Published by K.K. HarperCollins Japan, 2024

望まれて生まれてきた赤ちゃんでも、
母親の愛情あふれる腕に抱かれることがかなわない場合があります。
本書を、そのような赤ちゃんたちと、
わが家の新メンバーであるクリスティナ・キャロルに捧《ささ》げます。
片方の手に二本の親指を持って生まれてきたクリスティナは、
母親の愛情のない世界で生きるすべを
人生のごく早い時期に学ばなければなりませんでした。

そして、クリスティナの母親であるダイアンにも本書を捧げたいと思います。
この世での仕事が終わる前に、
あまりにも早く天に召されてしまったダイアンに……。

哀しみの絆

おもな登場人物

オリヴィア(リヴィー)・シーリー――資産家令嬢
マーカス・シーリー――オリヴィアの祖父。大富豪
マイケル・シーリー――オリヴィアの父親。マーカスの息子
トレイ・ボニー――ダラス署殺人課刑事
フォスター・ローレンス――二十五年前の誘拐犯
デニス・ローリンズ――殺人犯
アンナ・ウォールデン――オリヴィアの元子守
テレンス・シーリー――マーカスのいとこ
キャロリン・シーリー――テレンスの妻
エラ――トレイの隣人

プロローグ

テクソマ湖――テキサス州ダラスの北

　デリカシーという言葉とはおよそ無縁の人生を送ってきたマーシャル・ボールドウィンは、この日も傍若無人にハンマーを振るっていた。元来が強気な性格で、現役を退いたあとも人間が丸くなる様子は一向にない。むしろ、年寄り扱いされることを恐れるせいで、引退後は本来の押しの強さがいちだんと度を増したかに見える。間柱と石膏《せっこう》ボードに勢いよくハンマーを打ちつけるうちに、ホームセンターでもらった工具会社の宣伝用の帽子の下から汗が噴きだしてきた。

　彼が最近購入した別荘は長いあいだ放置されていたらしく、屋内の配線に使用されている電線が古びているうえ断熱材も入っていない。修復にはかなりの手間がかかりそうだ。それでも、建物のあちこちに手を入れて忙しく過ごしているあいだは、職場を追われた悔しさを忘れていられる。六十五歳という年齢に達したこと自体に不満はないが、年寄り扱いされたと思うと腹立たしくてならず、マーシャルは憤懣《ふんまん》やるかたない思いを壁にぶつけていた。

四十三年間連れ添った妻のパンジーが部屋へ入ってくるなり、乱暴にハンマーを振るう夫の顔をまじまじと見てため息をついた。

「あなた、もう少し静かにできないの?」

マーシャルは手を止めて、妻にやつあたりしそうになる自分をいさめた。引退させられたのはパンジーのせいではない。

「ああ、しかたないだろう」そう言って、さらにもう一度ハンマーを振るった。

「あなたったら!」

石膏ボードが粉々に砕け、鮮やかな緑色の帽子が白い粉でおおわれる。マーシャルは苦虫を噛《か》みつぶしたような表情を浮かべて、妻が買い物かどこかへ出かけてくれることを切に願った。やることなすことにいちいち文句をつけられていたら、人生の最後の時期を平穏に過ごすことはできない。

ハンマーをもう一度振りおろそうとしたとき、パンジーが彼の手首をつかんだ。

「あなた! 話を聞いてちょうだい」

ハンマーが手から離れ、大きな音をたてて床に落ちた。マーシャルが怒りの声をあげるより早く、壁の内側で何かが動き、間柱のあいだに落下した。一瞬、長方形の茶色い何かが目の前を通りすぎた気がした。

「今の、見えたか？」

パンジーがうなずいた。「何かしら？」そして、今度は興奮した様子で夫の腕をつかんだ。「ねえ、あなた。宝物だったらどうする？　もとの持ち主に返さなきゃいけないかしら」

ひたいにしわを寄せて、マーシャルは壁の穴をのぞきこんだ。「冗談じゃない。おれたちはこの別荘を丸ごと買ったんだ。ここにあるものは全部おれたちのものだ」

「何か見える？」

「四角い形をしてるようだが、はっきりしない」

「なんとかしてとりだすのよ！」

マーシャルは壁にあけた穴に腕を入れて空洞の内部を探った。革らしい素材を指でなぞっていくと、金属の部分に触れた。

「スーツケースか何からしいな」

パンジーが歓声をあげて飛び跳ねた。六十代の女性にしては子供っぽいはしゃぎようだが、体が自然に動きだすのを自分でも止められなかった。妻の熱気が伝染したらしく、マーシャルも笑顔になっていた。

「あんまり期待するな。なかは空かもしれないぞ」

「そんなはずないわ。空っぽのスーツケースを、わざわざ壁のなかに隠す人がいる？」

マーシャルはそのとおりだと思ったが、あえて返事をせずに謎《なぞ》の物体を手探りした。しばらくして、取っ手らしきものが手に触れた。指を巻きつけて引っぱりあげる。重くはなかったが、壁の穴が小さすぎて、外に引きだすことはできなかった。

「意外にでかいな」

ついさっき、うるさいから使わないでほしいと注文をつけたハンマーを、パンジーが指さした。

「穴を広げるのよ」

マーシャルは妻の言葉に従った。

数分後、もう一度試してみると、今度はすんなりととりだすことができた。

「あなた、やっぱりスーツケースだったわ！　何が入ってるのかしら。ねえ、早くあけて！」

マーシャルは膝をついて金具に触れたが、留め金は錆《さ》びついてびくともしなかった。

「無理だ。完全に錆びついてる」

「こじあけるのよ！」パンジーがバールを手渡した。

妻の態度が一変したのを見て、マーシャルは含み笑いをした。バールを金具近くの隙間《すきま》に差しこんで、ぐいとひねりを加える。あっけないほど簡単に留め金がはずれた。

パンジーはうれしさを隠しきれずにくすくす笑っている。「札束がつまっていたらどうしましょう」

「すぐにわかるさ」マーシャルはもうひとつの金具の横にバールを差しこんだ。最初のときと同じように、留め金は簡単にはずれた。

妻の顔を見あげて、片目をつぶる。「おそらく何かのがらくただろう」そう言って、スーツケースを開いた。

衝撃のあまり、ふたりとも言葉を失った。やがてパンジーがうめくような声をあげ、両手で顔をおおって泣きだした。

マーシャル自身、自分の目が信じられなかった。スーツケースのなかにあったのは、幼い子供の白骨死体だった。現実だとは信じたくなかった。現実であるはずがない。鼓動が狂おしいまでに速くなるのを感じて、このまま心臓発作で倒れてしまうかもしれないという不吉な思いが胸をよぎった。とそのとき、頭蓋骨《ずがいこつ》にぽっかりとあいた眼窩《がんか》から小さなごきぶりが這《は》いでてきた。マーシャルはぎょっとして、押さえていたスーツケースのふたから手を離して後ずさった。ふたはどさっと後ろへ倒れ、衝撃で小さな骨が位置をずらした。

「なんてことだ」マーシャルは小声でつぶやくと、妻の手を引いて立たせ、その体を抱き寄せた。しばらくのあいだ、どちらも言葉を発することができなかった。やがてマーシャルは気持ちを奮い立たせて、妻の肩に手を置いた。「しっかりするんだ、パンジー。いいかげんに泣くのはやめて、電話をとってきてくれ」パンジーがハンドバッグをとりに部屋を出ていったあと、マーシャルは震える手で顔をこすった。

戻ってきた妻が無言で携帯電話を差しだした。マーシャルは深呼吸をして内心の動揺を抑えようとしたが、それでも番号を押す指は震えていた。

パンジーははらはらと涙を流しながらスーツケースを凝視している。

「ああ、マーシャル、いったい誰がこんなことを？」

「さあね。知りたくもない」

電話がつながり、女の声が応答した。

「緊急司令室です」

マーシャルは息を深く吸いこんだ。「こちらはマーシャル・ボールドウィン。テクソマ湖畔の別荘を最近手に入れた者だ。場所は第四船着き場の釣り小屋から六キロほど西。至急、警察をよこしてほしい」

「何がありました？」

「スーツケースに入った骸骨《がいこつ》を見つけた」

つかの間の沈黙ののち、通信司令係が尋ねた。「すみません、もう一度お願いします。今、骸骨とおっしゃいました？」

「ああ、言った」

「スーツケースのなかに入っていたんですか？」

「そうだ」

「スーツケースのサイズは？」

「あまり大型じゃない」マーシャルは小声でつぶやいて、ふたのあいたスーツケースを見おろした。「骸骨も小さい。子供だ。幼い子供の亡骸《なきがら》だ」

1

ダラス署のトレイ・ボニー刑事は、この朝二杯めのコーヒーをすすりながら、勢いよく職場に入っていった。刑事としての腕は一流だが、報告書の作成は大の苦手で、机の上には書類が山をなしている。

「おはよう、トレイ」

声をかけてきた事務員のリサ・モローと目を合わせないようにして会釈を返した。経験豊かな独身男にとって、リサの思わせぶりな口調が何を意味するかは明らかだ。三年前のトレイなら、いや二年前でも、喜んで誘いに乗っていただろう。でも、今のトレイは違う。一夜かぎりの情事を楽しむ生活を卒業して本物の大人の男に成長したのだ。といってもある日突然そうなったわけではなく、変化はゆるやかに訪れた。実際に体験してみると、思っていたよりはるかに孤独な毎日だったが、魅惑的なリサの声と姿に決意がぐらつくこともなく、トレイは脇目《わきめ》も振らずに自分の机に向かった。だがもうひとり、べつの女性に名前を呼ばれると、今度はさっと顔をあげた。

「トレイ、おはよう」

コーヒーカップを机に置いて、トレイは体ごとチア・ロドリゲスのほうを向いた。チアは背伸びをしても百五十センチをわずかに超える程度の小柄な女性だが、ブルドッグ並みのタフな精神を持つ優秀な刑事だ。細かい緑の葉がのびてくる動物の形をした鉢飾りのチアペットを連想させるもじゃもじゃの縮れっ毛のせいで、同僚たちからしばしばからかわれているが、そのたびに噛《か》みつかんばかりの口調で抗議する。その向こう意気の強さがトレイの目には好ましく映り、造園業を営む彼女の夫、ピートを交えて釣りを楽しむこともあった。

「おはよう。調子はどうだい？」挨拶《あいさつ》代わりにトレイは尋ねた。

「ウォーレン副署長がすぐに来るようにって」

トレイは書類の山に目をやって眉根を寄せた。「きっとこの書類を片づけるまで、ぼくを机に鎖で縛りつけるつもりだ」

チアはにやりとして、上司のオフィスを指さした。

「はい、はい、わかったよ」トレイはコーヒーをもうひと口すすってからカップを置き、来るべきものにそなえて心の準備をした。

背筋をのばし、上着の裾《すそ》を引っぱって、上司のオフィスに向かって歩いていく。一度だけノックしてドアをあけ、上半身をのぞかせた。

「お呼びですか、副署長?」

警察署副署長のハロルド・ウォーレンが机の書類から顔をあげて、なかへ入るよう手振りで示した。

「報告書の件でしたら……」

「まあ、そう早まるな。書類仕事が苦手なのは今に始まったことじゃない。入ってドアを閉めろ」

「はい」

「かけたまえ」ウォーレンが椅子を指さした。

コーヒーを持ってくればよかったと悔やみながら、トレイはおとなしく腰をおろした。

「きみは何歳だ?」

「九月で三十になります」

「それじゃあ覚えてないだろうな」相手にというより自分に言うような口調でウォーレンがつぶやいた。

「何をですか?」

「シーリー家の誘拐事件だ」

トレイが一瞬ぎくりとしたのを、ウォーレンは見逃さなかった。

「どうかしたか?」

「正直に言うと、あの事件のことなら多少は知ってます」

「多少とは？」

「実は……オリヴィア・シーリーとは面識があるので」

ウォーレンの眉が弧を描いた。「ほう、きみがあんな上流階級の面々と付き合いがあるとは知らなかった」

「付き合いがあるわけじゃありません。たまたま同じ高校に通っていただけです。オリヴィアは当時からある意味で有名人でした。両親を殺害された彼女を引きとって育てた祖父は、学芸会にリムジンでやってくるような超のつく金持ちでしたから」

「なのに、公立校に通わせていたのか？」

トレイは肩をすくめた。「祖父のマーカス・シーリーは、あらゆる階層の人間がともに学ぶべきだという考えの持ち主でした。オリヴィアを世間知らずの深窓の令嬢にしたくなかったんです」とはいっても、自分と付き合うことだけは認めようとしなかったが、と声に出さずに付け加えた。

「シーリー家のことに詳しいんだな。話を進める前に、ほかにも何か知っておくべきことがあったら教えてくれ」

ある日突然、別れ話を切りだされたときのことをトレイは思い起こした。もうあなたとは会えないと言ったオリヴィアのまなざしに恥じ入ったような表情が見え隠れしていたのは、別れの理由がトレイの家の貧しさにあることをどちらも承知していたからだ。トレイの父はアルコール依存症で、母がウェイトレスをして家計を支えていた。

「べつにありません」

「きみとオリヴィア・シーリーのあいだには、利害の衝突と見なされるような問題が何かあるのかね?」

トレイの胸のなかで、好奇心が頭をもたげた。「彼女とはもう十年以上会っていません。いったい何事です?」

「二日前、テクソマ湖畔の別荘を修繕していた男が、壁の内側に隠してあったスーツケースを発見した。なかから出てきたのは幼児の白骨死体だ」

「それはまた」トレイは小声でつぶやいて表情を曇らせた。「でも、その事件がシーリー家となんの関係があるんですか?」

「関係はないかもしれないが、とにかくグレイソン郡まで行って保安官の話を聞いてきてほしい。保安官はブルー・ジェナーといって、わたしの友人だ。ふたつの事件の関連に気づいたのもやつだ」

「行くのはかまいませんが、関連とはどういうことですか? 幼児の白骨死体と、オリヴィア・シーリーの誘拐事件となんの関係があるんですか? 彼女は無事に発見されたんですよ」

「そうかもしれんし、そうでないかもしれん。シーリー家の娘が誘拐されたとき、わたしは現場に配属されて三カ月の新人警官だった。当時、警察は総力をあげてこの事件にとり組んでいた。誘拐犯一味のフォスター・ローレンスが身代金を受けとりに来た場面にもわたしはたまたま居合わせた。仲間とともに犯人を尾行し、子供を救いだす計画だったが、あいにく姿を見失ってしまった。ようやく犯人を見つけたときには身代金は消え、子供の行方もわからなくなっていた。無事な姿で子供を救出するのはもう不可能だという絶望的な観測が流れはじめたころ、ショッピングモールで毛布を引きずって歩いているパジャマ姿の子供が発見されたんだ。まったく信じられなかったよ」

トレイの記憶にある高校時代のオリヴィアは、誰よりも美しい少女で、いつも凛《りん》とした雰囲気をただよわせていた。誘拐事件の話は町の語り草となっており、トレイも耳にしていたが、自分に何が起こったのかもわからずに怯《おび》えて歩いていた幼児の姿を自分の知っているオリヴィアと重ね合わせてみたことは一度もなかった。彼女は両親が殺害される場面を目撃したのだろうか。今でもそのときのことを覚えているのだろうか。

「それで、テクソマ湖の白骨死体とオリヴィア・シーリーとのあいだにどんな関連があるんですか？」

「誘拐された子供は、左手に二本の親指があった。なんでも、シーリー家の人間に共通する特徴だそうだ」

トレイは首を振った。「しかし、オリヴィアの手には——」

「ああ、どちらの指が顕性か明らかになった時点で、もう一本は手術で切除してしまうから、成長後はほとんど目立たない。だがマーカス・シーリーほどの高齢になっても、よく見ると手に小さな傷跡が残っているのがわかる」

「それで……?」

「それでだな、グレイソン郡の検死官が遺体の解剖をおこなったあと、ブルー・ジェナーが報告書を読んで、電話をくれたというわけだ」

「よくわかりませんが」

「検死官の見立てによると、発見された遺体は二歳ぐらいの女の子らしい。最終的な報告を待たないと正確なことは言えないが、殺害された時期は二十年から二十五年前あたりだそうだ」

トレイは眉間《みけん》にしわを寄せた。「しかし、それがなぜ本署と——」

「シーリー家の誘拐事件が起こったのは二十五年前だ。それと……スーツケースにつめられていた幼児にも親指が二本あったそうだ」

トレイは身を乗りだした。「ということは、オリヴィア・シーリーは実際にはシーリー家の娘ではないとおっしゃりたいんですか?」

「いや、そういうことは何も言っていない。ブルー・ジェナーに会って詳しい話を聞き、検死官に疑問の点を問いただすなり、別荘を調べるなり、とにかく自分の足で現場を嗅《か》ぎまわってこい。別荘の以前の所有者からも話を聞きだすんだ」

「わかりました」トレイは腰をあげた。ドアノブに手をのばし、そのままの姿勢で後ろを振り向く。

「なんだ？」

「シーリー家の人たちは……この話を知ってるんですか？」

「今はまだ知らないとしても、耳に入るのは時間の問題だ」

「どういうことでしょう？」

ウォーレンが新聞を広げて、〝白骨死体はシーリー家の関係者か？〟という見出しを示した。

「まだ真相はわからないのに……。シーリー家の人たちが気の毒だ」トレイはつぶやいた。

見出し内のクエスチョンマークに、ウォーレンが指を突きつけた。

「マスコミも断言は避けている。だが、きみがジェナーから詳しい話を聞けば、誰もが納得できる答えが見つかるかもしれない」

2

マーカス・シーリーはワッフルに目がないたちで、廊下の先からただよってくる香ばしいにおいを嗅《か》いだだけで笑みが浮かんだ。キッチンから聞こえてくる孫娘の笑い声に、さらに笑みが広がる。例によって、家政婦のローズの目を盗んでベーコンをつまみ食いしているのだろう。

かねてからあこがれていた三週間のヨーロッパ旅行から帰ったばかりだが、やはり自宅で朝を迎えると気持ちが落ちつく。昨夜の最終便でダラス・フォートワース空港に到着したマーカスとオリヴィアは、夜中過ぎに屋敷に帰りついた。長時間のフライトで疲れ果てていたため、大量の電話メモや郵便物、そしてスーツケース内の荷物には見向きもせずに、ふたりともまっすぐベッドへ向かったのだった。

今回の旅行は祖父の七十歳の誕生祝いとしてオリヴィアが企画したもので、ふたりは最高に楽しいひとときを過ごした。笑い声の絶えないヨーロッパ旅行は、年老いたマーカスにとってかけがえのないこの世の思い出となった。この日の朝もマーカスは身支度をしながら楽しかった旅行を振り返り、孫娘のオリヴィアが自分にとっていかにかけがえのない存在であるかをあらためて噛《か》みしめていた。息子のマイケルとその妻のケイが殺害されたあと、マーカスはただひとりの孫を引きとって、それは大事に育ててきた。あまり過保護にしてはいけないと頭では理解していたが、ある程度用心深くなるのはしかたがない面もあった。残っている肉親はオリヴィアひとりで、もしあの子に何かあれば、マーカスは生きる望みを失ってしまいかねないからだ。

足音に続いてドアの隙間《すきま》から黄色いものがちらりとのぞき、マーカスの物思いは破られた。次の瞬間にはオリヴィアがキッチンから廊下へ出てきた。

「お祖父《じい》さま！　もう起きていらしたの？　ゆうべは遅かったから、まだ眠っているとばかり思っていたわ」

マーカスは笑顔になって、腕のなかに飛びこんできたオリヴィアの頬にキスをした。

「そう言うおまえも早起きだね」

「ええ。やっぱりわが家がいちばん」いったん言葉を切ってから、ふと気づいたように言い添えた。「ああ、いい香り。カルバン・クラインのオブセッションね？」

「ああ。おまえもいい香りがするぞ。オスカーメイヤーのベーコンだな？」

いつものように、オリヴィアの高らかな笑い声が屋敷に響きわたった。マーカスは孫娘の肩に腕をまわして、朝食室に導いた。

「わしのぶんを残しておいてくれただろうね？」

オリヴィアが口をとがらせた。「もう、お祖父さまったら……わたしがそんな食いしん坊に見える？」

「いや、とんでもない。でも、おまえはベーコンに目がないからな」

そこへ、片手にベーコンの皿、もう一方の手にスクランブル・エッグの鉢をのせたローズが入ってきた。ホットビスケットが盛られたかごは、すでにテーブルに置かれている。蜂蜜《はちみつ》と苺《いちご》ジャムも用意されていた。食卓を囲むのはふたりきりだが、マーカスは昔ながらの朝食に強いこだわりを持っていた。たとえ使いきれないほどの富に恵まれていても、こうした素朴な家庭料理は、つつましく暮らしていたみずからの少年時代を思いださせてくれる。

「ローズ、きみの手料理はいつもながら見た目もにおいも最高だね」コーヒーを注《つ》ぐ家政婦にマーカスは声をかけた。

ローズ・コペクニクが笑みを浮かべてオリヴィアに目配せをする。「味も最高ですよ。ねえ、お嬢さま？」

「その件については黙秘権を行使させていただくわ。ベーコンをまわしてくださる？」

「悪いが、先にとらせてもらうよ。あとはおまえの気のすむだけお食べ」

「はあい」ふんわりと仕上がったスクランブル・エッグを自分の皿にたっぷり盛るあいだ

も、オリヴィアはベーコンをとり分ける祖父の手もとを心配そうに見つめていた。

しばらくはふたりとも食べることに専念していたが、やがて空腹が満たされると、会話を交わす余裕が出てきた。

「今日は何をして過ごすつもりだね？」皿の横にナプキンを置いて、マーカスが尋ねた。

コーヒーを飲み終えたオリヴィアは、椅子の背にもたれた。

「旅行の荷物を片づけないと」

「そのあとは？」

「留守中にメッセージを残してくれた人たちに電話を返して、そのあとは時差ぼけ解消のために昼寝をするわ。お祖父さまも少し寝ないと体に毒よ」

「もうろくしてほかに何もすることがなくなったら、ゆっくり昼寝させてもらうよ」

オリヴィアはあきれたという表情で大きく目を見開いた。「もう、お祖父さまったら。お祖父さまがもうろくすることなんて絶対にありえない」

マーカスはみずからが歩んできた七十年の歳月を思い、残された時間が長くはないことを考えまいとした。

「頭のほうはたぶん問題ないと思うが、肉体はいつまで持ってくれるやら」

オリヴィアはテーブルに身を乗りだして、祖父の手に自分の指をからめた。慰めの言葉をかけようとした瞬間、電話が鳴りだした。

「わたしが出るわ」

しばらくしてマーカスも立ちあがり、朝食室をあとにした。廊下に出て、書斎に向かおうとしたとき、電話の相手に強い調子で告げるオリヴィアの声が耳に入った。

「なんのことだかさっぱりわかりません」オリヴィアはそう言って受話器を置いた。振り向いた顔には不快そうな表情が刻まれていた。

「オリヴィア……どうかしたのか？」

「変な電話がかかってきたの。どこかの記者で、朝刊の大見出しになっている件についてコメントを聞かせてほしいと言うのよ」

「朝刊の大見出しって、なんのことだ？」

オリヴィアは肩をすくめた。「さあ。今日は新聞を目にしてもいないし」

マーカスが廊下の先を指さした。「たぶんローズが郵便物といっしょに書斎に置いたんだろう。どれ、行って見てみるか」

郵便物は机の上に、届いた順に左から右へきちんと並べられていた。新聞は日付順に積み重ねてある。手をのばそうとしたマーカスの目に、見出しの文字が飛びこんできた。

「〝白骨死体はシーリー家の関係者か？〟だと？　いったいなんのことだ？」関連の記事を読もうとして目を細め、ポケットを探った。「眼鏡がないと読めないんだ」

「お祖父さま、わたしが読むわ」オリヴィアは祖父の手から新聞を受けとって、眉間《みけん》にしわを寄せながら記事に目を通した。

「何が書いてある?」マーカスが催促する。

困惑の表情で、オリヴィアは顔をあげた。

「テクソマ湖近くの別荘を買った人が、家の修理中に壁のなかからスーツケースを発見したの。あけてみたら、二歳ぐらいの女の子の白骨死体が出てきたんですって」

「なんということだ!」マーカスは支えを求めて後ろの椅子に手をのばし、どっかりと座りこんだ。「実に恐ろしい話だが、それがわれわれとなんの関係があるというんだ?」

オリヴィアは震える手で紙面を祖父に差しだした。「検死官の話によると、その子の左手には親指が二本あったそうよ」

新聞が床に落ちるのもかまわずに、マーカスはオリヴィアの手をとり、かつてもう一本の親指があったことを示す小さな傷跡を無意識にさすった。

「この種の遺伝は何もうちの家系にかぎったことではない。なぜわが家に電話してきたんだろう」

オリヴィアは新聞を指さした。喉がつまったようになって、すぐには声が出なかった。

「記事は二十五年前の殺人事件についても触れている……それって、わたしが誘拐された年でしょう?」

マーカスの手が宙に浮かんだまま一瞬静止し、それからオリヴィアの手をしっかりと握りなおした。

「つまり、悲劇はどこの家にも起こるということだ」ぶっきらぼうな調子で告げる。

書斎に満ちた長い沈黙を破ったのはオリヴィアだった。

「お祖父さま」

新聞記事の内容に思いを乱されたまま、マーカスは生返事をした。「なんだい？」

「絶対に間違いないと言いきれた？」

驚いた表情で、マーカスは顔をあげた。「すまない、よく聞いていなかった。なんだって？」

オリヴィアはもう一度、ゆっくりと質問をくり返した。

「絶対に間違いないと言いきれた？」

「いったいなんの話だね？」

「わたしのこと……誘拐犯から解放された子供がわたしに間違いないと言いきれたの？迷いはなかった？」

マーカスは唐突に立ちあがって、オリヴィアを胸に引き寄せた。

「ああ、オリヴィア、もちろんだとも。迷いなどまったくなかった。おまえの両親とは毎週日曜の夕食をともにしていた。日曜の午後には池の金魚にふたりで餌《えさ》をやったじゃないか。お母さんが丹精して育てたみごとなベゴニアをおまえが全部摘んでしまうのを、見て見ないふりをしたこともあったっけ。花びらが肌に触れる感触がおまえは大好きだったから……。おまえが血のつながった肉親であることを疑ったことなど一度もない。おまえは大切な孫娘だ」

　オリヴィアは涙をこらえて祖父の背中に腕をまわした。

「おかしなことを尋ねてごめんなさい。ただ、これまで一度も話題に出たことがなかったから、少し不安だったの」

　マーカスは孫娘の肩に手を置いて体を引き離し、正面から瞳をのぞきこんだ。

「いいかい、これまで話題に出なかったのは、言うべきことが何もなかったからだ。当時のおまえは二歳になったかならないかの幼児だった。だから両親が殺害される場面も、監禁されていた場所も、犯人の顔も、何も覚えていない。覚えていなくてよかったんだ。もし何かよけいなことを言えば、おまえの心の奥に眠っていた恐怖を呼び覚ましてしまうかもしれない。それだけはしたくないと思っていたんだよ」

「ああ、お祖父さま。ごめんなさい。わたしを気遣ってのことだったのね」

　マーカスはやさしくほほえんで孫娘の顔を手で包んだ。「何も心配することはない。この家にはおまえと両親の写真があちこちに飾ってあるし、年に一度は古いアルバムをいっしょに見ているだろう？」

　オリヴィアはうなずいて、どうにか笑みをつくった。「それに、古い映像もたくさん残っているし」

「ああ、お父さんはおまえを目に入れても痛くないほどかわいがっていたから、成長の一瞬一瞬をすべてフィルムに収めないと気がすまなかった。誕生してから二年のあいだに撮影されたフィルムの量は、おおかたの人の一生ぶんよりはるかに多いだろう。それだけじゃない。写真や映像に残された子供と無事に戻ってきた子供が同一人物であることには少しの疑いもない」

「解放されたとき、わたしはお祖父さまに会えて喜んでいた？」

マーカスの表情が曇った。「あのときのおまえはずっとむずかっていた。だがそれは自然の反応だと医師は言っていたよ。母親を求めて何日も泣きつづける姿は、見ているこっちもつらかった」

オリヴィアは祖父の胸に手を当てた。安定した鼓動に、しだいに気持ちが静まっていく。

「それで、お祖父さまはどうしたの？」

「子守を雇うことにしたんだ。覚えてるだろう？　子守としてやってきたアンナ・ウォールデンが、おまえを落ちつかせてくれた。だが、ほんとうのところは、たんに泣き疲れたのかもしれないね」

オリヴィアは大きくうなずいた。「アンナといえば、もう何年も訪ねていないわ」気遣わしげな表情がその顔をよぎる。「今回の件で、彼女のところにも記者やカメラマンが押しかけたりしないかしら？」

「さあ、どうだろう。可能性がないとは言いきれないね。時間ができたらアーリントンまで車を飛ばして、様子を見に行くことにしよう。ただし、すぐには無理だ。三週間のヨーロッパ旅行は何にも代えがたいほど楽しかったが、片づけなければならない用事がたくさんたまってしまった」

床に落ちた新聞を、オリヴィアは指さした。「この件についてはどうすればいいの？」

「われわれには関係のないことだ。だから何もする必要はない。わかったね？」

「わかったわ」オリヴィアは祖父の首に腕をまわした。「愛してるわ、お祖父さま」

マーカスは目を閉じて、孫娘を抱き返した。「愛してるよ、オリヴィア」そう言うと、背中を軽く叩《たた》いて大量の電話メモを手渡した。「どうせおまえへの伝言ばかりだろう。でも、付き合いはほどほどにな。わしぐらいの年になるとどうも心が狭くなって、孫との大切な時間を他人にとられるのが腹立たしくなる」

「わかったわ、適当にするわね」オリヴィアは電話メモを手にして部屋を去った。

朝刊を読んで衝撃を受けたのはマーカスとオリヴィアだけではなかった。暗い秘密をかかえたデニス・ローリンズもまた、同じ見出しに目を引きつけられたが、その反応はまるで異なっていた。

ローリンズは記事を斜め読みしただけで、シーリー家の人々が重大な誤りを犯したものと勝手に決めつけ、彼らに代償を支払わせるべきだという結論に達した。そのためには念入りな準備が必要だが、どんな苦労をしても目的を果たそうと固く決意した。

グレイソン郡保安官事務所の前で車を停《と》めたトレイは、エアコンのきいた快適な車内から焼けつくようなテキサスの熱気のなかに足を踏みだした。ちょうどそのとき、細身の中年の女が事務所から出てきた。ピンクに染めた髪をつんつんにとがらせ、全身がピンクの小犬を抱いている姿は派手というより奇抜で、トレイはじろじろ見ないようにするのが精いっぱいだった。

女がトレイの視線をとらえて、百ワット級の笑顔を向けてきた。小犬のほうは、歯をむきだしてうなっている。

ピンクの猛攻に耐えきれなくなって、トレイは声をあげて笑いだした。

女は小犬を口では叱《しか》りながら、やさしく体をなでて、鼻の頭にキスをしてやった。

「もうクジョーったら。このすてきな男性にもっと愛想よくしなさい」

反対側の腕に抱きかかえられても小犬がうなりつづけるのを見て、女は苦笑しながらゆっくりと歩み去った。

トレイは帽子のつばに手をかけ、何食わぬ顔で通りすぎた。数秒後には保安官事務所のドアを通り抜けて、厳しい仕事を前にした刑事の表情をとり戻していた。オリヴィア・シーリーに関する事件を調査するのは、彼女を裏切るようで、どこか後ろめたい気がしてならなかった。しかし、十一年ものあいだ一度も顔を合わせておらず、しかも最後が喧嘩《けんか》別れだったことを思えば、やましく感じる必要などまったくないはずだ。トレイはオリヴィアに対していかなる恩義もないことをみずからの胸に言い聞かせた。

それでも受付に向かって歩いていくあいだ、良心のうずきがやむことはなかった。受付係は入口に背を向けてファイルキャビネットの横に立っている。いつまでたっても振り向いてくれないので、トレイは咳払《せきばら》いをした。

「すみません」

受付係がびくっとして、振り返った。

「ああ、驚いた。命が縮んだわ。ドアのチャイムが鳴るのは聞こえたけど、ママとクジョーが出ていった音だと思っていたから」

トレイは思わず好奇心をむきだしにして尋ねていた。「ピンクの髪をしたあの女の人は、お母さんだったんですか?」

受付係が笑みを見せた。「そうよ。あのちっちゃな犬が唯一のきょうだいってわけ」

「失礼な言いかたをしてすみません。ぼくはべつに――」

相手が制するように手をあげた。「謝らなくていいんです。うちのママはなんというか、個性的であることに誇りを持ってる人だから。でも、クジョーのほうは、美容室で全身をピンクに染められるまではあんな性格じゃなかったのよ」

「そうでしょうね」

受付係が声をあげて笑った。「それで、どんなご用かしら?」

トレイは真顔になって告げた。「トレイ・ボニー刑事です。ジェナー保安官に会いに来ました。連絡が届いているはずですが」

スケジュール表に目を通した受付係は、顔をあげてトレイを見た。

「ええ、保安官がお待ちかねよ。でも、今は電話中なの。終わったらすぐに知らせるから、しばらくそこにかけて待っていてもらえますか?」

トレイはうなずいたが、腰をおろす間もなく、オフィスのドアがあいて男が出てきた。受付係が顔をあげて来客を知らせた。

「ジェナー保安官……ボニー刑事がお見えよ」

ブルー・ジェナーが立ちどまった。表情を引きしめて、手を差しだす。

「ボニー刑事、よく来てくれた」

トレイは一礼して挨拶《あいさつ》代わりに告げた。「テクソマ湖畔の例の件で、うちの副署長はすっかりやる気になっています」

髪の毛をかきあげた保安官は、無意識に首の後ろをかいた。

「力を貸してもらえるなら、どんなことでも歓迎だ。なにしろ古い事件で、犯人が生きているかどうかもわからないが、もしすでに死んでいるなら、地獄の業火で焼かれるがいい。こんなひどい事件ははじめてだ」

「遺体は古いものだと判明したんですね？」

保安官がうなずいた。「なかで話そう」オフィスのドアを閉め、机の正面に置かれた椅子をトレイに勧める。保安官自身も腰をおろし、ファイルを開いて前へ押しやった。「すべてここに書かれている」

トレイはファイルをとりあげてぱらぱらとめくり、検死報告書のページで手を止めた。そこに描かれた小さな骸骨《がいこつ》のスケッチと、推定年齢や外傷に関する医学的所見を目にすると、平静な気持ちではいられなくなった。どんなに経験を積んでも、幼い子供の痛ましい姿には決して慣れることができない。

「遺体が隠された時期については間違いないんでしょうか？」

「ああ、間違いない」

トレイはため息をついた。やはりこの子供は、シーリー家の誘拐事件と時を同じくして命を落としたのだ。ダラス付近で同時期に二名の女児が行方不明になり、どちらの子も左手に二本の親指があった。普通に考えるなら、そのふたりが無関係である可能性は無に等しい。

「事件についてはどこまでわかったんですか?」

「今、別荘の歴代の持ち主を調べてるところだ。二十五年のあいだには何度も所有者が入れ替わっているからね」

トレイはファイルを見ながら考えをめぐらせた。ウォーレン副署長の期待に応《こた》える方法はひとつしかない。

「上司からはできるだけ自分の目で見て調べてくるように念を押されています。帰る前に別荘に寄って現場を見せてもらってもかまいませんか?」

「かまわんよ。テクソマ湖ははじめてかね?」

「いいえ。でも前に来たのはずっと昔です」

保安官が紙とペンに手をのばした。「地図を描《か》いてあげよう」

「助かります」

簡単な地図を描いて目印になる場所を説明してから、トレイに手渡し、ドアまで見送った。

「ボニー刑事、今回の件がシーリー事件となんらかのかかわりがあるとわかったら、そっちに主導権を渡してもかまわないぞ。ただ、仲間はずれにせずに必要な情報だけはよこしてくれ」

トレイは肩をすくめた。「実際にシーリー事件との関連が明らかになったら、ぼくたちの出番はありませんよ。もともとあれはＦＢＩの事件で、身代金をとりに来た男を逮捕したのも彼らです。犯人の名前はたしかフィッシャー・ローレンス。いや、フォスターだ。フォスター・ローレンスだった」

保安官が思案顔で目を細くした。「身代金が支払われたという話は聞いたことがないな。だが考えてみれば、まだ保安官になる前の話だから無理もないか」

「ぼくもまだ子供でした」トレイは言った。「でも、オリヴィア・シーリーと同じ高校に通っていたので、彼女のことは知っています」

「冗談だろう！　どんな女性だった？」

「金持ちでした」トレイは用心深く答えた。

保安官が小さく笑って話題を変えた。「そのローレンスというやつだが、仲間の名前は白状したのか？」

トレイは首を横に振った。「ゆうべ目を通した古い書類によると、最後まで黙秘を続けたそうです」

「それならなぜ犯人だとわかった？」

「身代金を受けとる現場を目撃されたからですよ。ＦＢＩはやつを尾行して、いったん姿を見失ったあと、また発見したが、そのあいだに身代金はどこかに隠されていた。ローレンスは殺人事件については自分は何も知らないとくり返すばかりだったそうです」

保安官がにやりと笑った。「どんなやつでも自分は潔白だと言い張るものだ。そうだろう?」

「そのとおりです」トレイはジェナー保安官の手を握った。「いろいろお世話になりました。地図まで描いてもらって助かりましたよ。別荘の所有者のリストが手に入ったら、こちらにも知らせてもらえますか?」

「わかった、知らせるよ」

数分後、トレイはテクソマ湖へ向かって車を走らせていた。ジェナー保安官が描いてくれた地図はわかりやすく、少しも迷わずに別荘へ通じる小道を見つけることができた。最初に目に入ったのは〝売り家〟の看板と、犯罪現場であることを示す黄色いテープだった。おそらく当初は野次馬の立ち入りを防ぐために、私道の入口までテープが張られていたのだろうが、検死官や保安官事務所の関係者が大勢出入りした結果、今は玄関のそばの木や枝にちぎれたテープがからまっているだけだ。それを見てトレイの頭に浮かんだのは、行方不明の家族が無事に帰ることを祈って庭の木に結びつけるという黄色いリボンの話だった。だが今回見つかった幼児は、行方不明になっていたことさえ誰にも知られていなかった。警察が果たすべき第一の課題は、子供の身元を特定することだ。それができれば、事件の全容解明に一歩近づくことができる。トレイは本道を折れて私道を進んだ。

家に近づいていくうちに、先客がいることがわかった。長身で白髪の男が、引っ越し用トラックに段ボール箱を運んでいる。トレイの姿を認めると、男は不快そうな表情をした。トレイはエンジンを切って車の外へ出た。

「悪いが、ここは私有地だ。出ていってくれないか」男が言った。

トレイはバッジをとりだした。

「ボニー刑事です……ダラス署の」

男が段ボール箱をトラックの荷台に積んだ。

「マーシャル・ボールドウィン。家主だ」疑《うたぐ》り深い表情でトレイを探るように見る。「ダラス署が今回の事件とどういう関係があるんだね？」

「関係はないかもしれません。それでも、いちおう調べさせてもらいます。あなたがスーツケースの発見者ですね？」

マーシャルはうなずいて、両手をポケットに突っこんだ。

「ああ、そうだ。まったくの災難だった。今度のことで、妻のパンジーもおれも精神的にすっかりまいってしまった」そう言って、苦悩に満ちた表情であたりを見まわした。「われわれ夫婦にとって夢の家になるはずだった別荘が、恐怖の場所と成り果てた」涙があふれ、頬をはらはらと伝い落ちた。「かわいそうに。あんな小さな子供が……」

トレイは深く息を吸いこんで、慎重に切りだした。

「ついでといってはなんですが、発見した場所に案内してもらえませんか?」

マーシャルはハンカチをとりだして涙をぬぐい、同じハンカチで鼻をかんだ。

「いいだろう。もう一度現場に近づいたからといって死ぬわけじゃなし」ふっと口をついて出た言葉の無神経さに気づいて、ひるんだような表情になった。「いや、べつにそういう意味じゃなくて——」

「いいんですよ、ボールドウィンさん。お気持ちはお察しします」

マーシャルはハンカチをポケットにしまって、トレイを家に案内した。

「見ればわかるとおり、この家はまだ改装中だった」壁に立てかけたはしごと、ペンキ塗りのために用意されたぼろ布を指さす。「あの日、パンジーは台所のペンキを塗りなおす予定で、おれはふたつの小部屋のあいだの壁をとり払って広いリビングにするつもりだった。ハンマーで壁を叩いていると石膏《せっこう》ボードが砕けて、なかで何かが動くのが見えた。それがスーツケースだった」笑みをつくろうとしたが、渋面にしかならなかった。「うちのやつは最初、宝物を見つけたと言って大はしゃぎだった」

「さぞかしショックを受けられたでしょうね」

「言葉にならないほど打ちのめされた。今もまだめそめそしている。おれたちには孫が五人いるんだ。幼い子供にあんなむごい仕打ちをする人間がいるなんて考えられない」

「残念ながら、この世には良心のかけらもない人間がいるもので、そういうやつらをつかまえるのがわれわれの仕事です。しかし、被害者がいたいけな幼児の場合は、捜査するこちらも平静ではいられません」

　体の隅々に老いの影がにじみはじめたマーシャルがうなずいた。「ああ、そうだろうな」ひと呼吸置いて、壁にあいた大きな穴を指さす。「ここがそうだ。差し支えなければ、荷物の残りを車に積んでくる。この場所へ来るのはこれで最後にしたいから」

「ええ、どうぞ。案内してくださってありがとうございました」トレイは彼の手を握った。

　マーシャルが立ち去ったあと、トレイは壁の反対側に落ちている瓦礫《がれき》を細かく調べた。証拠となるような品はジェナー保安官から手渡された資料にすべて記されているはずだが、何かしないではいられなかった。

　誰が、どんな思いでこんなことをしたのか、懸命に想像力を働かせた。あの子供は何かの事故で命を落とし、居合わせた何者かがパニックを起こして遺体を隠したのか。それとも、あの子は恐ろしい犯罪の犠牲者で、犯人は殺人の痕跡《こんせき》を消そうとしたのか。理由はどうあれ、なんの罪もない幼児の遺体をこんな場所に放置するとは卑劣にもほどがあるとトレイは思った。

　壁の穴に身を乗りだして、床にたまったちりまじりの破片を観察し、上方に顔を向けてスーツケースが押しこまれていたあたりにも目をやる。鼻にしわを寄せてくしゃみが出そうになるのをこらえ、かなりの量のアスベストを吸いこんだことに気づいて表情を曇らせた。しかし、あの子が死んだのはアスベストのせいではない。

壁から離れ、静けさに耳をすました。カーテンのかかっていない窓から射《さ》しこむ強い日差しのなかで、無数のちりが空中に浮かんでいる。トレイは迷信深いほうではないが、今回の事件を解決する責任が自分に託されたような不思議な感覚に襲われた。そして、一度は社会から忘れられたあの子供を、本来眠るべきだった場所にこの手で返してあげようと心に誓った。

ゆっくりと息を吸いこんで、その誓いを言葉にする。

「かならず犯人を見つけて罪を償わせてやる。約束するよ」

フォスター・ローレンスは喉の奥に苦いものがこみあげるのを感じながら、ロンポック連邦刑務所の門に向かって歩いた。背後で門が閉まる音を聞くまでは安心できない。ようやく外へ出ると、すがすがしい笑顔で息を吸いこんだ。壁の内と外では、空気のにおいさえ違う。

二十五年ぶりに自由を手に入れたと思うと、興奮のあまり体が打ち震えた。まるで夢のようだが、実際に釈放されたのだ。すべてが終わった。自由の身になったのだ。

そこまで考えて、いや、そうではない、と思いなおした。自由の身にはなったが、すべてが終わったわけではない。まだ借りを返してもらっていない。フォスターが誘拐罪で逮捕され、長い刑期を科せられたのに対し、真犯人は今も大手を振って外を歩いている。フォスター自身、身代金を奪ったことは認めたが、こんな重い罪を着せられるいわれはないと考えていた。自分が加担した時点ですでに人が殺されていたことも、すべては恨みゆえの犯行だったことも当時は知らなかった。事件の全容を知ったときにはもはや手遅れで、自分は殺害には関与していないと主張しても誰にも耳を貸してもらえなかった。

正直な話、ふところの豊かな人間から多少の金をいただいても、べつにどうということはないとフォスターは考えていた。再出発するためにまとまった金がほしかっただけだ。

計画どおり金は入手した。再出発できるはずだった。想定外だったのは、連邦刑務所で服役するはめになったことだ。共犯者の名前を明かすことも考えたが、そうしても自分の刑が軽くなるとは思えなかった。警察に協力するのは腹立たしいという思いと、共犯者に対する遠慮もあって、とうとう最後まで口を割らずに務めを終えた。出所したら金は独り占めするのだと思いながら……。そしてようやく刑期を終え、二十五年前に身代金を隠した場所へ向かおうとしていた。当然の報酬だとフォスターには思えた。

門から出たところで、一台のタクシーが通りかかった。フォスターは手をあげて車を止め、すばやく乗りこんで行き先を告げた。二度と後ろを振り返らなかった。

3

トレイの報告を受けて、ウォーレン副署長はさらに調査を進めるべきだと判断した。テクソマ湖畔の別荘で発見された幼児の白骨死体とシーリー家の誘拐事件とを関連づける確たる証拠は存在しないが、ふたつの事件にはなんらかのつながりがあるという気がしてならなかった。

ジェナー保安官からは報告書の追加ページが事前にファックス送信されたうえで、スーツケースと遺体とともに正式な報告書が送られてきた。これで人造湖の湖畔に建てられた別荘の歴代の所有者が明らかになり、幼児の死亡時期に別荘を所有していた人物の名も判明した。死亡したのが別荘内とはかぎらないが、遺体が隠されていた以上、まずそこから捜査するのが妥当だろう。

報告書を読み進むうちに、ウォーレン副署長はしだいにむずかしい表情になった。本文の下に書き加えられた注釈によると、当時の所有者デイヴィッド・レーマンはシーリー家の誘拐事件が起こる一年前に自動車事故で死亡し、傷心の妻キャロル・レーマンは事故の直後に故郷のボストンに戻っていた。それから三年間、別荘は空家のままで、レーマン夫人がようやく建物を競売にかけたのは誘拐事件の二年後のことだ。これでは捜査の範囲が狭まるどころか、かえって広がったようなものだ。空家だった三年のあいだにどんな人間が別荘に立ち入ったか、今となっては知る由もない。難事件をかかえたウォーレン副署長をさらに悩ませたのがメディアへの対応だった。

毎日のように関連記事が紙面を埋めるなかで、二十五年前にオリヴィアの両親が殺害されて幼い彼女が誘拐された事件がほじくり返され、当時マーカス・シーリーが失意のどん底に突き落とされたことがふたたび報じられた。次に紙面に登場したのがフォスター・ローレンスが逮捕され、裁判にかけられたときの一連の記事だ。さらにきのう、事態は新展開を見せた。ローレンスが刑期を終えて出所したことを、ある腕利きの記者が嗅《か》ぎつけてすっぱ抜いたのだ。新しい様相を帯びた事件への対処を、ウォーレンは余儀なくされた。

消えた身代金をとり戻しにローレンスがダラスにやってくる可能性は排除できない。百万ドルが手に入るなら、二十五年のお務めも報われるというものだ。

フォスター・ローレンスの出所とほとんど時を同じくして幼児の遺体が発見されたことに、ウォーレンは不吉な予感をおぼえた。マーカス・シーリーとオリヴィアにも事情を説明しておかなくてはならない。ウォーレンは口もとを引きしめて、受話器をとりあげた。

ほとんど眠れなかった昨夜のことを思い返しながら、トレイはダラス市内を車で移動していた。昨夜は何度かうとうとしかけたが、そのたびに高校時代の恋人が夢に現れて眠りは破られた。べつの相手と付き合うほうがおたがいのためだと一方的に別れを告げられて以来、その恋人とは一度も顔を合わせていないが、青春時代のトレイは、彼女がほかの男といっしょにいるところを想像するだけで絶望的な気分になった。その後も、彼女以上に深く愛した相手はいない。仕事のためとはいえ、その女性とあと十分足らずで再会すると思うと、平静ではいられなかった。目的地に近づけば近づくほど、胃のなかが引き絞られるような感覚が強くなった。

神経が高ぶっているのはデニス・ローリンズも同じだが、この男の場合は期待に胸がはちきれそうになっていた。幼児の死にシーリー家が関与していることを遠からず世間に知らしめてやるというひとりよがりな使命感に、この男は燃えていた。自分の都合のいいように事実をねじ曲げるのはこの男の常套《じょうとう》手段で、事実など、むしろどうでもよかった。みずからの魂を救済するために、なんらかの行動を起こすことがぜひとも必要だった。

オリヴィア・シーリーは記憶にあるかぎりはじめて、心からの恐怖を感じていた。自分の力の及ばない何かに、人生を操られているようなものだ。内心では、自分が自分であることになんの疑問も持っていない。家族写真にも写っているし、顔立ちも親に似ている。祖父にあらためて教えられるまでもなく、目と笑顔は父にそっくりだ。しかし、もうひとりの子供が誘拐事件とほぼ同時期に死亡し、しかもその子には自分と同じ特徴があったという事実を無視するわけにはいかない。オリヴィアは左手に目を落として、かつてもう一本の親指が生えていたことを示す小さな傷跡を無意識にさすった。偶然の一致として片づけるにはあまりに奇妙だ。しかし、現在のオリヴィアにはそう信じる以外何もできなかった。

そしてまもなく、ダラス署の刑事が誘拐事件について話を聞きに来るという。オリヴィア自身は何ひとつ記憶していない誘拐事件の話を。

オリヴィアは腕時計に目をやった。もうすぐ十時。早く着替えをすませなくては。クロゼットの下の段から靴をとりだして、もう一度腕時計を見た。刑事を待たせたくはない。気の重い仕事は、さっさと始めて早く終えてしまうほうがいい。震えがちな息を吐いて靴に足を入れ、全身鏡の前に立っておかしなところはないかチェックした。

背は母親より高い。祖父がそう教えてくれた。しかし、父ほどではない。父は見あげるほどの長身で、しかも、はっとするようないい男だった。そんな両親のそばで暮らせなかったことを思うと悲しくなるが、大切に育ててくれた祖父の気持ちを考えると、そんなふうに思うのはあまりに身勝手なことだと反省した。

シャツの前を両手でなでおろしながら、モスグリーンのシャツと赤錆色《あかさび》のスラックスとの相性を値踏みするようにじっと鏡に見入る。そうしながら、なぜそんなに気にするのだろうと自分で不思議になった。刑事は話を聞きに来るだけで、自分に会いに来るわけではない。オリヴィアは喉のつかえをのみこんで、頭を高くあげ、すばやくまばたきして涙を払った。

とそのとき、玄関の呼び鈴が鳴った。

「この格好でおかしくありませんように」小声でつぶやくと、オリヴィアは部屋を出て階段へ向かった。

踊り場の上に立ったときには、ローズがすでに玄関の扉をあけていた。なかへ入ってきた男を目にした瞬間、オリヴィアの目に映るものすべてがスローモーションで動きはじめた。

うそでしょう！　トレイ？　トレイ・ボニーなの？

そのあいだにも、書斎から出てきて男に近づいていく祖父の様子を目の隅でとらえていた。玄関扉の上方にはめこまれたアーチ形のステンドグラスから朝日が射《さ》しこみ、青い筋の入った大理石の床にモネの作品を連想させる色彩を投げかけている。ふいに、オリヴィアの胸に古い記憶が押し寄せてきた。

「トレイ、怖いわ」

「ぼくも怖いよ、リヴィー。何かへまをしてきみを失望させてしまうのが怖い。きみを傷つけてしまうのが怖い」

オリヴィアがトレイの首に両手を巻きつけて、ふたりは熱い瞳で見つめ合っていた。こんなふうに顔を寄せて見つめ合うことは過去にもあったが、それ以上の行為に発展することは一度もなかった。セックスは高校生にとっては大事件で、しかも、初体験となればなおさらだ。オリヴィアははじめてで、トレイもそのことを知っていた。

「無理しなくていいんだよ、リヴィー。やめたかったらすぐに言ってくれ」

オリヴィアは小さく身を震わせた。「いいえ、トレイ。あなたがほしいの。あなたを心から愛してるから」

さらに顔を寄せて口づけするトレイもまた震えていた。

「オリヴィア・シーリー、きみはぼくのすべてだ」

オリヴィアはため息をつき、あとは流れに身をまかせた。


ローズが玄関の扉を勢いよく閉めた。その音で、オリヴィアはわれに返った。何かに操られるかのように足を前に動かす。目を離したら消えてしまうとでもいうように、トレイをじっと見つめたまま階段をおりた。本能に導かれるままにいちばん下の段まで来たが、何やら恐ろしくてそこから動くことはできなかった。あの黒い瞳と皮肉っぽい笑みをこれまで何度夢に見てきたことか。けれど、自分と祖父が直面している厄介な問題になぜ彼が関係しているのか、その理由はさっぱりわからなかった。

呼び鈴を鳴らすあいだ、トレイは無意識に息を止めていた。扉をあけてくれた家政婦らしき女性の姿を目にしてはじめて、いつもの冷静さをとり戻すことができた。

「ボニー刑事ですが、シーリーさんはいらっしゃいますか？」

ローズは一歩脇《わき》に寄ってトレイを招き入れた。「はい、書斎でお待ちかねです」

「今行く」廊下を急ぎ足で歩いてきたマーカスが、すかさずトレイの手を握った。それからローズのほうに体を向ける。

「ここはもういいよ、ローズ。書斎にコーヒーを運んでくれないか？」

「はい、ただ今」

マーカスはそつのない笑顔でトレイに向きなおった。

「ボニー刑事ですね？」

トレイはうなずいてマーカスの手を握り返しながら、なんという皮肉な運命のめぐりあわせだろうという思いを頭から追い払った。家柄の違いを理由にオリヴィアとトレイの付き合いを禁じたのは、目の前に立っているこの男なのだ。追い払われたトレイが、今日はマーカス・シーリーの過去の行状を調べに来ている。マーカスのほうは、トレイの顔も名前も覚えていないらしい。

「はい、ボニー刑事です。本日はお邪魔してすみません。ご家族にとってつらい時期にお話をうかがうのは心苦しいのですが」

マーカスの顔には礼儀正しい笑みが終始刻まれていたが、その笑みが目には達していないことにトレイは気づいていた。

「殺されたお子さんの身元を特定するうえで何かお役に立てることがありましたら、喜んで協力させてもらいますよ」

「恐れ入ります。あまりお時間はとらせないようにします」

マーカスはじっと刑事を見て、観念するようにため息をついた。触れたくない話題だからといって、避けて通るわけにはいかないのだ。「こちらへどうぞ。書斎のほうがゆっくり話ができます」

後ろを振り向いたマーカスは、階段の下に立っているオリヴィアに目をやった。

「オリヴィア……そんなところにいたのか。こちらはボニー刑事だ。刑事さん……孫娘のオリヴィアです」

オリヴィアの顔は青ざめて、体が小さく震えていた。警察の人間が家に来たことで動揺しているのだと思いこんだマーカスは、彼女の肩を抱いて書斎に導いた。刑事とオリヴィアが初対面の挨拶《あいさつ》を交わさないことには気づきもしなかった。

オリヴィア・シーリーの顔を見た瞬間、トレイのなかで十一年という歳月が消え失《う》せ、一方的に別れを告げられた日と同じ痛みで胸がいっぱいになった。あのときは、生きていく望みさえ失ったものだ。今は自分がどう感じているかさえ把握できないが、こんな状況での再会でなければよかったのにという思いがあることは間違いない。

想像していたとおり、気まずい再会となった。しかし、オリヴィアの容貌《ようぼう》は少しも衰えていない。もともと顔立ちの整った少女だったが、現在は息をのむほど美しい。そして、表情から判断するかぎり、トレイと再会したことを決して喜んではいないようだ。


オリヴィアは思考力を失っていた。玄関にトレイの姿を見た瞬間、何も考えられなくなった。話を聞きに来るという刑事がトレイだと知ったときの衝撃は口では言い表せないほど大きく、そのまま倒れてしまうかと思った。熱烈に愛し合ったのは、もうずっと昔の話だ。ときどき、あのころのことを思い返して、祖父に盾突く勇気がなかった自分のふがいなさが情けなくなる。トレイとの付き合いをめぐって祖父と言い争ったのは、人生のなかでいちばん悲しい思い出だ。マーカスは恋愛などまだ早いと言い、ましてやあの少年はわが家にふさわしくないと主張した。オリヴィアは反論したが、最後にはマーカスの言うことを聞いて、トレイのもとを去った。トレイを傷つけてしまったのは間違いない。けれど、彼には信じてもらえないだろうが、オリヴィア自身も傷ついていた。この日にいたるまで、誰かと付き合うたびにトレイを愛したのと同じぐらい深く愛せるかという疑問が頭をよぎり、結局、あのときの感情をしのぐほどの相手にはまだ出会っていなかった。

なんという運命のいたずらか、そのトレイが殺された子供について祖父に話を聞きに来たのだ。まさか、そんな恐ろしい事件にシーリー家の人間がかかわっていると本気で疑っているわけではないだろうが。

何をすべきか、何を言うべきかまったくわからずに、オリヴィアは途方に暮れた。トレイの表情を見るのが怖くて、顔を向けることもできなかった。もし当時のことを今も根に持っているとしたら、彼にとっては積年の恨みを晴らす絶好のチャンスだ。

孫娘のそんな思いにはまったく気づかないまま、マーカスはオリヴィアを椅子に座らせ、それからトレイに近くの椅子を勧めた。

トレイは無言で腰をおろした。

室内に静寂が満ち、声を出してはいけないような気配さえただよう。しかし、トレイは話を聞きだすためにやってきたのだ。マーカスが机の書類を整えているあいだに、トレイはオリヴィアを盗み見た。

オリヴィアは青ざめた顔で、暖炉の向こうの壁の一点を見つめていた。表情が硬いのは、幼児の遺体が発見されたことでシーリー家の孫娘としての地位が疑わしくなったせいか、あるいは話を聞きに来た刑事が自分だったせいなのか、トレイにはどちらとも判断がつかなかった。どちらにしても、トレイとしては刑事としての任務を果たすしかなく、いやな役目はできるだけ早くすませてしまったほうが、おたがいのためだと思えた。マーカス・シーリーがようやく机を離れて、ソファの端に腰をおろした。オリヴィアの手をやさしく握ってソファの背にもたれ、トレイの顔をまっすぐ見つめる。

「それで刑事さん、お話というのは？」

「いくつかうかがいたいことがあります」トレイはポケットから手帳をとりだした。別荘の当時の所有者は事件と無関係だという結論がすでに出ているが、念のためにいくつか質問をした。

「デイヴィッド・レーマンと妻のキャロルをご存じではありませんか？」

マーカスが間髪を置かずに答えた。「いや、はじめて聞く名前だ。何者かね？」

「確かですか？　昔のことですから、もしかしたらお忘れになっているかもしれません」

怒りの色もあらわにマーカスが反論した。

「年はとっているがもうろくはしていない……少なくともまだ今のところは。きみはわしの言葉を疑うのかね？」

トレイの非礼な物言いにオリヴィアも抗議の声をあげかけたが、祖父が静かに首を振るのを見て、しぶしぶ口をつぐんだ。

マーカスの口調にこめられた皮肉と怒りはトレイにも伝わったが、トレイの側にも怒りはあった。スーツケースにつめられていた小さな遺体のことが頭にこびりついて離れず、いくつか質問をされるだけで不快そうな表情を浮かべる老人の態度はあまりに身勝手に思えた。

トレイは怒りを表に出さず、左目の端を小さく震わせただけだったが、次に口を開いたとき、その口調はそっけない響きを帯びていた。

「いいですか、シーリーさん。気分を害されたなら申し訳ありませんが、二歳児の遺体が何者かによってスーツケースに入れられ、壁のなかに塗りこめられたまま二十五年ものあいだ放置されていたんですよ。多少の不都合はご辛抱ください。ぼくが何より許せないのは、憎むべき犯罪を犯した何者かが、罰せられることもなく大手を振って町を歩いていることです」

トレイの言葉を聞いたマーカスは、すまなそうな表情を浮かべた。

「きみの言うとおりだ、ボニー刑事。失礼な態度をとってこちらこそ申し訳ない。例の事件が報道されてからというもの、マスコミが執拗《しつよう》に取材を求めて押しかけてくるので、つい、こっちも気分がいらいらしていた。きみにやつあたりするのは筋違いだ。許してくれたまえ」

トレイは肩をすくめて、それからうなずいた。「こちらも少々気が立っていました。もう一度最初からやりなおしませんか?」

「そうしよう」

オリヴィアがふっと息を吐きだすのが気配で察せられた。トレイは彼女の顔を見たかったが、そうするだけの勇気がなかった。手帳にざっと目を通して、マーカスに視線を戻す。

「お子さんはおひとりでしたね?」

マーカスがうなずいた。「そうだ。ひとり息子で、名前はマイケルだ」

「そして、息子さん夫婦も子供はひとりだけだった」

オリヴィアのほうを向いて、マーカスはやさしくほほえんだ。

「そうだ。孫娘のオリヴィアだけだ」

トレイの視線が移動した。オリヴィアは両手を膝の上に重ねて椅子に浅く座り、緊張した面持ちを浮かべていた。歓迎の色や気配はまるでない。トレイはふたたび手帳に視線を落とした。

「ほかにどなたかいませんか? ご親戚《しんせき》のなかで、リヴィー、いや、お孫さんと同い年ぐらいのお子さんをお持ちの方は?」

マーカスが息をつき、身を乗りだしてトレイの目を正面から見つめた。

「その昔、シーリー一族は栄えていた。しかし、三回の戦争と二度の天災で一族の人数は大幅に減ってしまった。わしには修道女をしているまたいとこがいるが、当然のことながら、彼女から子孫は生まれない。弟がひとりいたが、やつはゲイだった。二十九歳のときに恋人に棄《す》てられて、パリの安ホテルでみずから命を絶ったよ。家系を継ぐのはわしと妹のふたりきりになった。しかし、うちには息子がひとり生まれただけで、妹は今もって独身だ。若いころはずいぶん男を泣かせたと思うがね」

「現在はどちらにお住まいですか?」

マーカスが口もとをほころばせた。「メイン州の海辺の町に建つ古い灯台で十匹以上の猫と暮らしているよ。灯台の絵ばかり描《か》いて、観光客に売りつけている。夫もいなければ、もちろん子供もいない」

「テレンスおじさまとキャロリンおばさまは?」オリヴィアが口をはさんだ。

マーカスが首を横に振る。「あのふたりにも子供はいない」

トレイはメモをとる手を休めた。マーカスの表情は何も変わらないが、声がどこか緊張を帯びている。

「そのおふたりはどちらにお住まいですか?」

「イタリアだ。もうずっと向こうに住んでいる」

「何年ぐらい?」

「さあね……そう、二十五年以上にはなる。たしか、あのふたりが国を出たのはオリヴィアが誘拐される前だった。テレンスというのはわしのいとこでね」

「その方にも一族に共通する遺伝的特徴は見られたんですか？」

「遺伝的特徴というのは、生まれつき左手に親指が二本生えていることか？」

トレイは無言でうなずいた。

マーカスが眉根を寄せた。「ああ、たしかそうだったと思う」

「イタリアに行かれる前はどちらにお住まいでした？」

「テキサス州シャーマンの北にある実家で暮らしていた」

トレイは新しく得た情報を手帳に書きとめて、シャーマンとテクソマ湖との距離を頭のなかで計算した。車で一時間もあれば行けるはずだ。

「おふたりの電話番号か住所はわかりますか？」

マーカスがさらに眉を寄せた。

「電話番号も住所も控えてあるが、もうそこにはいないかもしれない。長いあいだおたがいに連絡をとっていないので」

「それには何か理由でも？」

「もともとうまが合うほうではなかった。昔から言うだろう。友人は選べるが、家族や親戚は選べないってね。テレンスの商売が傾いて周囲の信頼を失うような出来事が相次いで起こり、ふたりは国をあとにした」

「でもなぜイタリアへ？」

「キャロリンの実家の別荘があったからだ。父親が死んで、別荘は彼女のものになった。身を隠すにはうってつけだと思ったんだろう」

「念のために電話番号を教えてください」

「ああ、いいとも」マーカスはカード式の電話番号簿のなかから目当ての一枚を見つけ、トレイに手渡した。

トレイは必要な情報をメモし、一族の衰退について語りつづけるマーカスの言葉にさらに耳を傾けた。話が一段落すると、顔をあげてオリヴィアにちらりと目をやり、それからマーカスに視線を戻して、言いにくいことを切りだした。

「シーリーさん、失礼とは思いますが個人的なことをお尋ねします。奥さまを亡くされてから、一度も再婚なさらなかったんですか？」

「そうだ。だが、そのことが今回の事件とどういう――」

「その間、べつの女性と親しい関係になったとしても不思議はないと思いますが」

マーカスの顔が紅潮したが、声に動揺の色はなかった。

「不思議はないかもしれないが、そういうことはなかった」

「あなたのお子さんがこの世のどこかに存在する可能性は皆無だと言いきれますか？」

マーカスの指が椅子の肘掛けにきつく巻きつけられた。

「ああ、言いきれるとも」

トレイはオリヴィアの様子をうかがった。目に怒りをたぎらせている。さらに怒らせることになるのを覚悟しながら、トレイは続けた。

「お孫さんが誘拐されたときのことですが……」

「それがどうした?」

「数日間、行方がわからなかったんですね?」

マーカスが無言でうなずく。

手帳に書きこんでから、トレイはまた顔をあげた。

「解放された子供が誘拐されたお孫さんに間違いないと断言できますか?」

オリヴィアがはっと息をのんで、あわてて立ちあがろうとした。

マーカスはそんなオリヴィアの手首をつかんで自分のほうに引き寄せた。顔をのぞきこんでほほえみかけ、トレイには怒りを含んだ冷ややかな視線を向ける。

「血のつながった肉親は、ひと目見ればわかる。刑事さん、もうお話しすることはありません」

トレイは手帳を閉じてポケットにしまった。ふたりをひどく怒らせてしまったようだが、用件はまだ終わりではなかった。

「あと少しです、シーリーさん。もうひとつだけお願いがあります」

「いったいなんだ?」

「おふたりのＤＮＡを調べさせてもらえませんか」

オリヴィアが体の向きを変えてトレイを凝視した。

トレイがこの家を訪れてはじめて、ふたりの目が合った。痛々しいオリヴィアの表情を目の当たりにして、トレイは胸が苦しくなった。

「孫を動揺させるようなことを言うのはいいかげんにしてくれ」マーカスが怒りをこめて抗議した。

オリヴィアは顔をあげてトレイを見つめ、力づけるように祖父の肩に手を置いた。

「いいのよ、お祖父《じい》さま。わたしはだいじょうぶ。これ以上わずらわされずにすむのなら、検査に応じることぐらいなんでもないわ」

トレイにはきついひと言だった。二度とここへ来るなと言われたようなものだ。

「明日、ふたりでかかりつけの医者のところへ行ってくる」マーカスが告げた。

トレイはますます暗い気持ちで付け加えた。「申し訳ありませんが、精密さが要求される検査ですので、警察の施設で受けていただくことになります」

「ボニー刑事、わたしたちをどこへ連れていくおつもり？」オリヴィアが尋ねる。

「科学捜査研究所です」

「連れていってもらう必要はない。自分たちの車で行ける」

「そういうわけにはいきません。お邪魔でしょうが、同行させていただきます」

「いやだと言ったら?」

オリヴィアの険のある問いかけに、トレイは頬を張られたような思いがした。自分の落ち度ではないのに、たんに悪い知らせを運んできたという理由でここまで嫌われてしまったと思うと、残念でならなかった。

感情的な反発を示すふたりを前にして、トレイはあくまで刑事としての冷静さを失わずに説得に努めた。「今回のことはぼく個人にはなんの関係もありません。上司の指示に従って職務を果たしているだけです。しかし、検査の結果しだいでは、おふたりが例の幼児と無関係であることが証明されるかもしれないのです。明朝十時にお迎えにあがって、研究所にお連れし、また家まで送り届けます。そのあとは、うまくすれば二度とお会いすることもないでしょう」

そのとき、ローズがいれたてのコーヒーと三客のカップを盆にのせて運んできた。トレイは振り向いて、非礼を詫《わ》びた。

「大変残念ですが、もうおいとましなければなりません。わざわざコーヒーをいれていただいたのにすみません」

ぴんと張りつめた空気には気づかずに、ローズが笑顔で答えた。

「今度いらしたときには、ぜひ召しあがってくださいね」

トレイが出口に向かって歩きだすのを見て、マーカスも立ちあがった。

「どうぞそのままで」トレイは低い声で制した。「お見送りは不要です」

マーカスがひたいにしわを寄せた。気まずい状況ではあるが、礼儀を無視するのは流儀に反する。

「オリヴィア……ボニー刑事を玄関までお見送りしてさしあげなさい」

オリヴィアは内心たじろいだが、いやだと言えば、祖父は疑問に思うだろう。思いだしてほしくないことを記憶によみがえらせてしまうかもしれない。

「ええ、喜んで」と返事をすると、トレイを追い越して前に立って歩きだし、一度だけ振り返ってあとをついてきていることを確かめた。

彼が唇を強く噛《か》みしめているのは、自分と同じく居心地の悪い思いを味わっているせいだろう。ふたりのあいだの沈黙はさらに濃度を増し、オリヴィアは何も言ってくれないトレイのそばにいるのが耐えがたくなった。玄関の前まで来たときには涙があふれそうになっていた。

オリヴィアの目がうるんでいるのを見て、トレイの心が動いた。狼狽《ろうばい》した様子でため息をつくと、頭に手をやり、黒い髪を無意識にかきむしった。

「リヴィー……ちょっと待ってくれ」必死に声を絞りだした。

オリヴィアはこれまで、トレイ以外の人間にリヴィーと呼ばれたことがなかった。トレイの唇からその名前が発せられるのを聞くと、悲しい思い出がわっと胸によみがえってきた。身を震わせて、トレイに向きなおる。

「トレイ……まさかこんなことになるなんて――」

トレイは手をあげて制した。「ああ。気持ちはわかる」そこまで言って、顔をしかめた。「いや、そんなに簡単にわかるはずがない。きみとお祖父さんがどんなにつらい思いをしているか、ぼくには想像することしかできない。お祖父さんが過去の不愉快な記憶と向き合うことになるとしたら、それは申し訳なく思う。でも、あの家を、そしてあのスーツケースを目にしたら、誰だって……」ため息がもれる。「わかってほしい。きみとお祖父さんをつらい目にあわせたいわけではなく、すべては幼児を殺した犯人を見つけて法の裁きを受けさせるために必要な手続きなんだ」

「わかってるわ」オリヴィアは答えた。「ふたりともよくわかってるのよ。でも、怖くてしかたがないの。あなたが何か質問を投げかけるたびに、わたしは自分がほんとうにこの家の人間かどうか自信が揺らいでいく。それに、あなたが刑事として訪ねてくるなんて思ってもみなかったから……」深く息をついて言い添えた。「ごめんなさい」

「何も謝ることはない」

「いいえ、あるわ。昔、わたしは勇気がなくてあなたに謝ることができなかった。だから、ずいぶん時間がたってしまったけれど、言わせてほしいの」

「リヴィー、ほんとに、もういいんだよ。過ぎたことだ」

　オリヴィアは顔をあげた。「昔のわたしは意気地なしで、祖父に何か言われたら反論できなかった。誘拐されたことで、いつも負い目を感じていたから」

「きみがなぜ負い目を感じるんだ？」

「あの事件のせいで、祖父はひとり息子を亡くしたのよ。あなたとの付き合いを禁じられたときも、わたしは祖父の命令にそむくことができなかった。自分がどれほど大きなものを失うことになるか、気づいていなかったのね」オリヴィアはまた深々とため息をついた。「とにかく……ごめんなさい。確かに過ぎたことだけど、あなたが何もこだわっていないとわかったら、わたしもすっきりした気分になれると思うわ」

　トレイはオリヴィアを抱きしめたかったが、握手で我慢した。

「もう何もこだわってなどいない」やさしい声音で言った。「じゃあ、明朝十時に」

「待ってるわ」オリヴィアは扉をあけて彼を送りだした。

　外に足を一歩踏みだしたトレイは、その場で振り向いた。

「心配しなくていい。ぼくの素性をお祖父さんに明かすつもりはない。その昔、ぼくたちが付き合っていたこともね。すべて過去の話だ。そうだろう？」

　オリヴィアはうなずいたが、胸のなかには複雑な思いが渦巻いていた。トレイとの思い出はすべて愛に満ちていた。彼の腕のなかで身も心もとろけたことは決して忘れられない大切な記憶だ。過去の話として簡単に片づけることには抵抗があった。

やがて、小さく肩をすくめた。「すべてとは言えないと思うけど。いずれにせよ、あの子供の身元が判明して犯人が見つかるまでは、過去を静かに封印しておくことは無理なようね」

慰めの言葉が見つからないまま、トレイは黙って屋敷を辞した。

数分後、私道を車で走り去りながらバックミラーをのぞくと、オリヴィアはまだ扉のところに立っていた。きっと泣いているに違いないとトレイは思った。

4

出所後二週間たっても、フォスター・ローレンスは自由の世界に慣れることができなかった。いつどこにいても、ドアノブに手をのばした瞬間、もしかしたら二度とこのドアは開かないかもしれないという恐怖が頭をよぎる。二十五年も獄中で生活していると、真っ暗な部屋では眠れなくなり、食べ物はろくに味わわずにかきこむ癖がつく。

二十五年のあいだに世の中はすっかり様変わりしていた。普通の人たちがハイテク製品を使いこなし、何もかもコンピューターで制御され、携帯電話で写真が撮れる。十代の男の子たちはだぶだぶの服を何枚も重ね着して街を闊歩《かっぽ》し、女の子たちはちっぽけな衣服に身を包んで腹や脚を大胆にさらしている。まったく親の顔が見てみたいものだとフォスターは思った。

テレビは昔に比べて大型になり、フラットスクリーンに映しだされるコマーシャルの映像は、歯磨きからケーキミックスにいたるまで、すべてがセックスがらみだ。フォスターは生まれ育った国にいながら、外国にいるような違和感をおぼえた。しかし、ダラスに行って例のものを手に入れれば、自分流の心地のよい暮らしを始めることができる。この二週間は、尾行されていないことを確かめるための準備期間として、町のレストランで皿洗いの仕事をしていた。警察は身代金のことなどもう忘れているという確信が持てた瞬間、仕事を辞めて、ダラス行きの長距離バスのチケットを買った。

「危ないから離れてください」バスの運転手が声をかけながら、車体下部の物入れから客の荷物をとりだしはじめた。

リュックサックひとつしか持たないフォスターは、気の滅入《めい》るほど長いバス旅行の最後の行程に付き合わずにすんだ。あとは、この町でやりかけた仕事を完成させるだけだ。身代金を回収して、そして町を離れる。

バス発着所を出て通りを歩きながら、空を見あげた。もうすでに日は沈んでいる。夜の闇《やみ》がそこまで迫っているので、急いで宿を探さなければならない。所持金はわずか五百ドル程度で、ぜいたくを言うつもりはなかった。どうせ数日滞在するだけだ。雨露がしのげるならどんな部屋でもかまわない。

「だんなさん、乗っていきませんか？」

フォスターは振り向いた。頭がつるつるで腹の突きでた小柄な男が、ドアを少しだけあけたタクシーの横に立っている。タクシーを使うのはぜいたくだが、もうすぐ百万ドルが手に入るのだ。しかも、あたりは薄暗くなりつつあった。

「そうだな、乗せてもらおうか」フォスターは肩にかけていたリュックサックをおろして後部座席にほうり投げ、そのあとから車内に乗りこんだ。

「どちらへ?」運転手が尋ねる。

「宿を探してるんだ。中心街に近くて、どこか安いところはないかな」

「いいところを知ってますよ」運転手がそう言って車を出した。

座席に背中をもたせかけると、気持ちが落ちついてきた。きっと何もかもうまくいく。ようやくダラスに戻ってきたのだ。ゴールまであと数時間。二十五年前、フォスターは一からやりなおすつもりだった。その気持ちは今も同じだ。隠した金を手に入れれば、ようやく長年の願いがかなう。

数分後、タクシーが車道の端に寄って停止した。フォスターは窓の外に目をやった。案内されたホテルは決して高級とは言えないが、それを言うならふところの寂しい自分だって同じことだ。運転手に料金を支払い、荷物をつかんでタクシーをおりた。

建物のなかに足を踏み入れると、スキンヘッドのこわもての男がデスクの奥に座っていた。妙な形に整えた口ひげと、左右の腕に彫られた派手な刺青《いれずみ》を見せつけるようにしながら、男はフォスターをちらりと見て、手にしていたマリファナ煙草《たばこ》を口に運んだ。

「泊まりたいんだが」

「一泊二十五ドル。前金だ」

「一週間だといくらになる？」

男が顔もあげずに答えた。「百ドル。前金で一括支払い」

「一泊ごとにする」フォスターは言って、声に出して数えながら金を出した。重ねた紙幣をポケットにしまおうとして、少しためらったのち、五ドル札をもう一枚とりだして男の前に叩《たた》きつけるように置いた。

「女は？」

フロント係の男が顔をあげて、もうもうと立ちこめた煙ごしに五ドル札を凝視し、それからはじめてフォスターの問いに関心を示した。

「女がなんだって？」

「呼べるか？」

「どういうのが好みだ？」

「ここはタージ・マハルじゃない。誰も絶世の美女が来てくれるとは期待しないよ。ひげ面で股間《こかん》に男のシンボルがついてないかぎり、文句は言わない」

男が五ドル札を握って、鍵《かぎ》を差しだした。

「三階の三二二号室。エレベーターは故障中だ」

フォスターは無言で鍵を受けとった。エレベーターには、いずれにしろ何年も乗っていない。あと何日間か自分の足で階段をのぼることなど、少しも苦ではなかった。部屋と女が手に入るならそれだけで満足だ。

フロント係がもう一度マリファナ煙草を吸いこみ、しばらくして煙を鼻から吐きだした。フォスターは最後に相手をひとにらみして念を押した。

「女のこと、頼んだぞ」

フロント係がうなずいて、受話器に手をのばした。三階まで階段をのぼり終えたフォスターは、ドアの鍵をあけて部屋に入った。

ドアは自動的にロックされたが、フォスターはさらに回転式の差し金をかけてから、ベッドにリュックサックをほうって鍵をポケットにしまった。荷物を解かなくてはと思ったが、リュックサックには荷物というほどの荷物が入っていない。暇つぶしにバスルームをのぞいた。

タオルは黄ばんですりきれ、石鹸《せっけん》はクレジットカード程度の大きさと厚みしかない。床をおおう黒と白のタイルはところどころ欠けているし、浴槽の排水口は周囲に赤い錆《さび》が大きく広がっている。それでもこの部屋は、数人で使っていた監房の三倍の広さがあり、それだけでもぜいたくだと思えた。

フォスターはすぐさま服を脱いでシャワー室に入り、石鹸の薄い包み紙をはがした。頭の先から爪先まで石鹸を塗りたくってこすり、長い髪を洗って泡を洗い落としていたとき、ドアを叩く音が聞こえた。きっとフロント係に頼んだ商売女だ。湯を止めてタオルを二枚手にとり、一枚を腰に巻いて、もう一枚で頭を拭《ふ》きながらドアの前まで歩いた。

「誰だ?」大声で尋ねる。

「あんたの理想の女よ」女の声が答えた。

フォスターの脈拍は期待で跳ねあがったが、ドアを少しだけあけて相手がひとりであることを確認する用心深さは失っていなかった。心配ないとわかると、ようやくドアを大きく開き、女の手首をつかんでなかに引き入れた。

しんとした部屋に錠をかける音が大きく響く。女が笑いかけた。

「今夜はよろしくね」そう言って、フォスターの腰に巻いたタオルの内側にそっと指を差し入れてくる。

フォスターはびくりとして腰を引いた。刑務所時代には、これよりはるかに遠慮したやりかたで体に触れようとした男の鼻を殴って砕いたことがある。ここは刑務所ではないのだと自分に言い聞かせながら、一方ではみずからの男としての能力にかすかな不安を抱いていた。なにしろ何十年も女なしの生活を送ってきたのだ。

「いいだろう」食い入るような目で女を見てからつぶやいた。

好みのタイプというわけではないが、そう悪くもない。フォスター同様、盛りを少しばかり過ぎているだけのことだ。ぱさついたブロンドの髪の根元から黒い部分がのぞいていることにフォスターが気づく間もなく、女がハンドバッグをほうり投げて、両手で彼の腰をつかんだ。

「で、何をしてほしいの？　おしゃぶり？」

鼻を鳴らすような甘えたしゃべりかただが、わずかに南部特有の訛《なまり》がある。おそらくアラバマか、あるいはアーカンソーあたりの出身だろう。

フォスターは女の胸に手をのばして、弾力に富んだ乳房の感触を楽しみ、それから強く握った。そのとたん、股間がいきり立つのを感じて安堵《あんど》のため息をついた。

「二十五ドルで、ほかにしてもらえることは？」

「手でいかせてあげてもいい。本番は二十ドル増し。でも、変態プレーをお望みだったら料金は一律百ドル。それと、唇にはキスしないから」

女の熱い泉のなかに身を浸したのはいつ以来だろうとフォスターは思いをめぐらせたが、下半身の張り具合からして、もとがとれるほど長持ちさせるのはむずかしそうだ。

「しゃぶってくれ」ぶっきらぼうに告げると、両方のタオルをとり去ってベッドの端に腰をおろし、脚を開いた。

「料金は前払いよ」女が手を差しだす。

フォスターは体をひねってズボンのポケットから金をとりだし、十ドル札二枚と五ドル札一枚を女のてのひらにのせた。

まだ体に水滴のついたフォスターから金を受けとった女は、札を小さくたたんでバッグにしまった。それがすむと、開いた脚のあいだに進みでて、床に膝をつく。

女の真っ赤に塗った唇が上下する様子をフォスターはじっと見ていたが、やがてねっとりした舌を使って熱心に吸われると、目の焦点が合わなくなってきた。ぬくもりが熱に、圧迫が痛みに変化していく。気持ちのよい痛みだ。女は技にたけていた。ふいに訪れた強烈なクライマックスに体を貫かれ、フォスターはうめき声をあげるより早く、女の手に精液をほとばしらせていた。背中からベッドに倒れたあとも、しばらくは快感の余韻に浸っていた。

「あっけなかったな」低い声でぼやいた。

女が立ちあがり、バッグをつかんでバスルームに向かった。歯を磨いている音が聞こえたが、フォスターは疲れて動く気になれず、女が手を拭きながら戻ってきたときも、まだベッドに寝そべったままだった。

「あんた、何年入ってたの？」

何も考えずに、フォスターは正直に答えていた。「二十五年」

女がにやりとする。「あっけなかったのも無理ないわね。出てきたばかりだと、あたしを見ただけでいっちゃう人もいるのよ」短い沈黙のあと、計算高い表情になって、靴に足を入れる。「アンコールをお望みの場合は、マーヴィンに言って」

「マーヴィンって？」

「電話をかけてきたフロント係よ」

「ああ……あいつか」

一瞬ためらうようなそぶりを見せてから、女がドアノブに手をかけた。

「じゃあ元気でね。呼んでくれてありがと」

自分が一糸まとわぬ姿でいることも忘れて、フォスターはベッドから起きてドアをあけてやり、女が廊下に出たあとで、また厳重に錠をかけた。

心身ともにすっきりした気分でベッドに戻り、テレビの上からリモコンをとって電源を入れた。空腹を感じてピザを注文しようかと思ったが、しばらくそのままリモコンをおもちゃにしていた。チャンネル・サーフィンという言葉は知っていたが、カリフォルニアで滞在していた安ホテルにはテレビがなく、実際に体験するのはこれがはじめてだった。上向きの矢印を押しつづけると、次々にチャンネルが切り替わっていく。メニュー画面に戻り、もう一度チャンネルを変えはじめたとき、テレビ画面に自分の顔が映っているのを見てひっくり返りそうになった。ニュースキャスターはこう語っていた。

「……フォスター・ローレンスの行方を捜しています。ローレンスはダラスの富豪、マーカス・シーリーの孫娘を誘拐した罪で二十五年間服役し、最近釈放されましたが、テクソマ湖畔で幼児の白骨死体が発見された事件について、当局はローレンスから事情を聞きたいとしています。今回発見された白骨死体には、幼いころ誘拐されて数日後に解放されたオリヴィア・シーリーとの共通点が見られることから、当局はシーリー家からも事情を聞く予定です」

フォスターの心臓が激しく打ち、口が半開きになった。いつのまにか空腹は感じなくなり、代わりにいやな痛みが腹のなかに広がった。震える指からすべり落ちたリモコンが、音をたてて床に当たり、その拍子にチャンネルが切り替わった。

画面に登場したのは自然番組で、二頭の象が熱心に交尾している映像だった。普段のフォスターなら、こんな場面を見ればすぐに下半身が反応するのだが、今は腰かけているベッドほどにも硬くならなかった。

「ちくしょう」声に出してつぶやいた。

連邦刑務所にだけは死んでも戻りたくない。しかし、どうも解せなかった。別荘にいた幼児が無事に解放されたのは間違いない。なぜなら、フォスター自身がその子をショッピングモールに連れていったからだ。共犯者はかねてから問題のある人物だったが、いずれは百万ドルが自分のものになると思って、フォスターはいっさい口を割らなかった。こうして長い年月が過ぎ去ったあとになって、また殺人事件に巻きこまれるとは思ってもみなかった。マイケルとケイのシーリー夫妻が殺害されたことも、当初は知らずにいた。今回の事件についても、フォスターにはさっぱり心当たりがない。

安全な避難所だと思っていたこの部屋が、突如として独房のように見えてきた。フロント係にも売春婦にもしっかり顔を見られてしまった以上、ここにいるわけにはいかない。ベッドから跳ね起きて、服をかき集める。パニックに駆られてあせって動きはじめたが、しばらくしてふと手を止めた。テレビに映った写真は最近のものだ。このまま外に出たらすぐに見つかってしまう。フォスターは獄中でひとつだけ大事なことを身につけた。それは忍耐だ。ひとつでもミスをすれば、すべてが台なしになる。こういうときこそ軽率に行動せずに、じっくりと考えをめぐらせるべきだ。

フォスターにとって、今回の事態はまさに青天の霹靂《へきれき》だった。社会に対する借りは返したのに、この仕打ちはないだろう。まるで、テキサス州全体が自分の行方を追っているみたいな扱いではないか。見つかるわけにはいかないが、かといってこの州を離れるわけにもいかない。目的を果たすまでは絶対に出ていくわけにいかないのだ。しかし、状況は絶望的だ。ニュースで流れた以上、この顔はみんなに知られていると思ったほうがいい。何かいい解決策はないかと頭を絞るうちに、名案が浮かんだ。警察が捜しているのは白髪まじりの髪をポニーテイルに結ったひげ面の男だ。その男には消えてもらおう。フォスターはリュックサックをつかんでバスルームへ向かった。

シェービングクリームひと缶と使い捨てのかみそりを使って、頬とあごのひげを剃《そ》り落とし、ポニーテイルをナイフで切り落とした。ひげに隠れていた肌は青白く、髪の毛は頭を芝刈り機に巻きこまれたみたいに不揃いだが、これだけ感じが変われば、とりあえずどこかべつのホテルにもぐりこむことができる。フォスターはさらにしばらく鏡を見てから、すばやく着替えをすませ、荷物をリュックサックにつめると、部屋の鍵をベッドにほうって部屋を出た。

階段をおりていきながら、この程度の変装ではフロント係に見破られてしまうかもしれないと不安になった。二階まで来たとき、階段にピザの空き箱が置いてあるのを見つけて、いい考えを思いついた。空き箱を手にとり、中身が入っているように見せかけて、残りの階段をおりた。

フロント係はちらりと顔をあげたが、何かの手違いでピザの配達員が商品を持ち帰るはめになったのだろうと思ったらしく、無関心な表情で視線を戻した。

外に出たフォスターは、ピザの空き箱を捨てて足を速めた。角のドラッグストアに立ち寄り、出てきたときにはさらなる変装に必要な品々を手にしていた。そして数ブロック先に立つ一軒のホテルに入った。

フロント係は年齢不詳の肥満体の女で、物珍しそうな目でフォスターを見た。緑がかった髪の色と、ぶよぶよとたるんだ二重あごに妙に目を引きつけられて、フォスターも相手を見返しながら、部屋代をカウンターに置いた。女が無言で金をつかみ、部屋の鍵を差しだした。フォスターは今度も一泊ぶんしか払わなかった。すべてがうまくいけば、二、三日中に金が手に入る。そうしたら、もうこの町に用はない。

ウォーレン副署長に報告を終えたあとも、トレイの怒りは静まらなかった。報告書を記入していたチア・ロドリゲスは、疲れた表情で椅子に腰を沈めるなり、汚いものをこそげとるように乱暴に顔をこするトレイの様子を見とがめた。

「ねえ、トレイ。何かあったの？」

「こんな日は自分の仕事がいやになるよ」トレイはコーヒーカップをつかんで、座ったときと同じようにすばやく立ちあがった。

休憩室に向かうトレイのあとをチアは追った。

「シーリー事件？」

トレイがうなずく。

チアはため息をついた。「うちの子たちがあんな目にあったらと思うと、いても立ってもいられないわ。毎晩、子供たちが変な事件に巻きこまれずに無事に育ちますようにってお祈りするのよ」そこまで話して顔をしかめる。「でもね、夜、目を離しているあいだに消えてしまうような気がして、目を閉じられなくなるときがあるの。そんなときは、子供部屋の外の廊下で寝ることにしているわ」弱々しい声で笑った。「かなり重症でしょ？」

トレイがカップを置いて、チアのほうを向いた。

「チア、そんな話を聞いたら安易に子供を持つ気はしなくなる。きみは産児制限運動の指導者になれるよ」

チアは意味深長な目つきで彼の腰のあたりに目をやった。

「あのねえ、トレイ。女性っていうのは複雑なのよ。月経前症候群のほかにもいろいろあって、ときにはなんの理由もなしに頭が正常に働かなくなるの。それと、あなたみたいにかっこいいヒップの持ち主が子孫を残さないのは人類に対する犯罪だわ」

トレイは相手の気持ちを汲《く》んでほほえんでみせたが、実際は笑う気分ではなかった。チアの不安はよく理解できる。本音を言うなら抱きしめて慰めたい気持ちでいっぱいだったが、そんなことをすればチアはいやがるだろうし、周囲からも誤解されかねない。だから、何も気づかないふりをした。

トレイがよけいなことを言わずにいてくれることをありがたく思いながら、チアは彼のカップにコーヒーを注《つ》ぎ、自分にもお代わりを注いだ。

「さあ、飲みなさいよ。カフェインには人生の悩みを軽くする効能があるのよ」

「きみの言葉が神の耳に届きますように」トレイは小さくつぶやいてカップを持ちあげ、乾杯のまねをしてコーヒーを口に運んだ。そのあと、また憂鬱《ゆううつ》そうな顔になった。「ほんとにひどい事件なんだ」

チアは皿にひとつだけ残っていたドーナツをとってふたつに割り、半分をトレイに差しだした。

「ほら、食べて」

干からびたドーナツにちらりと目をやったトレイは、肩をすくめて、油が浮いているように見える真っ黒いコーヒーにさっと浸した。チアは自分のぶんのドーナツを手にしてゆったりと机に戻っていく。

トレイは味わいもせずにドーナツを口に運び、コーヒーで薬のようにのみ下した。翌日、シーリー家のふたりを研究所に連れていくのは気の重い仕事だ。今から心の準備をしておかなければならない。そう考えたとき、マーカス・シーリーとの面会でいくつか重要な情報を書きとめたことを思いだし、ポケットから手帳をとりだした。現地時間でミラノが何時か知らないが、とにかくマーカスから教えられた番号に電話して、テレンス・シーリーに連絡してみようと心を決めた。

机の電話をとりあげて番号を押し、呼び出し音が鳴りはじめると手帳にいたずら書きをした。七回まで数え、もう切ろうかと思ったそのとき、息を切らした女の声が答えた。

「チャオ」

言葉の違いを計算に入れていなかったことに気づいて、トレイはたじろいだ。

「テレンス・シーリーさんのお宅ですか？」英語で尋ねた。

つかの間の沈黙に続いて、女がうきうきした声で返事をした。

「はい……はい、そうです。どちらさまですか?」

トレイの心拍が跳ねあがった。当たりだ。

「こちらはテキサス州ダラス警察署のトレイ・ボニー刑事です。テレンス・シーリーさんはいらっしゃいますか」

「もしかして、マーカスに何かあったんですか?」

「いいえ、違います。そういうことではありません。失礼ですが、あなたは?」

「テリーの妻のキャロリンです。主人は外出中で、帰りは夜になります。わたしでよければお話をうかがいますが」

「それは助かります。では、単刀直入にお話しします。数日前、テクソマ湖畔の別荘で幼児の遺体が発見されました。二十五年ほど前に殺害されてスーツケースにつめられ、壁のなかに埋められていたのです。これまでの捜査によると、幼児はシーリー家の関係者である可能性が高いと考えられます」

「そんな!　なんて恐ろしい話でしょう。でも、なぜシーリー家の名前が出てくるのかしら。ああ、オリヴィアが誘拐された事件のせいね!　でも、あの子は無事に帰ってきたわ」

「ええ、おっしゃるとおりです。しかし、当局としてはシーリー家の方々にお話をうかがわなくてはなりません」

「なぜ?」

「発見された幼児は、左手に二本の親指がありました。シーリー一族に共通する特徴です」

「なんてこと……それで、わたしたちにどうしろと?　わたしども夫婦は子供に恵まれなかったんですよ」

「奥さん、大変個人的な質問をさせていただきますが、どうぞ気を悪くなさらないでください。お子さんができなかったのはどちらの理由でしょう。奥さんですか、ご主人ですか?」

「わたしです。でも、そんなこと——」

はっと息をのむ音のあと、長い沈黙が続いた。

「奥さん?　もしもし?」

「ええ、聞いています。刑事さんはもしかして、主人が浮気したかもしれないとおっしゃりたいんですか?　どこかに主人の子供がいて、その後、殺されたと?」

「そんなことは何も言っていません。こちらの仕事は、可能性のある人物ひとりひとりに当たって、関係ないとわかればリストから除外するだけです」

「具体的にはどうやって調べるんですか?」

「ご主人のＤＮＡサンプルを採取する必要があります」

「そんなこと、考えただけでもぞっとするわ」

「いいえ、奥さん。真にぞっとすべきなのは、小さな遺体がスーツケースにつめられていたという事実です」

「なんと言ったらいいか……」

「協力していただけますか？」

「主人は何をすればいいんでしょう？」

「ご夫妻でダラスまで里帰りしていただいて、検査を受けたあと、いくつか質問に答えてはもらえないでしょうか」

「ダラスまでですか？　でも――」

「そうしていただければ署としては大いに助かります」

　キャロリン・シーリーがため息をついた。「ダラスに帰れるなら、わたしもうれしいです。アメリカの暮らしが恋しいし、マーカスにも長いあいだ会っていませんから」しばらく黙りこんで、ようやく言った。「ええ、ふたりでアメリカに帰ります」

「では、こちらの連絡先をお教えします」トレイは署の電話番号を告げた。「町に到着したら電話してください。研究所にご案内します」

　キャロリンが名残惜しそうにため息をついた。「ではまた」そう言って電話を切った。

　トレイは受話器を置いて、首の後ろを手でこすった。謎《なぞ》を解くための、これが有力な手がかりになるかもしれない。


マーカスは大皿から肉をひと切れとって自分の皿にのせ、マッシュルーム入りのグレービーソースをすくって肉にかけた。ひと口味わって、満足そうに目を見開く。

「オリヴィア、今夜のローズの料理はすばらしいよ。このテンダーロインは実においしいね」そこまで言って、孫娘の皿に料理がとり分けられていないことに気づいた。「どうしたんだね？」身を乗りだして、気遣わしげに尋ねる。「どこか具合が悪いのか？」

オリヴィアはため息をこらえて、つくり笑いをした。

「いいえ、お祖父《じい》さま、なんでもないわ。お腹《なか》が空《す》いていないだけよ」

フォークを置いて椅子の背にもたれたマーカスは、胸の前で腕組みをして孫娘の顔をじっと見た。いつもそばにいるので、まじまじと顔を見ることはほとんどないが、こうして見ていると、ほんの一瞬、ある疑いが胸をよぎるのを感じた。もしかしたら……。そのとたん眉間《みけん》にしわを寄せて、妙な考えを頭から追いやった。

「明日のことが気がかりなんだね？」

オリヴィアは一度は肩をすくめたが、やがて目をそらしてうなずいた。

マーカスの眉間のしわが深くなった。

「わしの口から言っても気休めにしかならないかもしれないが、心配することなど何もない」

オリヴィアが顔をあげた。その目は涙でうるんでいた。

「ああ、お祖父さま。できるならわたしもそう信じたい。でも、なんだかいやな予感がするの。今の平和な生活が根底からくつがえされてしまうような」

そんなことはないとマーカスは言って聞かせてやりたかったが、今のオリヴィアに何を言っても心に届きそうにない。とにかく今は待つだけだ。時がたてば、真実は明らかになる。

祖父の気持ちを乱してしまったことにオリヴィアは気づいていたが、祖父の前で感情を偽ることだけはどうしてもできなかった。今の自分にできるのは、祖父の信念が真実であってほしいと祈ることだけだ。

「めそめそしてごめんなさい、お祖父さま。わたしももっとしっかりしなければ。手始めに、ローズお手製のテンダーロインステーキをいただいてみるわ」

マーカスは笑顔になって肉の大皿を彼女の前に置いた。

「グレービーソースを忘れないようにな」

ハンバーガーの最後のひと口を食べ終えたフォスター・ローレンスは、ふた切れだけ残ったフライドポテトをケチャップに浸すと、コーヒーポットを手にしてテーブルの横で足を止めたウェイトレスにうなずきかけた。

　お代わりを注いでもらいながら、フォスターはいれたてのコーヒーの香りを胸の奥まで吸いこんで、自由の味を堪能《たんのう》した。夜中近くにホテルの部屋を出て通りを歩き、終夜営業の食堂で好きな料理を注文できるのはすばらしい。

　この店に入ったのは空腹からというより、自由を実感したかったからだ。

「パイはいかが？」ウェイトレスが勧めた。「まだアップルパイと深皿焼きのピーチパイが残ってるけど」

　フォスターはすでに満腹だったが、デザートは別腹だ。

「桃のパイか？」

「正真正銘の桃よ」

「アイスクリームをのせてもらえるか？」

「まかせておいて」

　愛想よくウインクして、ウェイトレスが歩き去った。

　左右に揺れるヒップにフォスターは目を吸い寄せられたが、肉体の飢えはすでに満たされていた。今夜はアイスクリームをのせたピーチパイをたいらげて引きあげることにしよう。

　食堂の外を、赤色灯をつけたパトカーがサイレンを流しながら猛スピードで通りすぎた。

追われているのが自分でないことが、身震いするほどありがたかった。パトカーが見えなくなってから、暗い窓に映った自分の姿を目にしてフォスターは満足そうにほほえんだ。ガラスのなかから見返してきた男は頭も顔もつるんとしている。今は亡き母親が見ても、息子だとは気づかないだろう。

ウェイトレスが近づいてきて、彼の前にパイの皿を置いた。満腹のはずなのに、温かいパイとアイスクリームのおいしそうなにおいを嗅《か》ぐと、また新たに食欲が湧《わ》いてきた。

「さあどうぞ。アイスクリームのせよ。ごゆっくり召しあがれ」

「ああ、そうさせてもらうよ」フォスターは愛想よく応じて、スプーンをパイに突き立てた。

食べながら、頭のなかで翌日の計画を練った。この町に到着してすぐに電話帳でレストラン〈レイジー・デイズ〉の番号を調べたが、掲載されていなかった。もっとも、レストランが店じまいしたとしても不思議はない。二十五年もたてばいろいろ変化していて当然だ。それでも、建物が同じ場所にあるかぎり、隠した金もそこにあるはずだ。目的のものが手に入るのは時間の問題だ。今はパイとアイスクリームを味わうだけで幸せだった。

トレイはベッドの端に腰をおろして、高校の卒業アルバムをめくっていた。追憶に浸るのはいつもの彼らしくないが、オリヴィアとの再会がきっかけとなって、古い思い出がどっと胸に押し寄せてきた。

あるページで手を止めた。写真のなかから笑いかけているオリヴィアの顔の輪郭を指で軽くなぞり、写真の下に彼女が書いた文字を手でおおった。

〝永遠にあなたを愛します〟

「この約束はどうなったんだ、リヴィー？」

自分のしていることに嫌気が差したかのように乱暴にアルバムを閉じて床にほうり、ベッドにひっくり返った。しかし、目を閉じても、ほほえんでいるオリヴィアの顔がまぶたから消えなかった。しばらくして彼女の顔に代わって現れたのは、もっと不吉なものだった。検査台の上に並べられたいくつもの小さな骨だ。

たとえどんな邪魔が入ろうと、誰の怒りを買うことになろうと、あの子供の身元を突きとめて、短い人生を無理やり終わらせた犯人をつかまえるのだとトレイは心に誓った。

5

コーヒー三杯と強力な頭痛薬三錠で完全武装したトレイは、もうこれで何が来ようと乗りきれると思った。しかし、車に乗りこんで、埃《ほこり》をかぶったダッシュボードや、ガムの包装紙や紙コップが床に散らばった汚れ放題の車内を目の当たりにすると、自信はもろくも崩れ去った。ちりひとつない優美な屋敷で暮らすマーカスとオリヴィアがこの車を目にしたときのあきれ顔が目に浮かぶ。またしても、だめな人間だという烙印《らくいん》を押されるに違いない。

トレイは腕時計に目をやった。約束の時間には遅れてしまうが、このままにしておくわけにはいかない。さっそく掃除道具をとりに行こうとして、ふと立ちどまり、待てよ、と思った。

車が埃だらけなのは、幼児の遺体が発見された湖畔の別荘まで泥道を走っていったせいで、ガムとコーヒーについては、現場からの帰り道、それ以外のものが何も喉を通らなかったからだ。

そう気づいたとき、格好をつけるのはやめることにした。シーリー家のふたりにどう思われようと関係ない。ごみを拾い集めてドアポケットに押しこみ、埃だらけのダッシュボードに〝ボクをきれいにして〟と指で書いて、イグニションキーを差しこんだ。まもなく、エンジンがうなりをあげて息を吹き返した。私道をバックで進みながら、トレイは八十一歳になる隣人のエラ・サムターに手を振った。庭で太極拳《たいきょくけん》をしていたエラは、にっこり笑ってキスを投げた。

ダラス郊外のシーリー家に向かって車を走らせるうちに、トレイは気分が上向きになってきた。来週の今ごろにはきっとすべてが片づいている。うまくいけば、あのふたりとは二度と顔を合わせないですむだろう。今日のところは、私的な感情を排して、刑事としての責任をしっかり果たすだけだ。

寝室の鏡の前に立ったオリヴィアは、何着もの服を着たり脱いだりしていた。ベッドの上には、脱ぎ捨てた服が山になっている。もう一度クロゼットに歩いていこうとして、はっとわれに返った。服装にこだわる必要はない。トレイ・ボニーがどう思おうと関係ないのだ。彼が迎えに来るのは、オリヴィアをデートに連れだすためではない。彼女と祖父を科学捜査研究所に送り届け、ＤＮＡ検査を受けさせるためなのだ。オリヴィアの運命を決定的に変えるかもしれない検査を。

オリヴィアはベッドの端に座って、泣きそうになるのをこらえた。不安と恐怖で今にも崩れ落ちそうなことを、祖父には知られたくない。そしてもちろん、トレイ・ボニーに弱みを見せるわけにはいかない。

やがて、恐怖に代わってじわじわと怒りがこみあげてきた。ベッドから立ちあがってクロゼットに戻り、今度は少しも迷わずに一着の服を選んだ。着替えが終わると、服に合う靴を履いて、髪にブラシをあてる。ハンドバッグをつかむと、一度も鏡をのぞかずに部屋を出た。

自室にいたマーカスは、廊下を通りすぎるオリヴィアの足音を聞いて、口もとをほころばせた。昨夜の夕食の席で意気消沈していたのがうそのように、その足音は元気で力強いリズムに満ちている。これでこそ愛する孫娘だ。シャツの襟がぴんとしているか、そしてネクタイが曲がっていないか鏡をのぞいて確認し終えると、マーカスはたんすの引き出しから札入れと小銭をとりだした。そして孫娘のあとを追って階下へ向かう。

ふたりが玄関ホールで朝の挨拶《あいさつ》を交わしたとたん、呼び鈴が鳴った。客人を迎えるために大理石の床を近づいてくるローズの足音が聞こえたが、今のオリヴィアは形式を重んじる気分ではなかった。

「わたしが出るわ」そう言うと、背筋をのばして扉に近づいた。

孫娘の瞳がきらりと光ったのを目にして、マーカスはふたたび頬をゆるめた。オリヴィアの装いには闘争心が表れている。女の武器を最大限に生かしたワンピースを、彼女は魅力たっぷりに着こなしていた。

「すぐ戻る。出かける前に、ちょっとローズに話しておきたいことがあるから」その場をオリヴィアにまかせて、マーカスは立ち去った。

急にひとりにされても、オリヴィアはあわてなかった。ドアノブをつかむと、大きく内側に開いて、自分たちの平和な世界に混乱を引き起こしに来た張本人と顔を合わせた。


オリヴィアの姿を見て、トレイはひどく驚いた。まさか彼女が出てくるとは思っていなかった。その装いにも度肝を抜かれた。赤いドレスの下に何も下着をつけていないのは明らかだ。戸口に立ったオリヴィアにまぶしい朝日が降り注ぎ、シルクと思われる布地の下から胸の形がくっきりと浮きでていた。さらに、スカートの下からのぞく長い脚を目にすると、恋人だった日々が思いだされてならなかった。

全身の意志の力をかき集めて、トレイは視線を彼女の肉体から顔に移動させた。そして、自分がとんでもない思い違いをしていたことに気づかされた。オリヴィアのあごはつんと上を向き、その瞳には強い光が宿っている。この表情には見覚えがある。今日のオリヴィアは全身に闘志をみなぎらせている。おそらくはトレイに対して宣戦布告をしているのだ。

「えっと……」

オリヴィアは勝ちほこった笑みが浮かびそうになるのをこらえた。トレイの顔を見るかぎり、このドレスを選んだのは正解だった。

「おはよう、刑事さん。どうぞお入りください。祖父はすぐに来るわ。そろったら出かけましょう」

「ああ……」

オリヴィアが冷ややかな目でトレイを見た。「どうかしたの？　まともな言葉がしゃべれなくなったとか？」

「くそ」トレイは小声でつぶやいた。

オリヴィアは余裕の笑みを浮かべている。

両手をポケットに突っこんだトレイは、オリヴィアが思ってもみなかったことを口にした。

「きみは昔からきれいな子だった。これ以上美しくなりようがないと思っていたが、それは間違いだった」声の調子が柔らかみを帯びる。「今のきみは信じられないほど美しい。今回のことはほんとうにお気の毒だと思っている」

オリヴィアの反発心が突如として行き場を失った。これまでは、伝えられた知らせがあまりに衝撃的だったために、不吉な知らせをもたらした人間にやつあたりしていたのだ。

「あのね、トレイ……わたし――」

「すまない、待たせたね」マーカスが急ぎ足で玄関ホールに戻ってきた。

オリヴィアはふっとため息をつくと、にこやかな笑顔で祖父に向きなおった。

「だいじょうぶよ、お祖父《じい》さま。こちらもたった今挨拶がすんだばかりだから」

トレイはポケットから手を出して、差しだされたマーカスの手を握った。

「おはようございます。よろしければそろそろ出発しましょう」ふたりの返事を待たずに扉の外に向かって歩きだした。

マーカスとオリヴィアが追いついたときには、トレイはすでに車の横に立ち、後部座席のドアをあけて待っていた。運転手つきの車に乗り慣れているマーカスは、当然のように乗りこんで奥に移動し、オリヴィアが乗りこむのを待った。

しかしオリヴィアは、トレイをたんなる運転手扱いすることに居心地の悪さを感じていた。お礼を言おうと振り向いた瞬間、燃えるようなトレイの瞳にからめとられて、まっすぐ立っていられなくなった。倒れそうになるところをトレイがさっと抱きとめ、ほんの一瞬、オリヴィアは彼の腕にしっかりと抱かれていた。おたがいに、この時がいつまでも続くことを願いながら、その気持ちを口にすることはなかった。幸いなことに、あっという間の出来事だった。車の床に転がっているピーナッツの殻を踏みつけながら、オリヴィアは祖父の隣に乗りこんだ。

運転席についてシートベルトを締めるトレイの後頭部を見ながら、オリヴィアは弾力のある黒い髪の感触を思い返し、無意識に大きなため息をついた。気がつくとルームミラーのなかからトレイが見つめていた。オリヴィアは内心の動揺を悟られぬように、マーカスのほうを向いてほほえみかけた。いつのまにか形勢が逆転している。オリヴィアは追いつめられた気分だった。

トレイは視線を前に戻して車を出し、私道をバックで進んだ。そのとき朝日が車内に射《さ》しこんで、埃におおわれたダッシュボードを明るく照らした。

そこに書かれた文字を読んだオリヴィアは、笑いだしそうになるのをこらえた。初恋の相手は成長してダラス署の刑事という堅い職業についたが、かつてオリヴィアが恋した少年の片鱗《へんりん》が今も残っているのを見るとうれしかった。茶目っ気たっぷりの性格で、家柄の違いなど気にせずに愛してくれた一途《いちず》な少年が、そこにはいた。

けれど、まさにその家柄の違いが原因で、そして自分が祖父に逆らえなかったせいで、オリヴィアは運命の人を失ってしまったのだ。そのことを思うと、悲しくてたまらなくなった。

つらい思い出を頭から追い払おうと、目を閉じて座席にもたれた。その手を祖父がやさしく包んだ。

「オリヴィア、すべてうまくいくよ」

「ええ、わかってるわ、お祖父さま。わたしのことは心配しないで」

トレイはルームミラーにちらりと目をやり、ふたりに気づかれる前に目をそらした。もともとオリヴィアは高嶺《たかね》の花だったのに、若き日のトレイにはそのことがわかっていなかった。しかし現在のトレイは世間知らずの少年ではない。もう一度あの苦しみを味わうつもりはなかった。

「そういえば、シーリーさん、教えていただいた電話番号でテレンスさんと連絡をとることができました。きのうの午後、奥さんと話をしましたが、近いうちにご夫妻でダラスに戻られるそうです。こちらでテレンスさんにもDNA検査を受けていただきます」

ミラーに映るマーカスの表情がこわばっていることにトレイは気づいた。刑事として、黙って見過ごすわけにはいかなかった。

「あまりうれしくなさそうですが、どうかされましたか?」

マーカスはしばらく返事をせず、やがて、そっけない調子で答えた。

「昔からテレンスとはうまくいっていなかった。べつに特別の理由があるわけではなく、たんにそりが合わないというだけだ」

トレイは無言のうちに車を走らせた。しばらくしてマーカスの携帯電話が鳴った。

「失礼。電源を切っておくつもりだったんだが」非礼を詫《わ》びてから発信者名に目をやり、眉間《みけん》にしわを寄せた。「オフィスからだ。出ないとまずい」

オリヴィアはうなずいて、窓の外を過ぎ去っていく風景と車の列に目を凝らした。ふと気がつくと、電話はすでに終わろうとしていた。

「ああ、できるだけ早くそっちへ行く」マーカスが通話を切り、携帯電話をポケットにしまった。「ボニー刑事、検査にはかなり時間がかかるだろうか?」

「そう長くはかかりません。急用ですか?」

「予定外の用事ができてしまった。検査が終わりしだい、オフィスに戻らないと。帰りはオリヴィアを家まで送ってもらえるだろうね」

オリヴィアが体をこわばらせた。「お祖父さま、わたしは子供じゃないわ。タクシーで帰るから心配しないで」

「いいえ、そういうわけにはいきません」トレイは言った。「こちらの都合で来ていただくのですから、無事に送り届ける責任があります」

「では話は決まりだな」マーカスは安心した様子で、座席に背中をもたせかけた。

しかし、オリヴィアの不安は増すばかりだった。祖父がいるからこそ、トレイの車に乗っていても平静でいられたのだ。帰りはふたりきりだと思うと緊張感がつのる。それでも、なんとかうまくやり過ごすしかない。もうあれから十一年。犯した過ちを乗り越えるのにじゅうぶんな長さだ。たとえそれが人生最大の過ちだとしても。

いつまでも感情の整理がつかないオリヴィアを乗せて、車は科学捜査研究所に到着した。駐車場に乗り入れたとたん、何か様子がおかしいことに三人は気づいた。地元のテレビ局のバンが二台待機し、カメラマンを同行した記者が六人ほど入口の周辺をうろついている。駐車場の隅には〝赤ん坊殺し〟と書かれたプラカードを持った男が立っていた。

「ちくしょう」トレイがつぶやいた。「情報を漏らしたやつを見つけたら、ただではおかない」

「いったいこの騒ぎはなんだね？」マーカスが詰問する。

「車から出ないでください」トレイはきびきびと指示した。「すぐに追い払いますから」

警察無線で本部に応援を要請するトレイの様子を、オリヴィアは心配そうに見守っていた。恐ろしいことに、記者たちが後部座席に座っているオリヴィアの姿をめざとく見つけていっせいに駆け寄ってきた。いくつもの手で押され、小突かれて、車が揺れた。とそのとき、プラカードを掲げていた男が記者たちを乱暴に押しのけて前に出てきた。

オリヴィアに見えたのは、プラカードごしに車内をのぞきこむ男の、異様な光を放つまなざしだけだった。恐怖に襲われて、オリヴィアは祖父の手にしがみついた。

トレイが後ろを振り向いて何か言った。自分に話しかけているのはわかるが、周囲があまりに騒がしくて何を言っているのか聞きとれなかった。オリヴィアは体を縮めて、車のドアからできるだけ離れた。肉体的な危害を加えられることはないだろうが、記者たちはカメラを窓に向け、オリヴィアの顔がよく見える場所を奪い合って押し合いへし合いしている。

オリヴィアの体が小さく震えはじめた。

「トレイ……」

その声に恐怖を聞きとったトレイは、車の周囲に押し寄せた記者たちやひとりよがりの抗議行動をくり広げる男に向かって、声に出さずに毒づいた。

「心配しなくていい。ぼくが追い払う」

「なんとかして」

トレイがドアの取っ手をつかもうとした瞬間、誰かがオリヴィアの名前を大声で呼んだ。

「トレイ……お願いよ」オリヴィアは涙声になっていた。

怒り心頭に発したトレイは、車の外に出ると、警察バッジを掲げて声を張りあげた。

「みんな、さがってくれ！　車から離れないと、全員逮捕するぞ」

記者たちは後ずさりしたものの、夕方のニュースのねたを求めて、しつこく質問を投げかけてくる。たったひとりで抗議行動をくり広げていた男は人垣の後ろに押しやられていたが、プラカードだけが人々の頭上から突きでて、そこに書かれた文字がいやでもトレイの目に焼きついた。

ようやく応援のパトカー二台が到着し、トレイの車の横に停止した。なかから制服警官が四人おりてきて、群がった記者たちに近づいた。

トレイはもう心配ないとみて車に戻り、後部座席に身を乗りだしてオリヴィアの手をとった。

「さあ、おいで、リヴィー。もうだいじょうぶだ」

彼の手首にほっそりとした指を巻きつけて、オリヴィアは車の外へ出た。

「だいじょうぶじゃないわ」ささやくような声でつぶやいた。「ああ……あなたにはわからない？　前のような平和な生活は、もう二度と戻らないのよ」

ふたりのすぐ後ろにいたマーカスがオリヴィアの肩に腕をまわし、自分の体を盾にして記者たちの目からオリヴィアを隠した。

「何も気にすることはない」入口に向かって急ぎ足で移動しながらマーカスは孫娘を励ました。「あの人たちは記者だ。取材をするのが仕事なんだよ。おまえに手出しはしない」

トレイはふたりを建物のなかに案内し、廊下の椅子に座らせた。そこにいるかぎり、記者たちの無遠慮な視線や望遠レンズにさらされずにすむはずだ。

「ここで待っていてください」ふたりに言い残すと、廊下の反対側にある両開きドアを押してなかへ消えた。

「一時はどうなることかと思ったわ」オリヴィアは低い声で言った。「あの人たちはどうしてあんなことをするの？」

マーカスはため息をついて、オリヴィアの背中に手を当てた。

「寄りかかって、肩の力を抜きなさい。そんなに怖がる必要はない。いつかの騒ぎに比べればなんでもないよ」

「いつかの騒ぎって、ママとパパが殺されたときのこと？　わたしが誘拐されたときのことね？」

マーカスは無言でうなずいた。

「あのときはつらかった。でも、今日は楽なものさ。口のなかに綿棒を入れてＤＮＡサンプルとやらを採取させてやるだけでいいんだ。それ以外の厄介な問題は、われわれには関係ない」

顔をあげたオリヴィアは、祖父の瞳が明るく輝いているのを見て勇気づけられた。

「わたしのことだけど……お祖父さまは少しも疑っていないのね？」

「ああ、もちろんだとも。一片の疑いも持っていないよ」

そこへトレイが戻ってきた。

「準備ができました。こちらへどうぞ」


パトカーが到着したとたん、デニス・ローリンズは姿を消した。つかまるわけにはいかない――とくに今回は。神から与えられた使命を、何があっても果たさなければならないのだ。心から悔い改めて、その気持ちを何かの形にして示すなら、犯した罪は許されると神は告げた。目覚めているあいだ、罪の意識にさいなまれない瞬間はなく、ベッドに入れば悪夢にうなされる。安らかな眠りなど、もう長いあいだ経験していなかった。彼が中絶クリニックにしかけた爆弾の巻き添えを食って七人の子供が死亡したのは、デニスにとってまったく予想外の出来事だったが、たとえそうであっても罪の意識は消えなかった。

事件後しばらくは、目を閉じるたびに血だらけの小さな遺体がまぶたによみがえるのが耐えられず、本気で自殺を考えた。教会の送迎バスが故障して、クリニックの正面で立ち往生するなんて、いったい誰に予想できたというのだ。神が子供たちの死を願わなければ、あんな場所でバスを立ち往生させるわけがないと、最初のうちは無理やり自分を納得させていた。しかし、この男のなかにも多少の理性は残っており、エンジンの故障と神にはなんの関係もないことが心の底ではわかっていた。惨事を引き起こした責任はデニス自身にあり、その結果を彼はひとりで引き受けるしかないのだ。

しかし、それももう終わりだ。幼児の遺体が発見され、シーリー家がなんらかの形で事件にかかわっているかもしれないという多分に憶測を含んだ報道を耳にした瞬間、自分のやるべきことが見えてきた。殺された子供に代わって復讐《ふくしゅう》を果たせば、自分の罪は許される。そう思いこんだのだ。

デニスは持っていたプラカードを折りたたんで脇《わき》の下にはさみ、路地に消えた。アパートに帰り着いたときには、アドレナリンの効果で気分が高揚していた。さっきのはほんの小手調べだ。本物の復讐がどれほど恐ろしいものか、存分に思い知らせてやると決意した。

ＤＮＡサンプルの採取そのものは、祖父が言っていたとおり、きわめて簡単だった。検査官はオリヴィアの口に綿棒を入れて頬の内側の粘膜をこすりとり、そのあと、まったく予期していないときにポラロイドカメラを向けて、きょとんとして目を丸くしている表情を写真に収めた。オリヴィアの次はマーカスが同じことをされた。最後に、ふたりの住所氏名と生年月日を確認すると、検査官はお疲れさまでしたと告げた。

マーカスが呼んだタクシーは、指示されたとおり、通用口で待っていた。家で遅い昼食をいっしょにとろうとオリヴィアに約束して、マーカスは研究所をあとにした。

メディアの注目を浴びずにオリヴィアを建物から連れだすことだけに気をとられていたトレイは、これからの三十分間ふたりきりになることが何を意味するか、考えている余裕がなかった。

しかし、オリヴィアはそのことばかり考えていた。というより、ほかのことは何も考えられなかった。皮肉なことに、本来ならいちばんの恐怖であるはずのみずからの出自の問題が、トレイがそばにいるために頭の隅に追いやられていた。緊張のあまり身動きもできず、ただ廊下の椅子におとなしく座って、トレイが研究所の主任を叱《しか》りつける様子を黙って見ているしかなかった。トレイは研究所の誰かがマスコミに情報を漏らしたに違いないと抗議し、相手がそんな事実はないと頑強に否定しても、追及の手をゆるめなかった。

「きみ自身が垂れこみの電話をかけていなくても同じことだ。きみはここの責任者だ。部下の全員にプライバシーという言葉の意味を理解させる義務がある」

主任のラリー・フラッドは、トレイの言うとおりだと内心では思っていたものの、日ごろからうとましく思っている相手から面と向かって非難されるのはおもしろくなかった。

赤い髪に負けないほど頬を紅潮させて、トレイの鼻先に指を突きつけた。

「ボニー、偉そうなことを言うのもいいかげんにしろ。ふたりが検査を受けることを知ってたのはうちのスタッフだけじゃない。ダラス署の連中だってみんな知ってたはずだ」

「それはきみの思い違いだ。その指をどかせ。さもないと尻を蹴飛《けと》ばすぞ」

相手がさっと手を引っこめたのを見て、オリヴィアは笑いを噛《か》み殺した。だがそのあと、ポケットのなかで男がこぶしを握るのが見てとれた。トレイの鼻を殴りつけてやりたいと思いながら、そこまでする度胸がないのだろう。

トレイのほうは、何か口実さえあれば誰かを殴りたいくらいに腹を立てていた。相手がラリー・フラッドであれば、なおけっこう。たんなる相性の問題だろうが、ラリーとは以前からうまが合わなかった。しかし、ここは仕事の場だ。いけ好かないやつだからといって、不公正に扱うわけにはいかない。

「どういうことか説明しよう、フラッド。情報を漏らしたのはぼくじゃない。だから、うちの副署長が犯人だというのでなければ、漏らしたのはやはり研究所の誰かということになる。それから念のために教えておくが、シーリー氏とお孫さんは、警察の捜査に協力しているだけであって、容疑者でもなんでもない。なんの罪もない市民を、禿鷹《はげたか》のような連中の餌食《えじき》にすることを許すわけにはいかないんだ。いいか、警告しておくぞ。誰が情報を漏らしたのか突きとめて、しかるべき手を打たないと、きみが情報を漏らしたものとして、相応の処分をすることになる」

フラッドの顔は怒りで赤黒く染まった。あとでどんな処分を受けようとトレイを殴ってやりたいという強い衝動に突き動かされそうになったが、廊下の先の椅子に座っている女性の存在を無視するわけにはいかなかった。シーリー家はこの町で大きな影響力を持っている。研究所にメディアが押し寄せたぐらいの些細《ささい》な問題で職を失いたくはなかった。

「悪かった」ぼそっとつぶやいた。「今後はこういうことのないように注意する」

トレイは離れた場所に座っているオリヴィアを指さした。

「彼女に謝ってこい――不愉快な目にあったのは彼女だ。話がすんだら、その場で待つように伝えてくれ。すぐに戻る」強い調子で命じると、トレイは反対の方向へ進み、角を曲がって消えた。

ラリー・フラッドは深呼吸をひとつすると、顔に笑みを貼《は》りつけて、オリヴィアに歩み寄った。

「シーリーさん……主任研究員のラリー・フラッドです。先ほどはご迷惑をおかけしました。メディアに情報を漏らした犯人を突きとめて、厳正に処分しますので、どうぞご安心ください」

オリヴィアは動揺の残る声で答えた。「はい……どうかよろしくお願いします。ほんとうにびっくりしました」少し間を置いて、廊下に目をやる。「ボニー刑事はどちらへ？」

「ああ、そうだ。すぐに戻ると伝えてほしいとのことでした」

「わかりました」オリヴィアはそう言うと、視線をそらした。

もうさがってよいという言外のメッセージを、フラッドは正確に読みとった。

「ともかく……不愉快な思いをさせて申し訳ありませんでした。急ぎの仕事がありますので、これで失礼します」

フラッドはオリヴィアをひとり残して、足早に去っていった。ほどなく、トレイが廊下の反対側の端から顔をのぞかせた。

「リヴィー」

手招きをしているトレイのもとへ、オリヴィアはいそいそと近づいた。一刻も早くこの場所から離れたかった。

「車を借りたよ」トレイが告げた。「入ってきたときとべつの出口から出るんだ」

「ああ、よかった。さっきの人たちとまた顔を合わせるのかと思うと、怖くてたまらなかったの」

トレイは無意識にオリヴィアの肩に腕をまわして、出口に案内した。

「ほんとうにすまなかった。あんな事態はこちらも予想していなかった。事前にわかっていたら、対処のしようもあったんだが」

彼が肩に腕をまわしたのはたんなる善意からにすぎないのだと自分に言い聞かせながらも、オリヴィアはトレイの腕に抱かれる心地よさをあらためて味わっていた。

「いいのよ。少し驚いただけ」

出口の手前で、トレイが立ちどまった。

「ちょっとここで待って」一歩外へ出て、建物の横の駐車スペースに用心深い目を走らせる。満足した様子で、オリヴィアを外へ連れだした。

トレイが借りた車は真っ赤なスポーツカーで、窓は黒いフィルムが張られ、フェンダーには黄色い炎の模様が描かれていた。

「誰の車?」オリヴィアは尋ねた。

「友だちさ。ミュージシャンの卵で、昼間はここで清掃のアルバイトをしている。やつはこの車に〝ラブ・マシーン〟という名前をつけてるんだ」

「それはまた……大胆なネーミングね。この車、すごく目立つと思うけど、メディアの人たちに見つからないかしら?」

トレイは口もとをほころばせた。「もちろん見つかるさ。でも、窓が黒いから誰が乗っているかわからない。さあ、早くして」

外見同様、音も派手な車だった。トレイがキーをまわすとエンジンがやかましくうなりだし、アクセルを踏むと、すさまじい轟音《ごうおん》に変化した。

オリヴィアは目を丸くしたが、やがて大声をあげて笑いだした。

トレイはうれしそうな表情で笑い返しながら、駐車場の出口に向かって車を走らせた。周囲の道路にはテレビ局のバンが一台と数人の記者がまだ残っていたが、プラカードを持った男の姿はなかった。トレイとオリヴィアは何食わぬ顔で記者たちの横を通りすぎ、数秒後には建物から遠ざかっていた。

メディアからいかに逃げるかという当面の問題が解決されると、ふたりのあいだに気づまりな沈黙が戻ってきた。オリヴィアの肩はがちがちに固まり、両手はぎこちなく膝に置かれている。トレイはそんなオリヴィアの様子を見て、かつてはあれほど親密だったふたりの心がこれほど離れてしまったことを寂しく思った。どうすればいいのかわからないが、これからの三十分余りのドライブを沈黙のなかで過ごしたくはない。話の糸口を探して話しかけた。

「ねえ、リヴィー。そのドレス、すごくすてきだって言ったっけ？」

オリヴィアは思わず笑みを誘われながら、トレイに顔を向けた。

「いいえ、聞いてないわ」

トレイが大げさに眉を寄せた。「いや……言ったはずだ」

「いいえ、あなたが言ったのは……。あら、そうね。二度も言われたわ」

今度はトレイが笑いだす番だった。

「わかったよ。でも、ぼくのせいじゃない。ドレスも、それを着ている女性も、両方とも危険なほど魅力的なせいだ」

オリヴィアは小さく笑っただけで、何も言わなかった。しかし、それをきっかけに張りつめていた空気がゆるんだ。

トレイは腕時計に目をやった。

「家でお祖父さんと昼食をとる予定なのは知っているが、たしか遅い昼食と言っていたはずだ」

「そうだけど」

「じゃあ、何か軽くつまんでいこうか？」

「さあ、それはちょっと――」

「心配はいらないよ。車はおりなくていいんだ」

オリヴィアは安心した様子で答えた。「それならいいわ。今朝はあまりに緊張して、朝食がほとんど喉を通らなかったの」

トレイはふたりきりでいることをあまり意識しないように努めた。これは仕事の一部で、自分はたんに、つらい立場にある知人を慰めているだけだ。しかし、知らない人が見れば、デートをしているように見えることも事実だった。

　オリヴィアのほうは、おそらくファーストフード店に案内され、フライドポテトと飲み物を注文することになるのだろうと思っていた。ところが本道をおりたトレイが車を乗り入れたのは、ドライブスルー式のアイスクリーム店だった。トレイの作戦は成功だった。高校時代、デートの最後にいつも彼が連れていってくれた店を思いだして、オリヴィアは胸が熱くなった。そんなところへ、デラックス・バナナスプリットを持ち帰りで、と注文するトレイの声が響いた。

「ホイップクリームの代わりにナッツをいっぱいのせて。それから……ああ、そうだ、スプーンを二個つけてください」

　若い男の声が答えた。「三ドル五十セントになります。そのまま進んで手前のカウンターでお受けとりください」

　バナナスプリットと聞いただけで、オリヴィアはよだれが出そうになった。アイスクリームが盛られた巨大な容器を目の前にしても少しもひるまずに、差しだされたスプーンを手にとると、車が駐車スペースに完全に停止するのを待たずにホットファッジのかかったアイスクリームにスプーンを差し入れていた。

　最初のひと口を味わって恍惚《こうこつ》の表情を浮かべるオリヴィアの顔を、トレイはうれしそうに見つめた。

「きっと気に入ると思ってたよ」やさしい調子で言うと、苺《いちご》ジャムの混じったアイスクリームを大きくすくいとった。

「うーん……すっごくおいしい」ふた口めをほおばりながら、オリヴィアはつぶやいた。

「こういうのを食べるのは何年ぶりかしら」

しばらくはそれぞれに胸をよぎる思いを口に出せないまま、ふたりしてアイスクリームを黙って口に運びつづけた。

先にスプーンをほうりだしたのはオリヴィアだった。

「信じられないほどおいしかった。でも、もうひと口も入らないわ」そう言って座席にもたれ、幼い子供がアイスキャンディーをなめるようなしぐさで、スプーンについたチョコレートを熱心になめとった。

スプーンの上を舌が這《は》うさまに、トレイの目は釘《くぎ》づけになった。ものも言わずにぽかんと見とれていると、すさまじいクラクションが鳴り響いた。はっとしてわれに返ったトレイは、あわてて周囲を見まわした。近くに駐車したピックアップトラックの運転席から若い娘がおりてきて、ふたりの車に近づき、両手でボンネットを力まかせに叩《たた》く。

「ドニー・リー！　このうそつき！　またべつの女を車に連れこんだんでしょ。さあ、今すぐおりてきなさいよ。さもないと、かわいい〝ラブ・マシーン〟を傷だらけにしてやるから」

わめき散らす娘を、オリヴィアはびっくりして見つめていたが、やがて、その顔に笑みがよぎった。

「もしかしてこの車の持ち主は、ドニー・リーという人？」

「ああ、まあね」トレイは小声で答えると、バナナスプリットの残りをオリヴィアに渡して車の外に出た。あやしい者だと思われないように、警察バッジを掲げて大声で叫ぶ。

「そこのきみ、車から手を離しなさい！」

娘はわけがわからずに、混乱した表情を浮かべている。車内のオリヴィアには彼女が何を言っているか聞きとれないが、平謝りに謝っていることは身振りでわかった。トレイは娘に事情を説明して、ドニー・リーにかけられた疑惑を晴らしているようだ。溶けかかったアイスクリームの容器を膝にのせてふたりのやりとりを見物しているうちに、オリヴィアは久しぶりに大笑いしていた。

笑っているあいだ、恐怖や不安は胸のなかから消えていた。

しばらくすると、娘が肩をすくめてにっこり笑い、トラックに乗って走り去った。

車のドアをあけてバナナスプリットの容器を受けとったトレイは、それを近くのごみ箱に捨てて、ふたたび車に乗りこんだ。最初は仏頂面をしていたが、オリヴィアの顔に笑みの名残が浮かんでいるのを見つけると、自分も頬をゆるめた。

「ちょっとした見ものだったろう？」

オリヴィアはくすっと笑った。「あのときのあなたの顔ったら」

「少なくとも、きみに楽しんでもらえたようでよかった」

何気なく、オリヴィアは彼の手に自分の手を重ねた。

「大笑いしたら気持ちが軽くなったわ」

トレイはその手を裏返して、指と指をからめた。

「リヴィー、ぼくは――」

オリヴィアはそっと手を引き抜いた。

「そろそろ戻りましょう。家に帰ったときにわたしがいないと、お祖父さまが心配するから」

滑稽《こっけい》な半面、痛々しさを感じて、トレイは笑うに笑えなかった。体はすっかり大人なのに、オリヴィアは今もマーカス・シーリーの庇護《ひご》のもとにあるのだ。

「ああ、そうだね。大事な孫が下層階級の人間と長い時間を過ごしたと知ったら、彼はいい顔をしないだろう」

エンジンをかけ、バックで駐車場から出ると、トレイは屋敷までの残りの道を無言で運転した。内心では、最後のひと言をとり消したいと願っていた。まるで、昔の出来事を根に持っているみたいな言い草だ。

一方オリヴィアは、ふたりのあいだに広がった気まずい沈黙は自分のせいだと感じていたが、解決策を何ひとつ思いつかないうちに、車は屋敷に到着した。

車からおりたトレイは、助手席側に歩いていってドアをあけ、手を貸してオリヴィアを車からおろした。ふたりは無言で玄関まで歩いた。扉の手前で、オリヴィアは彼のほうを向いた。

「送ってくれてありがとう。それから、アイスクリームをごちそうさま」

「どういたしまして」トレイは礼儀正しくほほえんだが、その目は笑っていなかった。

このまま帰らせてしまうのは忍びなく、オリヴィアは引きとめる口実を探した。

「ねえ、トレイ……検査の結果はいつごろ出るのかしら」

「短くて一週間。もっとかかるかもしれない。結果が出たら通知が行くから」

そのとき、トレイの携帯電話が鳴った。発信者名を確認して、玄関から離れる。

「電話だ」

「ええ……そうね」と応じて、オリヴィアはドアの鍵《かぎ》をあけた。錠が回転する音を聞くあいだも、何か悪いことをしたような思いがぬぐえなかった。「どうもありがとう」最後にもう一度言った。

トレイが足を止めて、一瞬だけ、ふっとやさしいまなざしでオリヴィアを見た。

「リヴィー」

「なあに？」

「きみにまた会えてよかった」

思いがけない涙の膜が、オリヴィアの視界を曇らせた。

「ええ、わたしもあなたにまた会えてよかった」

気がつくと、トレイは消えていた。

6

マーカスは結局、昼食の時間には家に戻れず、オリヴィアはひとりでテーブルに向かうはめになった。蟹《かに》のサラダをつまむあいだ、彼女の頭を占めていたのは、もしあのままトレイの車に乗っていたらどうなっていただろうという思いだった。祖父からの連絡のあと、友人たちに電話して、遅い昼食を付き合ってもらうこともできた。午後いっぱいをゴシップとマルガリータで優雅に過ごすのが好きな人たちだ。しかし、今の時期に彼女たちと会えば、どうしても話題は自分のことになる。それに、殺された幼児とシーリー家のあいだになんらかの関係があることを示唆する衝撃のニュースが伝えられて以来、いわゆる友人たちからは一本の電話もかかってこない。彼女たちとの友情は、つまるところ、その程度のものだったのだ。祖父との関係についてトレイに指摘されたことも当たっている。認めたくはないが、確かにオリヴィアはいつも祖父の機嫌をうかがいながら生きてきた。今回の騒ぎではじめて気づいたのは、大勢いたはずの同性の友人たちが真の意味の友人ではなく、たんなる昔からの知り合いにすぎなかったことだ。子供から大人に変わる多感な時期をともに過ごした友人も、夢や希望を打ち明け合った友人もいない。うわべは完璧《かんぺき》に見えたオリヴィアの人生だったが、完璧と思えたのはたんなる錯覚で、一家の名前が新聞の見出しを飾るようになったとたん、幻想は音をたてて砕けた。

憂鬱《ゆううつ》な表情をしてサラダを押しやり、席を立とうとしたとき、ローズがレモン・シャーベットの小皿を持って入ってきた。形も色合いも本物そっくりで、茎に見立てたミントの葉が品よくあしらわれている。

サラダにほとんど手がつけられていないのを見て、ローズが不安げな口調で尋ねた。

「お口に合いませんでした？」

オリヴィアはため息まじりに答えた。「いいえ、おいしかったわ。ただ、あまり食欲がなくて」

シャーベットが盛られたクリスタルの小皿をオリヴィアの鼻の下にあてがって、ローズは誘うように振り動かした。

「ひと口、いかがです？　お嬢さまの好物のレモン味ですよ」

「レモン味が好物なのはお祖父《じい》さまよ。もちろん、わたしも好きだけど」ローズの気持ちを傷つけたくなくて、思わず言い添えた。

サラダを片づけ、デザートをテーブルに置いて、ローズは部屋を去った。

オリヴィアは小皿をとりあげて、スプーンの先でミントの葉をどけた。シャーベットをすくって口に含み、舌を刺激する強い酸味に思わず顔をしかめる。少し前にトレイとふたりで食べたバナナスプリットは見た目もけばけばしく、自堕落なほど甘かったが、この上品なシャーベットよりずっとずっとおいしかった。味を楽しむというより、ローズを喜ばせるために、オリヴィアは残りのシャーベットを義務的に口に運んだ。

部屋へ帰って着替えをしようと思い、階段をのぼりはじめたとき、自分がとり返しのつかない過ちを犯したことに気づいた。せっかくのトレイの誘いを、祖父と昼食の約束をしていたために、あっさり断ってしまったのだ。祖父に電話をして、べつの予定ができたと告げればよかったのだ。祖父がそうやって約束をキャンセルしたことはこれまでに何度もある。オリヴィアだってしようと思えばできたはずなのに、そうする勇気がなかった。そのあげく、べつの誰かの気持ちを傷つけるのが怖くて、ほしくもないシャーベットを食べている。

オリヴィアは階段に座りこんで、乱暴に髪をかきむしった。どうかしている。いつから、何がきっかけで、こんな意気地なしになってしまったのだろう。自分の感情をあとまわしにして、ほかの人の気持ちばかり気にして生きるようになったのはなぜなのか。

ため息がもれる。こんなとき、オリヴィアは母親がいないことを寂しく思った。もし生きていたら、同性としての意見やアドバイスを聞くことができたのに……。オリヴィアの人生で重要な位置を占めた女性といえば、子守として面倒をみてくれたアンナ・ウォールデンだけだ。なつかしい彼女の顔を思い浮かべた瞬間、オリヴィアは自分が何をすべきか悟った。

跳ねるように立ちあがって、残りの階段を一気に駆けあがった。部屋に入るなり、赤いドレスを脱いでクロゼットにかけ、ダラス・カウボーイズのTシャツと着古したリーバイスを身につける。赤いハイヒールはスニーカーに履き替え、ふんわりと垂らしていた髪はひとつにまとめて大きなピンクのクリップで留めた。他人の目を意識してではなく、自分が心地よくいられることを考えて選んだスタイルだ。

ローズに行き先を告げて、母屋とは別棟のガレージに急いだ。愛車のBMWのドアに手をかけたところで、ふと気が変わり、祖父が所有する黒いシボレーのSUVに乗りこんだ。この車の、疲れを知らない力強いエンジンが気に入っている。ガレージから出るとき、自分で車を運転するのは実に久しぶりだとあらためて思った。旅行から帰って以来、一度もハンドルを握っていない。たとえ車一台であろうと、自分の意のままにできるのは気分がいいものだ。

恐怖の影から逃れるような奇妙な感覚にとらわれながら、オリヴィアは車を走らせた。ほどなく高速道路に乗り、アンナ・ウォールデンが住む小さな家のあるアーリントンに向けてひたすら進んだ。

デニスは身震いするほどの興奮に包まれていた。シーリー家を見張るというのは、われながら名案だ。見張りを始めて三十分もしないうちに、黒いＳＵＶが私道から出てきた。窓は暗くて誰が乗っているのか判別できないが、べつに誰だろうとかまわない。ＳＥＡＬＹ１というナンバーは、車がこの家のものである証拠だ。すでに、彼の頭のなかでは次の作戦が進行中だった。

次の瞬間、デニスは突然首をかしげて、彼だけに聞こえる声に耳を傾けた。

「主よ……仰せのとおりにいたします」小さな声でつぶやいて、車のエンジンをかける。後方に車の姿がないのを確認すると、すばやくアクセルを踏んで車線の中央に出た。自分には神がついていることを固く信じて、ＳＵＶを見失うまいとがむしゃらに加速した。

アンナ・ウォールデンにとって六十回めの誕生日はすでに過去のものだった。幸多き人生とはお世辞にも言えないが、本人がそのことを不満に思っている様子はなかった。若いころは、グラマラスな肉体を誇示して通りを闊歩《かっぽ》したものだが、現在のアンナにはその面影はみじんもない。思いもよらない運命のいたずらで、アンナは心に傷を負った二歳の女の子の子守としてシーリー家に住みこむようになった。しかし、屋敷に着いたその日に、自分がこの家に来るべく定められていたことを悟った。オリヴィアがアンナを必要とするのと同様、アンナもオリヴィアを必要としていた。

アンナはオリヴィアを誇り高く教養豊かな女性に育てあげた。いつか、自分の存在が不要になる日が来ると覚悟していたが、いよいよその時が来ると少なからず傷ついた。マーカスは多額の退職金を支払ったうえに、環境のよい地域に小ぢんまりした家まで買ってくれたが、それでも心にぽっかりとあいた穴は埋まらなかった。

この数年は、オリヴィアがときどき訪ねてくれるだけでありがたいと思うようになった。ことに誕生日にはかならず顔を見せ、すてきなレストランに招待してくれる。筆まめのオリヴィアが送ってくる葉書や手紙を、アンナはいつも楽しみにしていた。つい最近は、ヨーロッパのあちこちから絵葉書が届き、添えられた文章や写真を見ているだけで、自分が旅をしているような気になったものだ。立派な女性に成長したオリヴィアのことをアンナは心から誇りに思っていた。しかし、それ以外のことに目を向けて、もう一度人生をやりなおそうという意欲や気概は持ち合わせていなかった。

この日も例外ではなかった。ソファに寝そべり、足首を肘掛けにのせて、出場者が商品の値段を当てるゲーム番組をテレビで見ていた。余分につきすぎた脂肪を隠してくれるゆったりしたデザインのワンピースは太腿までめくれあがって、ずんぐりした脚と深いえくぼのある膝があらわになっていた。お気に入りのサンダルは太い爪先からぶらさがっている。赤く染めた髪の根元から白いものが十センチ近くのぞいているのは、美容院の予約を何度もすっぽかしているせいだ。突然鳴りだした玄関の呼び鈴に、アンナは顔をしかめた。

テレビの画面では、司会者のボブ・バーカーがいつもながらの名調子で次の出場者を会場に呼び入れたところだ。これからがおもしろいところなのに……。しかし、聞き覚えのある愛らしい声が自分の名を呼んでいることに気づくと、ソファから転げ落ちそうになりながら、あわてて起きあがった。

「アンナ……アンナ……わたしよ。オリヴィア」

アンナは喜びと驚きを顔いっぱいに浮かべて、勢いよくドアをあけた。

「オリヴィア……よく来てくれたわね！」大声をあげて、歓迎のハグをする。「さあ入って。前もって知らせてくれたらチョコレートクッキーを焼いておいたのに。好物でしょう?」

オリヴィアは顔を輝かせた。「ええ、大好物よ」そう言いながら、なつかしいアンナの腕のぬくもりに包まれる。

やっぱりここへ来てよかった。血はつながっていないものの、アンナはオリヴィアにとって母親に最も近い存在だった。オリヴィアは彼女から髪の編みかたを教わり、はじめてのブラを買うのに付き合ってもらい、女性としてのたしなみを伝授された。そして、アンナはローズとは違って、オリヴィアの好みを正確に把握していた。レモン・シャーベットが苦手で、チョコレートクッキーに目がないことも。

「元気にしていた?」玄関のドアを閉め、オリヴィアをソファに案内しながら、アンナが尋ねた。「ヨーロッパ旅行はどうだったの？　何もかも全部話してちょうだい」

アンナのだらしない格好と部屋の汚さにオリヴィアはかすかな当惑をおぼえた。しかし、見た目に惑わされてはいけない。アンナはアンナだ。そばにいるといちばん安心できる、お守りのような存在。つまらないことを気にするのはやめようと気持ちを切り替えた。

「ヨーロッパは最高だったわ。写真をたくさん撮ってきたけど、まだ現像に出していないの。いろいろあったものだから、すっかり忘れてしまって」

オリヴィアと並んでソファに腰かけ、アンナが眉を寄せた。「いろいろってなんのこと？　マーカスに何かあったの？　具合でも悪いの？」

相手が何も知らないことが、オリヴィアには意外だった。

「いいえ、そういうことじゃないの。マスコミで騒がれている例の事件よ。幼児の遺体が発見されたニュース、新聞で読んだでしょう？」

アンナがきょとんとした表情になった。「幼児の遺体ってなんの話？」相手が答えるのを待たずに、自分から言い添えた。「実は、一週間ほど前に眼鏡が壊れてしまったの。このままでもテレビを見るのには不自由しないから修理をしていないんだけど、眼鏡がないと細かい文字は読めなくて」

「わたしもそれぐらいおおらかになりたいわ」オリヴィアは小さな声でつぶやくと、ソファに座ったまま靴を脱ぎ、引きあげた脚を体の下に敷いた。「騒ぎが持ちあがったときに電話をすればよかったわね」

「それはいったい、いつの話なの？」アンナが跳ねるように立ちあがった。「ちょっと待って。話を聞かせてもらう前に、飲み物を用意するわ」

「いいえ、どうぞおかまいなく。飲み物はあとでいただくわ。突然お邪魔したのは、もしかしたらマスコミ関係者からここへ電話がかかってくるかもしれないと思ったからなの。まあ、たぶんそこまではしないと思うけど」

マスコミ関係者という言葉にアンナは大きな関心を示した。ソファに座りなおして、両手を膝の上で重ねる。

「なぜうちに電話がかかってくるの？」

「おそらくそういうことはないと思うけど、なかには非常識な記者もいるのよ。それで、お祖父さまと話し合って、前もって状況を説明しておいたほうがいいということになったの」

「状況って？」

「一週間ほど前、スーツケースにつめられた幼い子供の——女の子の遺体が、テクソマ湖のそばの別荘の壁のなかから発見されたの。その子供の左手には親指が二本あったので、警察はうちの一家が事件とかかわりがあると疑っているのよ」

アンナの顔がさっと青ざめ、上体がぐらりと揺れた。

「小さな女の子が？　スーツケースにつめられて？　なんて恐ろしい！」短い沈黙のあと、ふたたび口を開いた。「でも、どうもよくわからないわ。確かに片方の手に親指が二本ある子供はめったにいないと思うけど、だからってシーリー家の人間とはかぎらないでしょう？」

「ええ。でも、ほかにも厄介な問題があるのよ」

「どんなこと？」

「検死報告書によると、遺体はおよそ二十五年前のもので、二十五年前といえば、わたしが誘拐された年よ。それで、その子の年齢と親指のことなどを考え合わせると……つまりね、簡単に言うと、わたしがシーリー家の本物の娘だと証明するために、お祖父さまとわたしはＤＮＡ鑑定を受けさせられたの」あごが小さく震え、目に涙があふれた。「ああ、アンナ。ばかみたいだけど、怖くてたまらない。もしお祖父さまとわたしは赤の他人で、遺体で発見された子供がシーリー家の娘だったらどうすればいいの？」

　アンナが昂然《こうぜん》と顔をあげ、オリヴィアの両手をつかんで声を荒らげた。

「オリヴィア、しっかりしなさい。そんなばかな話はないわ。ＤＮＡ鑑定がどう出ようと、あなたはマーカス・シーリーの孫ですよ。誘拐される前の写真をわたしはこの目で見ているし、あなただって見ているはずでしょう。自分が偽物かもしれないと一瞬でも思うなんて信じられない。あなたの体にはシーリー家の血が流れているのよ。さあ、くよくよするのをやめて、シーリー家の娘らしくしゃきっとなさい、しゃきっと」

　オリヴィアは慰めてもらうつもりでこの家にやってきたのだった。まさか叱《しか》られるとは思ってもみなかった。しばらくは呆気《あっけ》にとられてぽかんとしていたが、ショックがおさまると、口の端に茶目っ気のある笑みが浮かんだ。

「ああ、アンナ……それでこそアンナだわ。わたしは甘えた気持ちでここへ来たけれど、あなたは今のわたしにほんとうに必要なものを教えてくれた。自信と誇りを忘れてはいけないのね」

　オリヴィアが両腕を投げかけると、アンナはその体を引き寄せた。

「もうだいじょうぶよ、オリヴィア。心配しないで。わたしがそばについているわ。叱るつもりはなかったの。ただ、あなたには卑屈な気持ちを持ってほしくなかった。つまらない雑音に耳を貸してはだめよ」

「そのとおりね。もうくだらないことを口走るのはやめるわ。そろそろ冷たい飲み物をいただこうかしら……」

　アンナが体を離して、真実を読みとろうとするかのようにオリヴィアの顔をのぞきこんだ。そこにあるものを見て安堵《あんど》したらしく、小さくほほえんで、そっと頬をなでた。

「アイスティーがあるわ……あなたの好きな甘いアイスティーよ」

「うれしい。わたしもお手伝いするわね」

膝の痛みにかすかに顔をしかめながら、アンナがソファから立ちあがった。

苦しげなその表情を、オリヴィアは見とがめた。

「具合が悪いの？」

「だいじょうぶ。べつに病気じゃないわ。年をとると、ちょっと体を動かすだけでも骨身にこたえるのよ」

オリヴィアの体を戦慄《せんりつ》が走った。骨という言葉を聞いたとたん、この数日、心を悩ませていた厄介な問題が思考の縁に浮きあがってきた。力ずくで頭の片隅に押しこめるようにして、アンナの肩に腕をまわす。

「ほんとうに長いあいだ、ご無沙汰《ぶさた》してしまってごめんなさいね。お茶をいただくわ」落ち着いた口調で言った。

ふたりして小さなキッチンに向かって歩くあいだ、アンナの顔には満足そうな笑みがあった。誰かに必要とされるのはいいものだ。

おとなしく座っているようにくり返し念を押され、オリヴィアは素直にテーブルについてお茶の支度が整うのを待った。最初のうちは、アンナといっしょにいられるのがただただうれしくて、それ以外のことは目に入らなかった。しかし、アンナがふたつのグラスに熱い紅茶を注《つ》ぎ、氷の入ったボウルを脇《わき》に置くのを見て、自分の目を疑った。

思わず笑い声をあげそうになったが、アンナの顔を見て、ふざけてやっているのではないことがわかった。喉の奥で息がつかえ、一瞬言葉を失った。わずかな間のあと、何も言わずにボウルから氷をいくつかつまんで自分のグラスに入れ、それからアンナのグラスにも入れた。熱い紅茶のなかで冷たい氷がかちかち鳴った。ごく日常的なその音と対照的に、胸の奥でなじみのない恐怖感が渦を巻いている。何かがおかしい。しかしオリヴィアには、この違和感がどこから来ているのか、正確に指摘することはできなかった。

黙って見ていると、アンナが戸棚から四角い紙の箱をとりだして、溶けかけた氷が入ったボウルの横に置いた。

「手づくりじゃないけど、おいしいのよ。あとはナプキンを持ってくるだけね」

信じられない思いで、オリヴィアはテーブルに置かれた紙の容器を凝視した。箱の中身は洗剤つきのスチールたわしだ。

「ねえ、アンナ……」

アンナが振り向いた。自信にあふれた笑顔のなかに、どこか似つかわしくない混乱した表情が見え隠れしている。

「お腹《なか》が空《す》いてないの？　クッキーがいやなら、サンドイッチをつくってあげましょうか。そうだわ、サンドイッチがいいわ。つけあわせはポテトチップね。ポテトチップは好きでしょう？」

オリヴィアは立ちあがってアンナの体に腕をまわした。

「いいのよ。何もいらないわ、アンナ。お腹は空いていないから。さあ、ここに座っていっしょにお茶を飲みましょう」

やさしい口調で言われて、アンナの顔から混乱した表情が消えた。

「ええ……お茶ね。そうだわ、旅行の話を聞かせてちょうだい」

オリヴィアは椅子を引いてアンナを座らせ、隣の席に腰をおろした。アンナの前にお茶を置き、スチールたわしの箱をテーブルからおろして、あいた椅子にのせる。膝の上で重ねた両手の指は震えていた。心臓がばくばく音をたてているが、内心の動揺を悟られまいと平静な表情をとりつくろった。

飲み物をじっと見ていたアンナが、心もとない表情でグラスを口に運んだ。

「お茶……よね?」もうひと口飲んで、頬をゆるめた。「そう、お茶だわ。甘くておいしいお茶。いつもありがとう、オリヴィア。ほんとうに思いやりがある子だわ」

オリヴィアは涙があふれそうになった。

「どういたしまして」深く息を吸って続けた。「あのね、ちょっと考えたんだけど、もうだいぶ長いこと家に来ていないでしょう? 荷物をまとめて、二、三日、お祖父さまとわたしのそばでゆっくり過ごしたらどうかしら」

アンナの目が大きく見開かれ、その顔はふたたび混乱の表情におおわれた。

「この家を離れるの? だめよ。そんなこと、できないわ」

「でも、なぜ？　一日じゅうひとりでじっと座っているだけでしょう？　お祖父さまもわたしも、アンナが来てくれたらとてもうれしいわ。それに……もしかしたら、子守として働いていたころの話を聞きだすために、マスコミの人たちがここまで押しかけてくるかもしれない。うちに来れば、そういう人たちに悩まされずにすむわ」

アンナが表情をこわばらせた。「わたしは絶対にしゃべらない。ひと言だってしゃべったりしない。約束するわ。ここを離れたくないのよ」口ごもりながら付け加えた。「お世話をしていたのはもうずっと昔の話よ。お屋敷の様子も、もうほとんど覚えていないし」

これ以上しつこく勧めてもアンナを動揺させるだけだと頭では理解していたものの、目の前でくり広げられているあまりに悲しい光景に、オリヴィアは打ちのめされる思いだった。考える間もなく体が動いて、気がつくとアンナの足もとにしゃがみこんでいた。でっぷりした腰に腕をまわして、分厚い膝に頭をもたせかける。

「いいのよ、アンナ。気が進まないのなら忘れて。ここにいたいのなら、ずっといていいのよ。マスコミのことは心配しないで。お祖父さまとわたしでなんとかするから。あなたのこともね」

こわばっていたアンナの体からゆっくりと力が抜けていくのが肌で感じとれた。愛情に満ちた目でオリヴィアを見つめ、その髪に手を当てて、彼女が幼いころよくやっていたように、小さな声で歌を口ずさむ。

心なごむなつかしい歌声に、オリヴィアは一瞬、何もかもうまくいっているという錯覚に陥りそうになった。しかし、椅子に置かれたスチールたわしのパッケージが目に入ったとたん、真実に胸を突き刺されて目を閉じた。

あれほど完璧だった世界が、こんなに短時間のあいだに崩壊してしまうとは……。アンナの足もとにうずくまりながら、自己喪失の瀬戸際にいるのは自分だけではないのだとオリヴィアは悟った。自分の思い違いでないかぎり、アンナは正常な思考力を失いつつある。このままほうっておくわけにはいかない。何か支援の手を差し伸べる必要があるのは明らかだ。今夜、お祖父さまに相談してみよう、とオリヴィアは思った。お祖父さまなら、どうすべきか教えてくれるはずだ。

しばらくして、オリヴィアはふたたびハンドルを握って、来た道を引き返していた。頬にはアンナの乾いた唇の感触が残っていた。

タクシーの運転手に行き先を告げて、フォスター・ローレンスは後部座席に乗りこんだ。ドアが閉まるのも待たずに、運転手は乱暴に車を出した。

「気をつけてくれよ。この機会が来るのを長いこと待ってたんだ。目的地に向かう途中で事故死するのはごめんだぜ。もうちょっとスピードを落としてくれないか」

返事はなく、速度だけが遅くなった。

フォスターは声に出さずに悪態をつき、そうかりかりするなと自分に言い聞かせた。肝心な場面でしくじってはならない。冷静に作戦を立てるのだ。この町に到着した晩に電話帳で確認したので、身代金を隠したレストランがすでに廃業していることはわかっている。二十五年のあいだには、さまざまな変化があって当然だ。フォスターが金を隠したのはレストランの地下で、建物の現在の所有者が地下室の改造をしていないことを祈るばかりだった。ともかく現地の様子を自分の目で確認して、金をとり戻す手段を考えるのが先決だ。髪の毛とひげを剃《そ》って見た目を変えたあとは、少なくとも、発見されることを心配せずに町を歩きまわれるようになった。

ほどなくして、タクシーが道路の端で停止した。

「十ドル五十」運転手が告げた。

フォスターは五ドル札二枚と一ドル札をとりだして、前の座席にほうり投げた。

「釣りはとっておけ」車をおり、乱暴にドアを閉める。

チップの額の少なさに腹を立てて運転手がわめいているが、とり合わなかった。サービスが悪いと満足にチップをもらえないことを学ぶいい機会だ。得意そうな笑みを貼《は》りつけたまま、フォスターは道路の反対側に目をやった。そのとたん、笑みがかき消えた。

「うそだろう」通りの先に目を走らせ、来たほうを振り返ったのち、運転手が間違った場所でおろしたのではないかと疑って、隣の建物の住所を確認した。

住所に誤りがないとわかると、心臓が早鐘を打ちだした。目に映っている光景が何を意味するか理解したとき、むかつくような不快感が胸に広がった。

「まさか……そんなことがあるものか」低い声でつぶやきながら、ふらつく足取りで建物に近づく。

「気をつけろよ」あやうく通行人にぶつかりそうになって、注意された。

「ああ、どうも失礼。うっかりして――」

「言い訳はたくさんだ」男は冷たく言い捨てて歩み去った。

いつものフォスターなら黙っていないところだが、この日はくだらないことにかかわり合っている暇はなかった。二十五年間、この瞬間だけを夢見てきたのに、その夢がみじんに砕かれたのだ。なくなっていたのはレストランだけではなく、建物そのものが新しく建て替えられていた。

歩道の中央に立って、頭をめまぐるしく回転させる。もし建物の骨組みが以前のままで、地下室が空調機器の設置場所としてしか使用されていないとしても――そんなことはありえないだろうが――地下室へ行くには正面玄関から入るしかなく、そのためには、この建物で働く以外に方法はない。しかし、前科のある人間がここに職を得るのは絶対に不可能だ。

フォスターは堂々とした建物を見あげ、石材に刻まれた文字を読んだ。

〝第一連邦相互銀行〟

これほど深刻な状況でなければ、笑いだしてしまうところだ。百万ドルを隠すのに、銀行よりふさわしい場所があるだろうか。問題は、その金がフォスターのものではないことだ。以前の場所に今もあるかどうか疑わしいが、もしあるとしても、地下室の壁の後ろに隠されている。正確に言うなら、北側の壁のボイラーが接続されている箇所から煉瓦《れんが》を十個分上にあがり、西に八個分進んだ位置の裏側だ。

「ちくしょう」胸の奥まで息を吸いこむと、もう一度、大きな声で一語一語区切るようにくり返した。「ち、く、しょう」

「失礼ね！」女の声が返ってきた。

銀行から出てきたばかりの女に、フォスターは視線を向けた。相手は汚いものを見るような目でこちらをにらみつけている。フォスターも負けずににらみ返した。

「なんだよ、やけに機嫌が悪いじゃないか。男日照りか」嫌味を投げつけて、女を追い抜きざま、銀行の入口に向かった。

女は地団太を踏んで悔しがったが、あいにく同調してくれる通行人はおらず、しかたなく荒い足取りで通りを歩み去った。

銀行に足を踏み入れると、警備員がフォスターをじろりと見た。愛想よく会釈したフォスターは、自分の行き先はわかっていると言いたげな決然とした歩調で進みつづけた。あたりをざっと見まわして、係員が忙しそうにしている貸付窓口の近くにロビーのようなスペースがあるのを見つけ、椅子に腰をおろした。そこからならフロア全体をくまなく観察できそうだ。

いたるところに監視カメラが設置され、ざっと見ただけでも二名の警備員が視野の範囲内に立っている。おそらくここからは見えない場所にもっとたくさんの警備員がいるのだろう。それぞれのドアの手前には机やカウンターが巧妙に配置され、部外者が内部に立ち入れない仕組みになっている。胸のむかつきがますますひどくなった。とそのとき、ひとりの女が近づいてきて声をかけた。

「失礼します。わたしはパット・ハートといいます。よろしければご用件を承りますが」

フォスターは顔をあげて、思いつくままを口にした。

「ええと……小規模事業への貸付利率を知りたいんですが」

女が愛想よくほほえんだ。「こちらへどうぞ。ご説明します」

フォスターは女のあとについて小さな仕切りへ向かい、机の正面に腰をおろした。机に肘をついて身を乗りだす女を見て、こちらの正体を知っていたら愛想笑いなど死んでも浮かべないだろうにと声を出さずに毒づいた。

「さっそくですが、借入額はどれぐらいをご希望でしょう?」

フォスターは首をかしげた。「仲間とレストランを開く話が持ちあがってるんですが、まだ細かいことは何も決まってないんです。今は各金融機関の利率を比較検討している段階で。できれば出資者の人数を増やさずに開店にこぎつけたいんですが、それもすべてローンの利率しだいなので」

「ごもっともです」女が椅子を回転させてコンピューターに向かった。「今、金利表をお見せしますから、少しお待ちください」必要な資料が画面に表示されるのを待つあいだ、フォスターに視線を戻した。「そうですか、レストランを開店なさるんですか。この町にお住まいですか？」

フォスターは肩をすくめた。「生まれはこの町だが、その後、西海岸に引っ越して、ずっと向こうで暮らしてました」西海岸というのがロンポック連邦刑務所のことだとは明かさなかった。「ご存じかなあ……昔、この場所に感じのいいレストランがありましたよね。まあ、ずっと昔の話だけど。あの店はどうなったんだろう」

「さあ、わかりません。わたしはシアトルで育って、ダラスに移ってきたのは五年前ですから。でも、彼女なら知っているかもしれないわ」受話器をとりあげた。「ショーさん、ちょっと来てくださる？」

「わたしの秘書で、生粋のダラスっ子なんですよ」そうフォスターに説明する。

初老の女が席を立ってこちらへ歩いてくるのを、フォスターは目の隅でとらえた。

「ご用ですか？」

「リズ、こちらのお客さまが、昔、この場所にレストランがあったはずだとおっしゃっているの。もしかして、何か覚えている？」

「ええ、よく覚えてますよ。〈レイジー・デイズ〉でしょう。火事で、丸ごと焼け落ちてしまったんですよ。いいお店だったのに」

フォスターの頭からさっと血が引いた。くらくらして、一瞬、気を失うかと思った。二十五年間の夢が完全についえた。もう望みはない。

「火事ですって？」

「全焼でした」

「そういうことなら、もうここにいても時間の無駄だ」席を立って、よろよろと出口に向かって歩きだした。

貸付係の女があわてて立ちあがった。「お客さま？　お待ちください。ローンのご相談がまだ終わっていませんよ」

「いいんだ。もう興味がなくなった」フォスターは小さくつぶやいて歩み去った。

7

オリヴィアは高速道路をおりようとしていた。アンナの奇妙なふるまいが気にかかり、なかば上の空で運転していたせいで、一台の青いミニバンがサイドミラーのなかに突然、姿を現すまで、その存在にまったく気づいていなかった。なんて乱暴な運転をするのだろうと思って見ていると、バンがさらに加速して横に並んだ。運転席の男の顔にちらりと目をやり、その手に握られた拳銃《けんじゅう》の銃口が自分に向けられていることに気づいた瞬間、窓ガラスが大音響とともにはじけ散った。

オリヴィアは、永遠に続くかと思われるような悲鳴をあげた。

知らぬ間に、SUVは車線をはずれてガードレールを乗り越えていた。車体が宙に浮き、ものすごい勢いで鼻先から地面に激突した。オリヴィアの体はシートベルトに固定されたまま、ふくらんだエアバッグとのあいだにはさまれた。すさまじい痛みが肩を貫く。車体が転がりはじめ、オリヴィアはトレイの名を必死に呼んだ。そのあとは、すべてが闇《やみ》になった。

デニスは右端の車線に移動するSUVのあとを追った。車を運転しているのがマーカスではなく孫娘のオリヴィアだとわかってからは、計画を中止しようかという考えが何度も浮かんでは消えた。しかし、同じ姓を名乗る者は、同じ罪を背負っているとも言えるはずだ。決意を固めたデニスは、アクセルを踏んですばやく車線を変更し、SUVの後ろにつけた。前方からの車の列がとぎれたのを見計らって、加速して追いあげ、横に並んだところで接近し、座席に置いてあった銃をつかんで狙《ねら》いを定めた。運転席めがけて二発撃ちこみ、急いでその場を離れた。

バックミラーで観察していると、SUVはコントロールを失ってガードレールに激突し、いったん宙に浮いてから道路の外へ飛びだした。デニスの目は安堵《あんど》の涙であふれた。今夜こそ、罪の呵責《かしゃく》に悩まされずに眠ることができる。

「主よ、務めは果たしました」そうつぶやいて、二度と後ろを振り返らなかった。

仕事からの帰り道、トレイは交通事故で負傷者が出たことを知らせる警察無線を耳にはさんだ。それを聞いて頭に浮かんだのは、人の一生など、いつ何があるかわからないという思いだった。一瞬の出来事で、人生が変わってしまう場合もある。負傷者が早く回復することを心のなかで祈って、それきり事故のことは頭から消え去った。

というよりむしろ、リヴィーとともに過ごした午前中の記憶が強烈すぎて、ほかのことを考える余裕がなかった。ふたりでバナナスプリットを分け合って食べたのがきっかけとなって、古い思い出がどっと胸に押し寄せてきた。甘くて切ない初恋の思い出、そして胸をえぐるような失恋の苦しみ。愚かにも、彼女とまたよりを戻すことができるような錯覚に陥りかけたが、すぐにわれに返った。結局のところ、リヴィーの暮らしは高校時代とあまり大きく変わっていない。一人前の女性にはなったが、自立していないという意味では昔と同じだ。どれほど強く彼女に惹《ひ》かれようと、トレイは同じ過ちをくり返すつもりはなかった。

思いを日常に引き戻して、今夜の夕食の献立について考えをめぐらせた。冷蔵庫の残り物を利用して何か一品つくるか、あるいは出来合いの惣菜《そうざい》を買って帰るべきか……。チキン料理を買って帰ろうと思ったところで、携帯電話が鳴った。発信者名がウォーレン副署長と表示されているのを見て重いため息をついた。何か緊急の用事だろうか。知らんぷりしてしまおうかという考えがつかの間、頭をよぎったが、結局は使命感に促されて電話に出た。

「もしもし」

「トレイ……今どこだ？」

「あと少しで自宅ですが……何かありましたか？」

「事件だ。オリヴィア・シーリーが高速道路の出口近くで撃たれた。車はガードレールを乗り越えて堤防を転げ落ちたが、オリヴィアは助けだされてダラス記念病院に運ばれた。きみもすぐに病院に駆けつけてくれ。事件はロドリゲスとデイヴィッドに担当させるが、きみはあの一家と親しい。外からではつかめない内輪の情報をロドリゲスに教えてやってくれないか」

「撃たれたというのは事実ですか？」

「ああ、間違いない。第一報によると、銃による負傷のほかにも怪我《けが》をしているそうだが、確認はとれていない」

「ほかにも怪我を？」

「そうだ」

心臓が止まりそうになって、トレイは車を道端に寄せた。ウォーレン副署長の話し声が今も受話器から聞こえているが、頭が混乱して、意味を理解することができなかった。バナナスプリットを分け合ったときのリヴィーの笑い声だけが耳にこびりついている。しばらくは息が苦しくて、声も出なかった。ようやく声が出せるようになると、言葉が滝のようにあふれだした。

「重傷ですか？　犯人はつかまえたんですか？　マーカス・シーリーへの連絡は？」

「怪我の程度はわからない。犯人は逃走中で、シーリー氏は病院へ向かってる。きみも早く行って、手がかりを探ってくるんだ。わたしにはどうも、スーツケース詰めの幼児の遺体が発見されたことと関係があるような気がしてならんのだ」

「すぐに行きます」トレイは通話を切って、携帯電話をポケットにしまった。赤い回転灯をダッシュボードにのせてサイレンを鳴らし、Uターンすると、病院へ向かった。


オリヴィアに感じられるのは血のにおいと血の味、そして血の流れる感触だけだった。自分の血だということはわかるものの、なぜ血を流しているのか理解できない。苦痛と恐怖にあえぎながら体を起こそうとしたが、体を動かすのはとても無理だった。

「オリヴィアさん？　ここがどこかわかりますか？」誰かが声をかけて、オリヴィアのひたいに手を置いた。

〝いいえ〟と答えたつもりだったが、言葉にはなっていなかった。同じ声がさらに続ける。

「ここは病院ですよ。あなたは高速道路で事故にあいました。覚えてますか？」

拳銃。青いバン。悲鳴……誰かが悲鳴をあげている……わたしだ。悲鳴をあげているのはこのわたしだ。「助けて」かすれるような声で言った。

「助けてあげますよ。でも、じっとしていなくてはいけません」

「お祖父《じい》さま……お祖父さまに伝えて」

「ご家族にはすでに連絡ずみです。さあ、じっとして」

意識がしだいに薄れてきた。魂だけが肉体から遊離したかのように、体の痛みも、ナースの声も、すべてが遠くの出来事のように感じられる。

「先生！　血圧が低下しています！」

「銃弾で動脈をやられている！」

「血液型と交差反応を調べて……」

「出血が止まりません……」

「安定してきました……」

「手術室へ運べ……」

オリヴィアを乗せたベッドはどこかへ運ばれていた。天井にとりつけられた蛍光灯が次々に現れては消え、ひとつの長い照明のように見える。

そのとき、混乱に満ちたベッドの周辺で、心配そうに彼女の名前を呼ぶ低い声が聞こえた。声の主は、医師やナースたちと同じ速度で廊下を走りながら、オリヴィアの頬に手を触れようとしている。

トレイだ。

助けがいちばん必要なときに来てくれたのはうれしいが、言いたいことを理解してもらえるかどうかオリヴィアには自信がなかった。また意識が遠のきそうになる直前、すがるような彼の声が耳に届いた。

「リヴィー……リヴィー……トレイだ。ぼくのためにがんばってくれ。がんばるんだ」

〝トレイ……あなたに話しておきたいことがあるの。犯人はバンに乗っていたわ。そして銃を持っていた〟しかし、声に出せたのは「撃たれた」のひと言だけだった。

顔についた血や胸に広がった赤茶色のしみから、トレイは視線をそらした。

「ああ、わかってるよ。犯人の姿は見たのか？　知ってるやつか？」

手術室の手前で、ナースがトレイをベッドの脇《わき》から押しのけようとした。

「刑事さん……ここから先は立ち入り禁止です」

オリヴィアは全身の力を振り絞り、自分の手に重ねられたトレイの手に指をからめるようにして引っぱった。

何か言いたげに唇が動いているのに気づいたトレイは、顔を近づけた。

「なんだい、リヴィー？　何が言いたいんだ？」

「犯人……赤ん坊殺し」

「なんのことだかわからないよ。それはどういう意味だ？」

「そこまでにしてください」ナースが割って入った。「待合室でお待ちください」

銅に似た鮮血のにおいを全身からただよわせながら、オリヴィアはまぶたを細かく震わせて懸命に言葉を絞りだそうとしているが、手術が遅れれば命にかかわる恐れがある。オリヴィアの命を助けるためなら、トレイはほかの何を犠牲にしても惜しくなかった。

「いいんだ、リヴィー。話はあとで聞くよ」不安のあまり声がかすれている。頬にキスをして、耳もとでささやいた。「ぼくのためにがんばってくれ、リヴィー。頼むから、ぼくをひとりにしないでくれ」

警察官としての道を歩みだして以来、トレイは銃による負傷者を数多く見てきたが、オリヴィア・シーリーのように個人的に親しい人間が負傷したのはこれがはじめてだ。手術室のドアの外でじっと待つのは、思っていた以上につらい体験だった。その場に根が生えたように立ち尽くして、彼女が無事に手術室から運びだされるのを待つことしかできないのだ。頭のなかではオリヴィアをこんな目にあわせた犯人をつかまえてやりたいという強い思いが渦巻いている。深く息を吸って、てのひらをドアに押し当てた。

「頼むから死なないでくれ、リヴィー」低い声で語りかける。ふと気配を感じて振り向くと、マーカス・シーリーが駆け寄ってきた。

「オリヴィア！　オリヴィア！　あの子はどこだ？　無事なのか？」

すっかりうろたえた様子で、顔が土気色を帯びている。トレイは彼の肘を支えて、近くの椅子に導いた。

「シーリーさん、とにかく座りましょう。ぼくのわかる範囲内で事情をご説明します」

マーカスの動揺ぶりは激しく、体ががたがた震えていた。

「昼食までに帰るとあの子と約束したのに、仕事で帰れなくなってしまった。約束を守っていたらこんなことにはならなかったはずだ」両手で顔をおおって、うめくような声をあげる。「あの子を失うわけにはいかない。それだけは耐えられない」

「いいですか。今回の事件はあなたのせいではありません。リヴィーのせいでもありません」

マーカスが顔をあげた。トレイはそのときはじめて、莫大《ばくだい》な富や地位の背後にあるマーカス・シーリーの素顔を見た気がした。

「何者の仕業だ？」マーカスが尋ねた。「なぜオリヴィアを狙ったりする？　あの子は人生の早い時期に両親を失うという大きな不幸に見舞われた。そして今度は、自分の出自を疑われるはめになった。そのうえ命まで狙われるとは」

「わかりません。でも、かならず見つけてみせます」

「なんでこんなことに……まるで悪夢だ」

「ええ、ほんとうにひどい話です」

視線をあげたマーカスは、刑事の顔が自分に負けないくらいやつれているのを見てとった。と同時に、この刑事がオリヴィアのことを親しげに〝リヴィー〟と呼んでいたことにようやく気づいた。考えてみれば奇妙な話だ。

「犯人について、オリヴィアは何か言っていたかね？」

トレイが顔を曇らせた。「何か意味不明なことをつぶやいてました。彼女が言っていたのは――」突然、表情が変わった。「ああ、そうだったのか」

「なんだ?」

「彼女が何を伝えたかったのかわかったような気がします。ちょっと失礼して電話をかけてきます」

「待ちなさい! こっちには知る権利が――」

「推測が正しいことが明らかになったら、誰よりも先にお知らせします」トレイはそう言って、出口に向かった。病院内での携帯電話の使用は禁じられている。

外に出ると、本署に電話をかけて、現場にいるチアにつないでもらった。目撃者から話を聞いていたチアは、最初のベルで応答した。

「ロドリゲスです」

「チア……トレイだ。手がかりをつかんだような気がする」

「よかった。こっちには目撃者が三人いるんだけど、どうもあまり役に立ちそうにないのよ。バンの色をふたりは黒、ひとりは青だと言うし、運転していたのは男だという人と、どちらとも言えないという人がいて、もうひとりは堤防を転げ落ちるシーリー家の車に目が釘《くぎ》づけになっていた、ですって。誰も問題の車のナンバーを見ていないのよ。それで、何がわかったの?」

「きみの友だちは今もKLPG局で働いているのかい？」

「ええ、勤め先は変わっていないけど、それがどうかした――」

「黙って話を聞いてくれ。今朝、シーリー家のふたりを科学捜査研究所に連れていったら、記者やカメラマンが大勢群がっていた。ものすごい騒ぎで、誰もがシーリー家の当主と孫娘の姿をカメラに収めようとしていた」

「それが今回の事件とどうつながるの？」

「メディアの連中に混じって〝赤ん坊殺し〟というプラカードを持ったあやしい男が立っていたんだ。もしテレビ局の映像に男の姿が映っていたら、身元と住所を調べてほしい。調べがついたら、過去三時間に男がどこで何をしていたか突きとめるんだ」

「なぜ？」

「手術室に運ばれる前、オリヴィア・シーリーはこう言った。〝犯人……赤ん坊殺し〟と。科研での騒ぎに相当ショックを受けていたから、たんに頭が混乱していたのかもしれないが、犯人の手がかりを伝えたかったのかもしれない。どちらにしても、調べてみる価値はある」

「了解。貴重な情報を感謝するわ」

「彼女をこんな目にあわせたやつを見つけてくれたら、こちらこそ礼を言うよ」トレイはそう言って電話を切った。

携帯電話をポケットにしまって、病院の建物に戻る。

マーカスは先ほどの場所から一歩も動いていなかった。近くの椅子に腰をおろしたトレイは、これほどの短い時間に何も進展があるはずがないと頭では理解しながらも、やはり尋ねずにはいられなかった。

「病院側から何か説明はありましたか?」

マーカスが首を横に振り、反対に質問をする。「犯人の目星はついているのかね?」

トレイはわずかにためらった末、正直に答えた。

「まだわかりません。手術室に運びこまれる直前、オリヴィアはある言葉を口にしました。とくに意味はないのかもしれませんが、犯人に関するヒントだった可能性もあります。念のために担当の刑事に伝えましたが、結果が出るまでしばらく時間がかかります」

マーカスがつらそうな表情で視線をそらすのを見て、トレイは椅子の背に体をあずけて長い脚を投げだし、静かに目を閉じた。犯罪の被害者側に身を置くのは生まれてはじめてで、自分ではどうすることもできない無力感がなんとも居心地が悪かった。恐ろしい事件で息子夫婦を失っただけでなく、今度は孫娘の命まで奪われそうになったマーカスの心痛はどれほどだろう。

しばらくして、トレイは立ちあがった。

「シーリーさん?」

マーカスが顔をあげた。「なんだね？」

「コーヒーでもいかがですか？」

マーカスは首を振った。「せっかくだが、今はいい」

さらに数分が経過した。長い沈黙を破って、トレイは声をかけた。「どなたかにこちらから連絡しましょうか？　ご親戚《しんせき》とか……親しいお友だちとか」

「いや。知らせなければいけないような者はひとりも――」そう言いかけて、はっとした顔になった。「いかん、大事な人をすっかり忘れていた。ニュースでこの話を聞いたら、きっと心配のあまり居ても立ってもいられなくなるだろう」

「どなたのことですか？　よろしければぼくが――」

「いや、その必要はない」反射的に答えてから、マーカスはとりなすように付け加えた。「厚意はありがたく受けとめておくよ。大事な人とは、オリヴィアの子守をしていた女性だ。ふたりはとても仲がよかった。そういえば、オリヴィアが事件にあったのは彼女の家を訪ねた帰りだった」涙が頬を伝う。つらそうな表情で、ゆっくりと体を起こした。「公衆電話を探して、自分の口から伝えるよ」

「よかったら……これを使ってください」トレイは自分の携帯電話を差しだした。

マーカスはそれを受けとって、トレイの顔をあらためて見なおした。

「ありがとう。きみには感謝している」

「そんな。たかが電話じゃないですか」

「いや、こうしてそばについていてくれることを言ってるんだ」

トレイは喉の奥のかたまりをのみこんだ。

「当然のことをしているだけです。たとえ目ざわりだと言われようと、ぼくはここを動きません」

少し前に自分がたどった道を歩いていくマーカスの後ろ姿を見送りながら、トレイは頭を垂れて祈りはじめた。知っているかぎりの祈りの言葉を並べて、リヴィーの命が助かりますようにと念じた。

しばらくしてマーカスが戻り、携帯電話をトレイに返して椅子に腰をおろした。「何か変わったことは？」

「残念ながら、何も」

マーカスは探るような目つきでトレイを観察した。この男の態度には、担当の刑事というだけでは説明できない何かがある。二日前に会ったばかりなのになぜだろうとマーカスはいぶかった。

「ボニー刑事、ひとつ質問してもいいだろうか」

「ええ、なんなりとどうぞ」

「さっき、孫娘のことをリヴィーと呼んでいたようだが」

トレイの脈拍が跳ねあがり、やがて静まった。恥じることは何もない。ほんとうなら最初の日に話しておくべきだったのだ。ぐっと前に身を乗りだして、マーカスの問いかけるようなまなざしを正面から見据えた。

「そうでしたか？　自分では気づきませんでした」そう前置きしてから、思いきって打ち明けた。「でも、当然かもしれません。高校時代、ずっとそう呼んでいましたから」

マーカスの瞳が驚きに大きく見開かれた。

「高校時代だって？　きみとオリヴィアは高校時代からの知り合いだったのか？」考えこむように眉根を寄せる。「しかしなぜあの子はそのことを言わなかったのだろう」

「当時のぼくはオリヴィアにふさわしくない相手だとして交際を禁じられましたから、今回も何も言わないほうが賢明だと思ったのでしょう」苦笑して、肩をすくめる。「でも、すべては昔の話です。時が移れば人も変わる。そうではありませんか？」

マーカスは記憶をたぐり寄せたが、オリヴィアが誰かと交際するのを禁じた覚えはなかった。

「それはきみの思い違いだろう。あの子にそんなことを言った覚えは――」ふいに記憶がよみがえり、トレイをまじまじと見つめた。「ボニーか！　もちろん覚えているとも、トレイ。きみが例の――」

トレイがさえぎった。「お孫さんに恋をした高校生かとお尋ねですか？　はい、そのとおりです」

マーカスは驚きのあまり、どっかりと椅子の背にもたれた。

「当時のことを恨まないでほしい。オリヴィアはまだ若かった。わしはあの子を守ろうとしただけだ」

トレイはしばし、無言でマーカスの目を見返した。やがて首を振って、誠意のある笑みをつくった。

「もうなんとも思っていません。当時はふたりとも子供でした。さっきも言ったように、時が移れば人も変わります。ただ、ぼくは今もリヴィーの……オリヴィアのことを完全には忘れられずに、彼女のことをいつも気にかけています。それはお許しいただけますか?」

マーカスはふいにわが身を恥じた。自分が良識のある人間として許される範囲を超えて、孫の人生に口出しをしていたことに気づかされたのだ。オリヴィアを愛《いと》しく思うあまり、私生活まで束縛していた。なかでもいちばん胸をえぐるのは、あのときを除いて、オリヴィアが一度も自分に逆らおうとしなかったことだ。孫を守ろうとする思いが高じて、オリヴィアが自分の人生を自分で選択する機会を奪ってしまったのだ。

「悪かった」マーカスは低い声で言った。「許すも何も、きみが何をしようと何を考えようと自由だ。もともと、孫の幸せを邪魔するつもりなど毛頭なかった」床に目を落とし、両手を握りしめて、ごくりと唾《つば》をのみこむ。「今回のごたごたが片づいたら、わが家の正式な客としてきみを歓迎しよう。いつでも好きなときに訪ねてくれたまえ」

マーカスにとっては勇気のいる発言だったのだろう。声がかすれていた。

「ありがとうございます」トレイは礼を言った。「この事件が片づいたらお邪魔させていただきます」

ぎこちない沈黙がしばらく続いた。

「シーリーさん」

生きてきた七十年の歳月をうかがわせる表情で、マーカスが顔をあげた。

「マーカスと呼んでくれないか」

ためらった末、トレイはうなずいた。

「ぼくをトレイと呼んでくださるなら」

「いいだろう、トレイ。何が知りたい？」

「先ほどの電話ですが、連絡はつきましたか？」

「ああ、ついた。想像していたとおり、アンナはひどく動揺していた。アンナ・ウォールデンはオリヴィアの子守というだけでなく、ただひとりの母親代わりでもあった。オリヴィアはアンナを非常に慕っていて、現に、事件が起きたときも、アンナの家から帰る途中だった」

「そうですか」

マーカスが腕時計に目をやった。

「迎えの車をやったので、アンナはもうすぐこっちへ着くはずだ。きみもまだしばらく病院に残っているなら、彼女に会えるだろう」

トレイは唇を固く引き結んだ。

「ぼくはどこへも行きませんよ。リヴィーの無事が確認できるまでは」

「ああ、そうだな」マーカスはため息まじりにつぶやいた。「わしはべつにきみのことを……。いや、何を言おうとしているのか、自分でもよくわからなくなった」声を震わせて、頭を低く垂れる。「なぜなんだ。なぜこんな目にあわなければならないんだ。わが家の悲劇はとうに終わったと思っていたのに……」


隠した金をとり戻すことができないと知ったフォスター・ローレンスは、呆《ほう》けたようになって通りをさまよった。自分がいる場所も、ホテルへの帰り道もよくわからないが、感覚が麻痺《まひ》して、そんなことは気にもならなかった。頭のなかでは同じ考えが堂々めぐりをしている。どんなにあがいても現実を変えることはできないのだ。二十五年前、百万ドルに目がくらんでよからぬことをたくらみ、刑務所に送られるはめになった。それでも、いつかはあの金を自分のものにできると思うと、塀のなかの暮らしもそれほど苦には感じなかった。しかし、その夢はもろくも崩れ去った。せめてもの慰めは自由に町を歩けることだが、その自由さえいつまた奪われるかわからない。新聞やテレビによると、警察は事情を聞くために今もフォスターを捜しているという。

ロンポック刑務所にいたときのほうが、今よりは安全だった。遺体で発見された幼児について は何ひとつ知らないが、もしシーリー家の誘拐事件と関連があるとすれば、誰の仕業かおおよその見当はつく。問題は、犯人と目される人物が行方不明で、今も健在かどうかさえわからないことだ。

自分から警察に出頭して、知っていることをすべて話そうかとも思った。今になって振り返れば、最初から勇気を出して正直に話すべきだったのだ。しかし、もともと警察嫌いだったうえに、犯人とのしがらみを断つわけにもいかず、冷静な判断を下すことができなかった。そのために、百万ドルと人生の二十五年を無駄にするはめになったのだ。そして今回、自分では何も悪いことをしていないのに、ふたたび自由が奪われようとしている。たとえどんな事情があろうと、もう一度二十五年の刑に服すことだけは願いさげだ。

電器店の前で立ちどまり、ウィンドー内にずらりと並べられたテレビの画面にぼんやりと目をやった。フラットスクリーンにプラズマや液晶。フォスターがはじめて目にする最新式のテレビばかりだ。三十台の画面にいっせいにニュース速報が映しだされた瞬間、これでもう終わりだと思った。

両手をポケットに突っこんでポーカーフェイスを装いながら、ダラス記念病院前からの中継に耳をすます。リポーターによると、オリヴィア・シーリーが銃撃されて負傷したらしい。

速報が終わると、フォスターは電器店の前から歩み去った。夜の闇がそこまで迫っているが、時間の観念など頭から消えていた。とにかくこのまま歩きつづけたかった。そして、ダラスを離れ、この町のことをすべて頭から消し去りたかった。

しかし、実際にはそうしなかった。みずからの意思とは関係なく、フォスターはこの事件に巻きこまれていた。何者かがオリヴィア・シーリーを亡き者にしようとして、高速道路で銃弾を浴びせたのだ。オリヴィアの車はガードレールを乗り越え、堤防を転がり落ちた。手術の結果を待たないと怪我の程度はわからないが、事件との関連で、フォスターの名前がまたもニュースに登場した。今この町を離れたら、一生逃げつづけることになる。かといって自分から出頭すれば、二度とお日さまを拝めなくなるかもしれない。絶体絶命とはこのことだ。

一台のパトカーがサイレンを鳴らして通りを走りすぎた。いつもの習慣で、フォスターは暗がりに身を隠し、車の姿が完全に消えてから通りに戻った。ぼんやり立っていると、すぐ近くでタクシーが停止して客をおろした。気がつくとフォスターはタクシーに乗りこんでいた。ホテルの住所を告げて座席に身を沈める。これといった解決策は浮かばないが、少なくとも今夜だけはそこそこ安全な場所で体を休めようと思った。

フォスター・ローレンスがホテルの客室でシャワーを浴びていたころ、トレイとマーカスは病院でオリヴィアの手術が終わるのを今か今かと待っていた。本来ならとうに着いているはずのアンナ・ウォールデンは、まだ到着していない。そのことも気がかりだが、マーカスはオリヴィアの容体がはっきりするまでこの場所を離れるつもりはなかった。オリヴィアが手術室に運ばれてからすでに三時間が経過している。時間がたてばたつほど、ふたりの不安はいや増した。

トレイがもうこれ以上耐えられないと思いはじめたとき、廊下の端が何やら騒がしくなった。顔をあげると、太った女性が角を曲がってこちらへ走ってくるところだった。あわてて転びそうになりながら、大声をあげて近づいてくる。

「ああ、ようやくアンナが到着した」

マーカスは跳ねるように椅子から立ちあがってアンナに駆け寄った。そのために、廊下の反対側から近づいてきた医師の姿は目に入らなかった。

しかしトレイはすぐに気づいて、胸の奥がむかつくような不安をかかえながら即座に立ちあがった。オリヴィアの様子を一刻も早く知りたい半面、結果を聞くことが恐ろしくもあった。

「オリヴィアさんのご家族ですか？」医師が声をかけた。

「ええ」うそをつくことにためらいはなかった。「ですが、彼女の祖父にも話を聞いてもらったほうがいいと思います。ちょっと待ってください」トレイは廊下の先にいるマーカスを呼びに行った。「マーカス！　先生が手術室から出てきました」

「おお、やっと終わったか！」マーカスはそばにいた女性に声をかけた。「アンナ、こっちだ。いっしょに話を聞こうじゃないか」

「ああ、わたしの大切なオリヴィアが……」アンナはうめくような声で言うと、ふいによろめいて壁にもたれかかった。

トレイが片方の肘を支え、もう片方をマーカスが支えて、なんとか廊下を歩かせた。動揺のあまり頭が混乱しているのだろうとトレイは思ったが、医師を前にすると、そのことはすっかり頭から消え去った。

「全員、おそろいですか」医師が尋ねた。

「ええ、ええ。早く教えてください」マーカスは待ちきれない様子だ。「オリヴィアはどんな具合です？」

「手術は無事にすみました。肩の後ろから撃ちこまれた銃弾は動脈を傷つけて体内を貫通し、鎖骨の真下から出ています。撃たれたとき、体をいくぶん傾けていたのでしょう。一歩間違えば脊髄《せきずい》をやられていたところですが、奇跡的に助かりました」

トレイは視界がぼんやりとかすむのを感じた。あふれる涙をぬぐいもせずに、医師の言葉に一心に耳を傾ける。

「それ以外は比較的軽傷です。シートベルトとエアバッグのおかげで、骨折はせずにすみました。軽い脳震盪《のうしんとう》を起こしていますが、乗っていた車が何回転もしたことを思えば無理もありません。ただ、出血がひどく、手術中に輸血をしなければなりませんでした」

マーカスが表情を曇らせた。「もっと輸血する必要があるなら、わしの血を使ってほしい。血液型は同じはずだ」

「ぼくも喜んで協力します。血液は何型ですか？」

「適合する方はあまり多くないでしょう。ＲＨマイナスのＡ型です」医師が告げた。

トレイは眉根を寄せた。「ぼくはＲＨプラスのＯ型だ」

アンナが突然われに返って、落ち着いた口調で言った。

「わたしも協力するわ」

「あなたの血液型は？」医師が問いかける。

アンナの顔を混乱がよぎった。

「わからないけど……でも、わたしなら役に立てるはずよ。オリヴィアはわたしにとって娘も同然。わたしがあの子を育てたのよ」

マーカスがその腕をやさしくなでた。

「ああ、そのとおりだよ、アンナ。アンナがいてくれなかったら、わが家はどうなっていたかわからない」

「そんなことより、わたしの血を使ってもらいたいの」

ふたりの会話に医師が割って入った。

「みなさん、献血していただけますよ。血液は日常的に不足していますから」

アンナの顔をおおっていたもやのようなものが消え去り、晴れ晴れとした表情になった。

「それで話は決まりね。あの子は元気になるんでしょうね」

「不測の事態が発生しないかぎり、健康を回復できるでしょう」

「会わせてください」マーカスが言った。

「わたしもいっしょに行くわ」アンナの口調には、みずからも家族の一員だという揺るぎない自信がみなぎっていた。

トレイはひとりだけとり残されたような気がした。死ぬほどオリヴィアに会いたいが、どうもそれは無理な望みのようだ。

しかし、そんなトレイの表情に気づいて、マーカスが意外な発言をした。「ボニー刑事にも来てもらおう。彼はオリヴィアの幼なじみだ」

アンナが目を丸くして、あらためてトレイの顔をまじまじと見た。

「あなた、オリヴィアの知り合いだったの？」

「ええ。同じ高校に通っていました」

アンナは考えこむようなそぶりを見せたが、何も言わなかった。

「すぐに会えるんですか」トレイは医師に尋ねた。

「今はまだ回復室で眠っています。先に献血をすませてきたらどうでしょう。すべてが終わったころには、オリヴィアさんも病室に戻っていますよ」

「ぼくはちょっと失礼して電話をかけてきます。すぐにあとを追いかけますから」

トレイは一行と別れて廊下の反対側に進み、チアに電話をした。

「チア、トレイだ。映像は手に入ったかい？」

「ばっちりよ。男の顔がはっきり映っている場面が二箇所はあったわ。身元については署内の誰も心当たりがないようだけど、今、データベースで調べているから」

「住所がわかったら知らせてくれ。逮捕の際はぼくも同行する」

チアが不審そうな声を発した。「やけに力が入ってるのね。何かわたしの知らない事情でもあるの？」

「個人的なことだ」

「たとえば……女性問題とか？」

「連絡を待ってる」トレイはそっけなく応じて電話を切った。

8

「オリヴィアさん、オリヴィアさん！　目を覚ましてください。手術は終わりましたよ。目を開いて。わたしの声が聞こえますか？　目をあけてください」

　オリヴィアは低くうめいた。

「痛い」

「もう少しの辛抱ですよ。痛み止めがすぐに効きますからね。寒くありませんか？　暖かい毛布を持ってきてあげましょう」

　オリヴィアはまたうめいて、目をあけようとした。何かが頭の隅に引っかかっているが、はっきりとした形を成す前に消えてしまう。必死に思いだそうとしていると、誰かが毛布をかけてくれるのを感じた。その重さと暖かさに包まれているうちに、ふたたび意識が遠のいていった。

「気がついたの？　話をさせてちょうだい」

声がする方向に、オリヴィアは手をのばした。アンナだ。アンナの声だ。

「オリヴィア、わしだ。もう何も心配はいらない。すぐに元気になるよ」

この声はお祖父《じい》さまだ。お祖父さまに間違いない。なぜアンナとお祖父さまがわたしの寝室にいるのだろう。

オリヴィアは返事をしようとしたが、口がひどく渇いて声が出なかった。唇を舌で湿したが、出てきたのはうめき声だけだった。

「痛い……」

誰かが彼女の手に触れ、それからひたいに手を当てた。オリヴィアは温かい息を頬の近くに感じた。

「かわいそうに、リヴィー」

トレイ……あなたなの？

心の声が聞こえたかのように、答えが返ってきた。「ぼくだよ、トレイだ」

銃を握ってこちらを狙《ねら》う男の姿がふいに脳裏によみがえり、オリヴィアは身を硬くした。激しい痛みが体を貫き、まつげのあいだから涙がにじんだ。

「トレイ、痛い……」ささやくような声で訴えた。

トレイはみずからの無力さを呪《のろ》った。できることなら抱きしめて、痛みをとり除いてやりたいが、現実には気休めのような言葉を連ねることしかできなかった。

「ああ、かわいそうに。でも、先生がきっとよくなると言っていた」

きっとよくなる、という言葉をオリヴィアは胸のなかで反芻《はんすう》した。トレイがそう言うのなら、信じてよいのだろう。少しだけ気が楽になった。そして、刑事であるトレイに事件のことを伝えておくべきだと気づいた。

「銃で撃たれたのよ」

トレイは深刻な表情で答えた。「ああ、わかってる。警察では総力をあげて犯人を捜している」

オリヴィアは以前からトレイのことを信頼できる人間だと思っていた。彼にまかせておけば安心だ。疲れと安堵《あんど》からため息がもれた。

「眠りたい……」

マーカスが前に進みでて、オリヴィアの頬にキスをした。

「そうだ、少し眠ったほうがいい」

アンナはオリヴィアのひたいにやさしく触れて、さよならを告げた。

「かわいいオリヴィア。もう心配はいらないわ。退院したら、昔のようにわたしが世話をしてあげますからね」

アンナ? アンナなの? オリヴィアははっとわれに返った。頭の隅に引っかかっていたのは彼女のことだった。

「お祖父さま。どこにいるの？」

「ここにいるよ、オリヴィア」

オリヴィアはまた唇を湿して、懸命に言葉を絞りだした。

「アンナの……面倒をみてあげて。ときどきわけがわからなくなるみたいなの、
最後はため息になってかき消えた。言いたいことはたくさんあるが、鎮痛剤のせいで頭がしっかりと働かない。神経を集中させることができずに、また意識が遠のいた。

オリヴィアの発言に、アンナはとまどいを見せた。男たちの視線から逃れるようにベッドの脇《わき》からさっと離れると、顔にかかった髪をかきあげた。オリヴィアがどういうつもりであんなことを言ったのかわからないが、なんだかいやな気分だった。見られたくないのに、みんながこちらを見ている。自分がかつての美貌《びぼう》を失っていることは承知していた。でも、そんなことはどうでもいい。人生の華の部分はもう過ぎてしまったのだ。あとは淡々と時を刻んでいくだけだ。

「わけがわからないなんてうそよ」小声でつぶやいた。「そんなことはないわ。ちゃんと病院へ着いたじゃないの」

最初にアンナの姿を見たとき、マーカスはずいぶんだらしない格好をしていると思ったが、その理由にまでは考えが及ばなかった。緊急に呼びだされたら、服装のことなどかまっていられないのが普通だろう。しかし、あらためてアンナを見なおすと、そのうつろな

瞳が妙に気になった。オリヴィアの身を案じているせいなのか、あるいはそれ以上の何かが影を落としているのか。

マーカスはアンナの肘を支えた。「アンナ、きみのことだが――」

「わたしは見てのとおり、元気ですよ」

そんなふたりに目をやったトレイは、見てはいけないような気がして、さっと目をそらした。

マーカスは表情を曇らせた。確かにアンナの様子は普通ではない。オリヴィアはすでにそのことに気づいていて、痛みに耐えながら伝えようとしたのだ。

「ああ、それはよくわかる。そうだ、いい考えがある。一度きみの家に行って、荷物をとってこよう」

「いいえ、それはだめ。家を離れるなんて……。オリヴィアにもはっきり言ったはずよ」

やさしくいたわるように、マーカスはアンナの肩に腕をまわした。

「家を離れるわけじゃない。きみが前に暮らしていた家へ帰ってきて、オリヴィアの世話をするんだ。さっき言ってただろう？　自分が世話をするって」

アンナが不思議そうな顔をした。「ええ。もちろん世話をするわ。でも、オリヴィアは入院しているのよ」

「そうだ。だから、あの子がいつ退院してもいいように準備をしておこうじゃないか。料理はローズがやってくれる。ローズを覚えてるだろう？　きみが来てくれたら喜ぶよ」

「ローズのミートローフは最高」

マーカスは重いため息をついた。アンナがこんな状態になっているとは知らなかった。詳しいことはわからないが、軽い脳卒中を起こして脳の機能の一部がそこなわれたか、あるいはアルツハイマー病の初期かのどちらかだろう。いずれは医師の診察を受けさせなければならないが、今日のところは家に連れて帰るのが最善だと思われた。

「ああ、彼女は料理の名人だからね。では、しばらくわが家に滞在してくれるね？」

オリヴィアの顔をのぞきこんで、アンナはうなずいた。

「ええ。この子が元気になるまでは。でも、健康を回復したら家に帰らせてもらうわ」

「けっこうだ」マーカスはそう言いながら、トレイに目配せした。

無言のメッセージを読みとって、トレイは申しでた。

「ここはぼくにまかせて、必要な用事をすませてきてください」

「電話番号は知っているね」マーカスが念を押す。

マーカスの名刺を収めたポケットを、トレイは軽く叩《たた》いてみせた。

「はい。何かあったら連絡します」

オリヴィアのそばを離れたくはないが、マーカスはアンナをこのままにしておくわけにはいかなかった。

「安全面は問題ないだろうか。つまり……犯人はまだつかまっていないそうじゃないか。もしここに――」

「ぼくがしっかりと見張っています」トレイは請け合った。

マーカスがうなずいて、片手を差しだした。

「こんな状況で出会ったのは残念だが、きみと知り合えてよかった」

トレイはその手を握り返した。「こちらも同感です」

眠っているオリヴィアがうめき声をあげた。

マーカスがアンナを部屋の外に連れだすのを見届けて、トレイはベッドに近づいた。

椅子を引き寄せ、腰をおろす。犯人の追跡はしばらくほかの人たちにまかせるしかない。

トレイにとって最も重要な任務は、危険な人物をオリヴィアに近づけないことだ。

デニス・ローリンズは越えてはならない一線を越えた。みずからが憎むべきものと称してきた暴力行為に手を染めただけでなく、自分でも驚くほど手際よくやってのけたのだ。爆弾をしかけたのは一種の模倣犯罪で、誰か特定の人間を狙ったわけではなかった。しかし、今回ははっきりした目標があった。作戦を練り、敵の顔を正面から見たうえで攻撃したのだ。終わったあとは最高の気分だったが、最後にもうひとつ片づけておくべき仕事があった。

銃撃後、デニスは次の出口で高速道路をおり、以前から知っていた廃品置場にまっすぐ向かった。裏にまわって、鍵《かぎ》の壊れたゲートから敷地に乗り入れ、ぽんこつ車の墓場の中央にバンを停《と》める。古びて傷だらけのバンは、違和感なく周囲に溶けこんで見えた。誰かに見られても気づかれる心配はない。

バンの内部から自分の名前が書かれた書類や紙屑《かみくず》をとり除いて指紋をぬぐい、キーと拳《けん》銃《じゆう》をポケットにしまってから、歩いて出口に向かった。その途中で一九五二年型のばかでかい黒いシボレーが目に留まった。ふと思いついて車のかたわらにしゃがみこみ、後部座席のぼろぼろになったクッションを持ちあげると、古い鼠《ねずみ》の巣を手で払いのけて隙間《すきま》に拳銃を突っこんだ。

あたりに目をやって立ちあがり、服についた埃《ほこり》を払って廃品置場の外に出ると、錆《さ》びついたゲートをもとどおりに閉めた。一時間後には、二キロ近く遠ざかっていた。タクシーで自宅へ帰り、ドアをロックすると、着ているものを脱ぎながら寝室へ向かった。

シャワーを浴びてスエットの上下に着替えたあと、キッチンでボローニャソーセージとチーズのサンドイッチをつくった。グラスにミルクを注《つ》いで、鼻歌を歌いながらつけ合わせのポテトチップを皿に盛る。電話の上の時計が六時を打った。デニスは時計の前で足を止め、小窓から男の人形が出てきてそのあとを女の人形が追いかけるという、からくり時計のいつもの動きを目で追った。この時計は母のものだった。子供のころから見慣れた人形の動きを見ていると心が休まり、すでに十年前に故人となっている母親が隣の部屋からひょいと顔を出すような錯覚にとらわれた。時計のショーが終わると、ニュースを見ながら食事をしようと、夕食をリビングに運んだ。

リモコンをとりあげて、テレビのスイッチを入れ、ゆっくり座って食事を始める。ふたつめのサンドイッチをふた口食べたところで、オリヴィア・シーリーの名前が耳に飛びこんできた。音量をあげ、血なまぐさい話が聞けることを期待して耳をすます。

「……目撃者の証言によると、問題の車は古い型の黒っぽいバンかSUVで、運転していたのは三十五歳から四十歳ぐらいの白人男性。白い野球帽をかぶっていたもようです。この事件に関する情報をお持ちの方は、ダラス警察署までご連絡ください。秘密は厳守いたします。被害にあったオリヴィア・シーリーはダラス記念病院に運ばれ、重傷を負っているものの容体は安定しているということです」

デニスはあやうく息が止まりそうになった。

あの女が生きている？　どう考えてもありえない。わずか一メートル半ほどの距離から引き金を引いたのだ。弾倉が空になるまで撃ち尽くし、速度をあげてその場を離れた。相手の車が堤防を転げ落ちるのもこの目で見た。車は完全に破壊されていた。

それなのに命をとりとめた？

これには何か意味があるのだろうか？

デニスはサンドイッチを脇に押しやった。食欲が失《う》せ、手が震えていた。

「主よ……できるだけのことはしました」小さな声でつぶやき、ひざまずいて祈りはじめた。

目を閉じたとたん、芝生の上に散らばった子供たちの血だらけの遺体がまぶたに浮かんだ。彼の罪を決して忘れさせはしないというように。

「自分なりに力は尽くしました。主よ、どうぞお許しを」うめくように言って、床にひれふし、頭のなかに住んでいる神に許しを求めた。「もう一度チャンスをお与えください。主よ、お願いします。今度は絶対にしくじりません」

神は対話をする気分ではなかったのか、あるいは不在だったのだろう。デニスの耳に聞こえたのは、自分の泣き声だけだった。デニスは無力感にさいなまれながら、みずからの罪が清められることを祈って、もう一度目を閉じて祈った。ほかにできることはなかった。

トレイが廊下に出てきたのは真夜中過ぎだった。時計を見て確認したわけではないが、夜勤のナースたちがすでに勤務についていた。オリヴィアの包帯を交換して傷の具合を調べるあいだ廊下で待っているように命じられたトレイは、しかたなく病室をあとにしたが、遠くに行く気にはなれずに、廊下をうろついていた。マーカスは病院を出てから一時間ごとに電話をしてきて様子を尋ねている。孫娘のそばを離れるのは身を切られるようにつらかっただろうが、自分の面倒も満足にみられない女性を放置しておくわけにはいかず、自宅へ送っていったのだ。

　そんなマーカスに同情しながらも、トレイはオリヴィアとふたりきりでいられることをひそかに喜んでいた。オリヴィアは何度か目を覚ましたが、状況をはっきり把握してはいないようだ。それでもトレイは、彼女の青い瞳をときおり見られるだけで、そして命に別状がないとわかるだけで幸せだった。

　トレイがオリヴィアの高校時代の恋人だったことが知れると、ナースステーションでの彼の株はぐんとあがった。ナースたちはいっせいにため息をついて、トレイのために休憩室からコーヒーを運んできた。しかし、トレイが待ち望んでいたのは犯人逮捕のニュースで、その知らせはいつまでたっても届かなかった。オリヴィアを殺そうとした男が野放しになっていると思うと、男という男に警戒の目を向けずにいられなかった。すでに顔見知りになった主治医を除いて、トレイは病室への男の出入りをいっさい禁じた。現在のトレイにできることはそれぐらいしかなかった。

　廊下の先の、駐車場を見おろす窓辺にたたずんでいると、ナースに名前を呼ばれた。

「ボニー刑事……ボニー刑事」

　トレイは振り向いた。

「病室へ入ってもいいですよ」

手ぶりで感謝の意を示してトレイが窓から離れたそのとき、駐車場に一台のタクシーが乗り入れて、乗客をおろした。

面会時間はすでに終わっていたが、デニスはこの病院を自分の家のように熟知していた。悪性腫瘍《しゆよう》に腹部を侵された母親が息を引きとる前の最後の二カ月をここで過ごしたのだ。母が癌《がん》と診断される数週間前のある晩、酒に酔っていたデニスは激しい自責の念に駆られ、中絶クリニック爆破の巻き添えで多くの子供を死なせたことを告白した。母親はショックのあまり、それ以来、息子が家に近づくのを禁じた。そして来る日も来る日も、恐ろしい怪物をこの世に送りだしたことをお許しくださいと神に祈りつづけた。腹部に腫瘍ができたことがわかると、天罰が下ったのだと考え、いっさいの治療を拒んだ。

痛みがしだいに強まり、見るに見かねる状態になったとき、デニスは母親の言いつけにそむいて病院へ運んだ。しかし、頼むから治療をさせてほしいという医師たちの懇願を、母親は理由を告げずにきっぱりと拒否した。死が、自分にとって罰であると同時に罪からの解放であると信じていたのだ。

母親が死んで九年になるが、救急病棟を歩くと今でも肌が粟立《あわだ》つ。予想どおり、病棟内はごった返していた。待合室は満員で、医師やナースは誰もが忙しそうだ。デニスは入口近くの椅子に腰をおろして、周囲の物音や人の動きに集中し、スタッフの行動パターンを頭に入れた。

二台のパトカーを引き連れた救急車が玄関前に到着したのを機に、デニスは椅子から立ちあがった。怪我《けが》をした男が病院内に運ばれる瞬間を見計らって、関係者以外立ち入り禁止と書かれたガラスドアをするりと抜け、少し前から目をつけていた右側の戸棚に忍びこんだ。なかからドアを閉め、明かりをつける。

戸棚の内部をざっと見まわして、壁にかかっているつなぎの作業着を服の上からすばやく身につけた。モップを手に持ち、瓶入りの消毒剤をキャスターつきの洗《あら》い桶《おけ》の横にぶらさげて廊下へ出た。

掃除道具を押して歩く彼に不審の目を向ける者はいなかった。そして、手術が必要な患者がどこの階に運ばれるか、デニスは覚えていた。病院内を自由に移動して、躊躇《ちゅうちょ》なく三階まであがった。

手術室のあるフロアも、ナースが忙しく行き交っていた。見破られることはないと思うが、念のためにナースステーションが無人になるのを待った。三十秒後にはオリヴィア・シーリーの居場所を調べだし、次の瞬間にはこの階の備品収納室に向かっていた。

薬をのせたトレイを手にしたナースが通りかかったが、デニスにちらりと視線を向けただけでそのまま行きすぎた。収納室に忍びこんだデニスは、棚の上からペーパータオルをとり、ちぎった紙の端をざっと丸めてバケツに投げ捨てた。マッチをすって落とし、紙に火がついたのを見届けてから収納室をあとにした。オリヴィアの病室は奥から三つめだ。ドアを凝視しながら廊下を進んだ。

数秒もしないうちに、ドアの下から煙が漏れてきた。まずいことをしたという意識は本人にはなかった。やがて手のほどこしようのないほどの大火災になり、罪のない人たちがまたもや自分のせいで犠牲になるかもしれないことに、デニスは思いいたらなかった。頭にあるのは、神の許しを得ることだけだった。

一分が経過した。ナースがひとり廊下に出てきたが、収納室の手前で角を折れ、煙には気づかなかった。濃度と体積を増した煙は、うねりながらゆっくりと上昇しはじめた。その瞬間、煙探知器が作動して、耳をつんざくような警報が何度も鳴り響いた。自分の足で歩ける者は全員、病室から廊下に出てきた。

叫び声や悲鳴が交錯するなかで、スプリンクラーから激しい勢いで水が降り注ぎはじめた。

かたわらのドアが内側に開いたのを見て、デニスは一歩さがって壁に身を押しつけた。オリヴィア・シーリーの病室から、大柄な男が駆け足で廊下に出てきた。

デニスはぎくりとした。病室に男がいるとは思わなかった。詰めが甘かったかもしれないという考えが頭をよぎったが、今さら引き返すことはできない。

男の姿が見えなくなると同時にデニスは病室へ忍びこみ、後ろ手でドアを閉めた。そのとたん、泣きたいほどの安らかさに包まれた。天井から雨のように降り注ぐ冷たい水を全身に浴びながら、デニスは女に目をやった。この女を片づければ、自分の罪は洗い清められる。深呼吸して、足を前に進めた。


病室を飛びだしたトレイは、たちどころに火元を発見した。備品収納室のドアをあけ、洗い桶から炎が出ているのを見てとると、炎が洗剤に引火する前に廊下に引きだした。そこへ消火器を持ったナースが駆けつけて、燃え盛る火を消しとめた。

「スプリンクラーのスイッチを切るんだ」トレイはてきぱきと命じた。「火は消えた」

ひとりのナースが保守係に連絡をしに行き、残った者はモップやタオルをとってきて片づけを始めた。

何者かがペーパータオルに火をつけて放火したのだ。何が目的だろう、とトレイはいぶかった。煙はもうほとんど消えている。警報は鳴りやみ、ナースたちはそれぞれの病室を点検して歩いていた。トレイの表情が険しくなった。病院内に混乱を引き起こすことによって利益を得る者がいるとすれば、それは……。

心臓が止まりそうになりながら、さっと体の向きを変えた。オリヴィアの病室は閉まっている。出てくるとき、ドアはあけたままにしておいたはずだ。

「誰かオリヴィア・シーリーの病室に入った者はいるか?」鋭い口調で尋ねた。

ナースたちはたがいに顔を見合わせ、首を横に振った。

「警備員を呼んでくれ」そう言い残すと、トレイはドアに向かって突進した。

頭も両手もずぶ濡《ぬ》れになりながら、デニスはオリヴィアのベッドにかがみこんだ。両手を喉に巻きつける。肌のぬくもりと鼓動をてのひらに感じ、思わず身震いした。ひとりの人間の生死が、文字どおり、自分の手に握られているのだ。

神になったような気分だ。

ゆっくりと息を吐きだし、あと少しで罪が許されるという期待に打ち震えながらさらにかがみこんだ。

「神の名において――」

その首が突然、後ろにがくんと倒れ、天井を向いた顔が水びたしになった。よろめいて倒れそうになった瞬間、怒声が飛んできた。

「手を離せ。さもないと首をへし折るぞ」

デニスはその場で凍りついたようになり、必死に目をしばたたいたが、顔面に降り注ぐ水のせいで何も見えなかった。まさかこんなことになるとは予想もしていなかった。彼なりの深い確信のもとに、贖罪《しょくざい》の日が来るのを九年間も待ちつづけてきたのだ。それでも、目的の遂行を目前にして司法の手に落ちたことに、心のどこかで安堵をおぼえていた。

「神がやれと言ったんだ。おれはただ――」

「黙れ！　つべこべ言うな！」トレイがどなりつけて乱暴に体を引き起こす。

ゆっくりと両手を上にあげたデニスは、気がつくと部屋の外へ引きずりだされていた。ほどなくスプリンクラーからの放水が止まり、彼の計画の邪魔をした男の顔に目の焦点を合わせることができた。

男の顔に刻まれているのは、手に触れることのできるほどのすさまじい憤怒《ふんぬ》だ。ためらわずにこちらの首をへし折ることのできる男だと、デニスは本能的に悟った。抵抗のかまえを見せれば、苦悩に満ちた人生を終わりにすることができる。

むずかしいことではない。

やれよ、デニス。一生に一度ぐらい、まともなことをしたらどうなんだ。

耳のなかで聞こえるあざけりの言葉は、背後に立つ男に負けないほどの現実感を持って迫ってきた。

わずかに不審な動きを見せるだけでいい。そうすれば、神のもとに行けるはずだ。

だがそうすれば、自分にとって最大の恐怖と直面することになる。それは、爆破事件の巻き添えで死んだ子供たちの血で両手をけがしたまま神の前に立つことであり、さらに言えば、自分が臆病《おくびょう》な人間だという事実を永遠に突き付けられることを意味していた。

トレイは男を壁に向かって立たせ、手錠をかけて、警備員が駆けつけるのを待った。男が〝赤ん坊殺し〟のプラカードを持っていた不審な人物だとわかっても驚きはしなかった。

「こいつを見張っていてくれ」と警備員に指示して、オリヴィアの病室にとって返す。

ベッドも寝巻きもびしょ濡れになりながら、オリヴィアは自分があやうく殺されかけたことも知らずにすやすやと眠っていた。

トレイはその腕に触れ、脈拍と血圧を表示する機械の安定した運転音に耳をすました。どちらも、廊下に飛びだす前と同様、正常な値を示している。彼女の頬に手の甲を当てたトレイは、自分の手が震えていることに気づいた。

一日のうちに二度もオリヴィアを失いそうになったのだ。そう思うと、恐ろしさのあまりめまいがした。頭に触れ、ひたいに張りついた髪をかきあげて、ようやく深々と息を吐きだした。

オリヴィアの口はかすかに開き、下唇がいくぶん腫《は》れている。頬の片側にかき傷があり、ひたいの傷はさらに大きかった。山猫を相手に十回戦を戦って、あえなく敗れたという風情だ。

それでも、トレイの目にはこれまでにないほど美しく見えた。

頬とひたいに唇を押し当ててから、わずかに体を起こした。唇まであと数センチ。呼吸に合わせてまつげが震え、鼻孔がかすかに広がるのがわかる。

「ああ、リヴィー……きみにはとうてい理解できないだろうが、ぼくにとってきみは誰よりも大切な人だ」静かな声で語りかけて、もう一度身をかがめ、口づけをした。唇と唇が、しばらく重なり合っていた。身を起こしたとき、トレイの目には涙があった。

携帯電話をとりだして、病院の規則で定められているとおり、ドアの近くに移動してからチア・ロドリゲスに連絡した。応答した彼女の声には眠気といらだちが聞きとれた。

「誰だか知らないけど、くだらない用事だったら怒るわよ」

「チア、ぼくだ。トレイだ。犯人をつかまえた」

チアの口調が打って変わって真剣さを帯びた。

「犯人をつかまえたって、どういうこと?」

「名前はまだわからないが、手錠をかけられて廊下に転がっている。今は病院の警備員が見張っているが、署に連行するのはきみの役目だ」

「いったい何があったの? あなたはどうやって――」

「始末をつけるために、犯人は病院までやってきた。オリヴィア・シーリーの病室で彼女の首に手をかけている現場をつかまえたんだ。詳しいことはこっちへ来てから話す」

9

警察署に連行される道々、デニス・ローリンズは許しを求めて神に語りかけたが、その声は心のなかでうつろに響いた。どんなに耳をすましても、神の声は聞こえなかった。なぜなのかよくわからないが、そういえば幼いころ、母親は怒ると口をきいてくれなかった。だから、神も怒っているのかもしれない。正直なところ、愛想を尽かされてもしかたがないとデニス自身、思っていた。これだけへまばかりしていたら、神だっていいかげんうんざりするだろう。

拘留されたあとも、デニスは黙秘を貫いた。オリヴィア・シーリーを攻撃した理由を説明しようとすると頭が痛くなり、当然ながら、中絶クリニック爆破事件について触れるわけにはいかない。妄想癖はあるものの、彼は頭が鈍いほうではなかった。

デニスが公選弁護人の到着を待っているころ、町の反対側のホテルではフォスター・ローレンスがベッドの端に腰をおろして、今後の計画について考えをめぐらせていた。

フロリダへ行くのも悪くない。

昔から、暖かい土地にあこがれていた。もちろん、すべてが予定どおりに運べば、理想の土地でぜいたく三昧《ざんまい》の毎日が送れるはずだったが、その夢は今や泡と消えた。貴重な百万ドルを失ったと思うと、悔しくて頭がおかしくなりそうだ。しかし、また警察に追われるのはごめんだ。二度と刑務所には舞い戻りたくない。何があっても、そういう事態だけは絶対に避けようと心に誓った。

そこまで考えると、そもそも誰のせいで刑務所に入るはめになったのか思い返さずにはいられなかった。情に流されてシーリー家の事件に巻きこまれたりしなければ、人生はまったく違うものになっていたはずだ。刑務所に送られることもなかっただろう。フォスターは本来、抜け目のない性格だった。

しかし、湖畔の別荘で幼い子供を目撃した日、彼の人生は一変した。さらに、その子が誘拐されてきたことを知ると、現実は悪夢となった。泣き叫びながら毛布を引きずって家のなかを歩きまわっていた幼児の姿が今も目に浮かぶ。信じられない光景だった。

とはいえ、子供の存在を知ってしまった以上、フォスターにはふたつの選択肢しかなかった。血のつながった人間を警察に突きだすか、あるいは何も見なかったふりをして永久に口をつぐむか。しかし、子供の居場所を秘密にしていたことが発覚したら、いつかは誘拐の共犯で逮捕されるかもしれない。フォスターにとって解せなかったのは、子供を誘拐しておきながら、身代金を要求する電話をかけた形跡もなければ、これから要求する気配もないことだった。犯行の目的や動機がさっぱり理解できずに、フォスターは途方に暮れた。

今になって思えば、すぐにその場を立ち去るべきだった。しかし、魔が差したのだろう。フォスターはそれまで自分には無関係だった犯罪に便乗して、身代金を要求するような愚に出た。そのときはなぜか、すばらしい考えだと思えた。その時点ですでに人が殺されていたことなどまるで知らず、新聞記事を読んで知ったときにはあとの祭りだった。

ホテルの外で雨が降りだした。窓ガラスに当たる雨音を聞いていると、身代金を受けとった晩のことが思いだされた。あの日も雨だった。

考えれば考えるほど後悔がつのる。

身代金要求の電話などしなければよかった。子供をショッピングモールに置き去りにして、そのままテキサスをあとにすればよかったのだ。当時、アマリロに恋人がいた。欲をかかずに恋人のところに帰っていたら、べつの人生が待っていたのにと思わずにいられなかった。

立ちあがって窓辺に近づき、通りを見おろした。猛スピードで次々に走り去る車が盛大に水を跳ねあげ、汚れた歩道がその水で清められていく。自分の身も清めてほしい……。

雨粒が叩《たた》きつける感触を求めて窓ガラスにてのひらを押し当てながら、アマリロの恋人は今ごろどうしているだろうと思いをめぐらせた。名前はなんといったっけ。リンダか？

いや、違う。リディアだ。あの娘の名前はリディア・ドルトンだ。小柄だが、よく笑う陽気な娘だった。

リディア・ドルトン。

フォスターは窓辺を離れてベッドへ戻り、横になった。先のことは、明日ゆっくり考えよう。今はただ眠って、これまでの二十五年間のことをすべて忘れたかった。

アンナにあてがわれたのは、マーカス・シーリーの寝室から廊下を隔てた向かいの部屋だった。

荷物を解き、ローズに挨拶《あいさつ》をして、マーカスとともに食事をとったあと、アンナは自分の部屋に引きあげた。しかし、シャワーを浴びて寝支度をするころには頭が混乱してきて、しばらくはここがどこか、自分が何をしているのか、さっぱりわからなかった。ようやく頭のもやが晴れてきたあとも、記憶は断片的にしか戻らなかった。オリヴィアの世話をするとマーカスに約束したのは覚えているが、肝心のオリヴィアの姿が見当たらない。アンナは屋敷のなかを何時間もうろついた。

やがて、探しまわるのに疲れ果て、そしてまたかすかに聞こえる雨音に眠気を誘われて、書斎のソファで眠りこんだ。

夜が明ける直前にオリヴィアは目を覚ました。雨音が聞こえる。近ごろは晴天が続いていたので、恵みの雨だ。そう思いながら目を開き、最初に視界に入ったのがベッドの脇《わき》の椅子で眠るトレイの姿だった。なぜ祖父でなくトレイが夜通し付き添ってくれたのかわからないが、涙が出るほどうれしかった。

オリヴィアは長いこと、トレイの寝姿を見つめていた。無造作に投げだされた長い脚、ぴったりしたジーンズの下の力強い筋肉。この長い脚に包まれ、体の重みを感じながら、暗がりでゆっくりと愛を交わしたときのことが思いだされた。彼が歩くのを見ているだけで体の芯《しん》が熱くなり、かすかな笑顔を向けられただけでめまいがするほどの幸福感に浸ったことも。

でもそれは、はるか昔のこと。今、トレイはベッドから数十センチのところに座っているが、ふたりの距離はこれまでにないほど遠い。バナナスプリットを分け合って食べたのがかなり前のことのように思えるが、実際にあれからどれだけの時間がたっているのか、自分では見当もつかなかった。かえすがえすも悔やまれるのは、トレイの誘いを断って家に帰ったことだ。昼食のテーブルにひとりきりで向かったりしなければ、アンナに会いに行くこともなかった。そうすれば、高速道路で命を狙《ねら》われることもなかったのだ。トレイは引きとめてくれたのに、自分はいつもながらの後ろ向きの態度で逃げ帰った。その結果がこれだ。

トレイの姿に見とれているうちに、少年時代の彼とどこがどう変化したのか興味が湧《わ》いてきた。今も横向きになって体を丸めて眠るのだろうか。夜中にピーナッツバターとピクルスのサンドイッチをつまみ食いする癖は今も変わっていないのだろうか。オリヴィアが祖父の言いつけに従って交際を絶ったあと、彼は長いあいだ恨みを抱いていたのだろうか。たとえその期間がどれほど長くても、このわたしが自分自身を許せずにいた年月より長いことはありえないとオリヴィアは思った。

ため息がもれた。それだけで痛みが走った。唇を噛《か》み、不安そうな表情でトレイに視線を戻した。いつのまにかトレイが目を覚まして、こちらを見つめていた。

オリヴィアの脈拍は跳ねあがり、ベッド脇に設置されたモニターが不規則な信号音を発した。トレイがあわてて立ちあがった。

「ぼくはここにいるよ」低い声で呼びかけた。「痛むのかい？　ナースを呼んで、痛み止めの薬をもらおうか？」

やさしく顔を包むてのひらに頬を押しつけるようにして、オリヴィアははらはらと涙をこぼした。

「そばにいてくれたのね」

その瞳が問いかけるような光を発しているのにトレイは気づいたが、ぞっとするような事実を伝えることにはためらいがあった。

「きみの容体が心配だったからね」言いよどんだ末に、そう言った。

「仕事だから？」

トレイはまたしばらく黙りこんで、ため息まじりに答えた。

「違うよ、リヴィー。仕事だからじゃない」

「もう手遅れかしら？」

「なんのことだい？」

「わたしたち」

トレイの背中を冷たい汗が流れた。あと少しで、ほんとうに手遅れになるところだったのだ。しかし、そのことをオリヴィアに知らせるわけにはいかない。

「もう一度やりなおしたいということかい？」

オリヴィアは黙ってうなずいた。

「お祖父《じい》さんはどう思うだろう？」

「お祖父さまもあなたのことが大好きになるわ」そう言うと、ため息をついて目を閉じた。目をあけているだけで疲れ、トレイがそばにいてくれると思うと不安も消えていった。

トレイは胸のなかで彼女の言葉を反芻《はんすう》していた。マーカスも大好きになるとはどういう意味だろう。オリヴィアは今も自分に対して特別の感情を持っているのだろうか。あるいは、たんなる言葉の綾《あや》なのか。まあ、時がたてばわかる。今はオリヴィアが息をしているだけで満足だった。

しかし、彼女が寝入ると、担当中の事件とデニス・ローリンズとのかかわりが気になりはじめた。年齢から考えて、あの男が二十五年前の殺人事件に関係しているとは思えないが、世の中には理屈で説明できないこともある。

オリヴィアの死によってあの男が得るものは何もないはずだが、ローリンズがまともな思考力の持ち主でないことは明らかだ。トレイの見立てが間違っていなければ、完全に頭のたががはずれている。世間で話題を集めている事件に、本来なら無関係の人間がよけいな手出しをして事件を混乱させるケースはこれがはじめてではない。ローリンズの件はチアと相棒のデイヴィッド・シーツにまかせて、トレイ自身は幼児殺害事件の解明に全力を注ごうと心を決めた。

マーカスははっとして目覚めた。時計に目をやって愕然《がくぜん》とする。もうすぐ九時だ。昨夜、帰宅してから最初のうちは一時間ごとに病院へ電話を入れていたが、そのうちに疲れて寝てしまった。上体を起こし、ベッドの端に腰かけて受話器に手をのばす。ほどなく、オリヴィアの容体は安定しているというナースの報告を受け、ほっとして肩の力を抜いた。ボニー刑事が今もそばについていることを知ると、不安が一掃された。それほど急いで病院に駆けつけなくてもよさそうだ。そういえば、アンナはどうしているだろう。マーカスはベッドを出るとバスルームに向かい、手早く髪に櫛《くし》を入れて戻ってきた。Tシャツの上にスエットの上下を着こんで、裸足《はだし》の足にテニスシューズを履き、廊下の向かいのアンナの部屋へ急ぐ。

部屋は無人で、ベッドは人が寝た形跡がなかった。

「大変だ」マーカスは小さくつぶやいて、階段に向かった。

キッチンをのぞくと、ローズが朝食の支度をしていた。

「アンナのベッドは使った形跡がない。姿を見なかったかね？」

ローズがコーヒーカップを差しだしながら、余裕の表情で答えた。「書斎でおやすみですよ。今朝早く書斎をのぞいたら、眠っていらしたんです。べつに心配することはないと思いますよ。たぶん、慣れないベッドで寝るのがいやだったんでしょう」

マーカスは安堵《あんど》のため息をついてコーヒーをすすり、カフェインの刺激を心ゆくまで味わった。

「朝食は召しあがりますか？」

「いや、コーヒーだけでいい。病院へ行ってオリヴィアの様子を見てきたいが、アンナのことも気がかりだ」

何を言うのかというふうにローズが手を振った。「心配しないで病院へいらしてください。アンナさんのことはわたしにまかせて」

「そう言ってくれるのはありがたいが、彼女はちょっと――」

「わかってますよ」最後まで言わせずに、ローズが引きとった。「ときどき、頭が混乱するんでしょう。そんなこと、なんでもありません。危ない目にあわないように、わたしが目を光らせていますから」

「ありがとう。そう言ってもらえると助かるよ。ではちょっと彼女の様子を見てから、着替えをして、病院へ出かけることにしよう。今日は夜まで帰れないと思うから、食事は用意しなくていいよ」

「かしこまりました。オリヴィアさまに、わたしからもよろしく伝えてくださいね。何もかもうまくいきますから心配しないようにと」

大柄でたくましい体つきのローズを、マーカスは信頼と愛情のまなざしで見た。

「ああ、わかった。アンナのことだが……何かあったら携帯に電話してくれ」

ローズが心外な顔をした。「頭のねじがゆるんだ老人ひとりの面倒もみられなくなったら、そのときはお暇をいただきますよ」そう啖呵《たんか》を切って、しんみりした口調で言い添えた。「認知症が悪いと言ってるんじゃありませんよ。それも人生の一部ですからね」

マーカスはおだやかにほほえんで、コーヒーカップを持ったままキッチンをあとにした。

書斎をのぞくと、大型のソファでアンナが寝ていた。ローズのはからいで、体には毛布がかけられていた。

マーカスはアンナの顔を凝視した。きらめく青い瞳に生きる喜びをあふれさせていた活発な女性の面影は、もはやどこにもなかった。目の前に横たわっているのは、抜け殻のような老いた肉体だけだった。

自室へ戻って着替えをするうちに、マーカスはオリヴィアの看病とアンナ・ウォールデンの世話をすること以上に大きな問題が差し迫っていることを思いだした。テレンス・シーリーが帰国したら、ふたをしておきたい不快な記憶や古い傷がいやおうなしにこじあけられることになる。

キャロリンとテレンスのことをあれこれ考えながら憂鬱《ゆううつ》な気持ちで着替えをすませ、家を出ようとしたところに電話が鳴った。

トレイからだ。

「ボニー刑事！　今、家を出て病院へ向かおうとしていたところだ」

「ぼくはまだ病院にいます。いつお見えになるかうかがおうと思ってお電話しました」

「三十分ほどで着けるだろう。それまできみもいるかね？」

マーカスの声の調子からして、昨夜またオリヴィアの命が狙われたことを彼はまだ知らないらしいとトレイは判断した。本来なら警察の責任者が報告すべきだが、ウォーレン副署長はトレイが知らせたものと思っているのかもしれない。

「はい、います」と返事をしてから、念のために尋ねた。「あの……ダラス署から何か連絡はありませんでしたか?」

マーカスが不安げな声で応じた。「いや。なぜかね? 何かあったのか?」

「いいえ、ご心配なく。何も問題はありません。オリヴィアは無事です」

「一瞬、悪い知らせを聞かされるのかと思ったよ」

「むしろ反対です。リヴィーを撃った男をつかまえました。犯人はゆうべ、正式に逮捕されました」

「ああ、それはよかった!」マーカスははずんだ声で言った。「しかし、なぜ誰も知らせてくれなかったんだろう」

「ちょっとした行き違いでしょう。彼らはぼくが知らせると思っていて、ぼくのほうは容疑者を逮捕した担当の刑事から連絡が行くものと思っていました」

「犯人は何者だ? 動機は? 何か白状したかね?」

ため息まじりにトレイは打ち明けた。「名前はデニス・ローリンズ。動機はまるでわかりません。辻褄《つじつま》の合わないことを言うばかりで」

「ともかく、これで危険は去ったわけだ」

「ええ。ですが、ひとつご報告しなければならないことがあります。遅かれ早かれニュースで見聞きすることになるでしょうから、その前にぼくのほうから事実をお伝えしたほうがいいと思います」

トレイの深刻そうな口調に、マーカスの高揚した気持ちはしぼんだ。「何があったんだね？」

「リヴィーを狙撃《そげき》した男は……」

「その男がどうした？」

「始末をつけるために、ゆうべ病院に現れました。病棟内に放火して関係者の注意をそらしたうえで、リヴィーの病室に忍びこんだのです」

「なんてことだ」マーカスは低くつぶやいて、壁に体をもたせかけた。「あの子に怪我《けが》はなかったんだろうね？」

「リヴィーは男がそばに来たことも知りません」

「ほんとうだろうな？」

「ほんとうです」

マーカスはさらに質問を重ねようとして、はっとひらめいた。

「きみのお手柄だな？　きみが犯人をつかまえてくれたんだね」

「はい、そうです」

長い沈黙のあと、マーカスはこみあげる感激を抑えきれずに、震える声で言った。

「きみには大きな借りができたな」

「それは違います。ぼくは職務を果たしただけです。でも、ここだけの話ですが、もしもリヴィーに何かあったら、ぼくは自分のことが許せなくなるでしょう」

「ああ、その気持ちはわかる」

「はい、半端な気持ちではないこともおわかりいただきたいと思います。さっき、ふたりでもう一度やりなおそうとリヴィーに約束したんです。ぼくはその約束をなんとしても守るつもりです」

「あの子は青春に悔いを残しているようだ。そうじゃないかね？」

トレイはため息をついた。「ええ。ぼくも苦しみました」

「何もかもわしの責任だ」マーカスは重い声でつぶやいた。「あのころは何も知らなかった……まったくわかっていなかった――」

「当時はぼくたちも子供でした。でも、今はもう違います。あなたとリヴィーの関係が気まずくなるようなことは望みませんが、かといって、今度は黙って去るつもりはありません」

「オリヴィアは大人の女性だ。自分のことは自分で決められる。わかってほしいんだが、あの子を悲しませるようなまねをするつもりはこちらにはまったくない。きみは正義感の強い立派な人物のようだし、オリヴィアの命を助けてもらったという借りもある」

「先ほども言いましたように、われわれのあいだに貸し借りはいっさいありません。それでは病院でお待ちしています」トレイはそう言って電話を切った。

携帯電話をポケットにしまった直後、誰かに名前を呼ばれた。振り向くと、チアがエレベーターからおりてくるところだった。

「あら、命知らずのカウボーイじゃないの」チアが陽気に声をかけた。「ならず者をいっぱいつかまえた？」

トレイは笑みを返したが、からかいにはとり合わず、すぐさまローリンズの話題に切り替えた。

「犯人はオリヴィアを狙った理由を白状したのか？」

チアがあきれたように目を丸くした。

「するわけないでしょ。頭がいかれてるのよ。でも、それはこの際、置いておくとして、全国犯罪情報センター《NCIC》のデータで何がわかったと思う？」

「さあね」

「あの男は九年ほど前に起こったボストンの中絶クリニック爆破事件の参考人として指名手配中だったのよ」

「うそだろう？」

「うそじゃないわ。まじめな話よ。それだけじゃないの。爆発の巻き添えで、日曜学校の児童七人と教師がひとり死んでるのよ」

「いったいなんでそんなことに？」

「なんでも、教会のバスがたまたまエンジントラブルを起こしてクリニックの前で立ち往生したんですって。その日は雪だったので、教師は児童たちをバスからおろすと、次のバスが到着するまで雪に濡《ぬ》れずにすむように、クリニックの大きなひさしの下に連れていった。その直後に爆弾が爆発して全員が吹き飛ばされたってわけ」

「ローリンズの犯行なのか？」

「重要な容疑者のひとりであることは間違いないわね。その後、ローリンズは姿を消した。なぜオリヴィア・シーリーを狙ったのかは謎《なぞ》だけど、その謎を解くのはわたしの仕事じゃないし、あなたの仕事は殺害された幼児の身元を調べることよ。ふたつの事件に関係があるかどうか、今の段階ではなんとも言えないわ」

「そうか、ともかく礼を言うよ」

チアが肩をすくめた。「ウォーレン副署長があなたに話したいことがあるって」

「あとで電話するよ。オリヴィアの祖父が到着するまで、ここを離れるわけにはいかないんだ」

「あのねえ、もう悪者はつかまったのよ。というか、あなたがつかまえたんだけど。もう何も心配することはないでしょう？」

「そうなんだが、やはりまだ安心できないんだ。彼女が完全に回復した姿を見届けるまでは」

チアが眉をつりあげて唇を丸め、口笛を吹くまねをした。

「あらら、カウボーイくんも隅に置けないのね。怖いものなしのボニー刑事が深窓の令嬢に恋をしたってわけ？　なかなかの早業じゃないの」

「きみには関係のないことだ」トレイはぴしゃりと言った。

チアが降参するように両手をあげた。「ごめん。悪気はなかったのよ」

「いや、こっちこそきつい言いかたをして悪かった。ちなみに、リヴィーとのことは早業でもなんでもない。実は、高校時代からの付き合いなんだ」

チアは口まで出かかっていた冷やかしの言葉をのみこんだ。目が大きく見開かれ、口が半開きになる。

「それ、ほんと？」

トレイは両手で髪をかきあげた。

「ほんとうだ」

「そうなの……じゃあ、またあとでね」

「ああ……ではまた」トレイはオリヴィアの病室に向かった。

誰かが部屋にいる。目をあけなくても、アンナには気配で感じられた。激しい恐怖に襲われて、はっと上体を起こした。

「あんた、誰?」大声を張りあげた。

アンナが眠っていたソファの前のテーブルに、ローズはコーヒーカップを置いた。

「ご存じのはずでしょう?」自信に満ちた声で答えた。「ローズですよ。この家の家政婦で、オリヴィアお嬢さまとマーカスさまのお世話をしています。あなたはアンナ。幼かったオリヴィアお嬢さまの子守をしていたわ」

相手があげた名前は、どれも聞いたことがあるような気がした。アンナは身を乗りだしてコーヒーカップを手にとり、疑《うたぐ》り深い表情でにおいを嗅《か》いだ。

問題はなさそうだ。

ひと口すすった。

すばらしい味だった。

あらためてローズを見なおした。突然、アンナの顔に笑みが浮かんだ。

「ミートローフの名人ね」

ローズが頬をゆるめた。

「まあ、そう言ってもらえるとうれしいわ、アンナ。さあ、こちらへどうぞ。朝食をつくってあげましょうね。それがすんだら着替えをして、台所仕事を手伝ってちょうだい」

アンナは立ちあがった。自分にもやるべき仕事ができたのだ。目の前に広がっているのがのっぺりした空白の時間ではなく、果たすべき仕事があると思うと、体がしゃきっとして、何やら気持ちも引きしまる気がした。

「卵はふたつ。両面焼きにしてね。あと、ベーコンはある？」

ローズが声をあげて笑った。「この家でベーコンを切らしたことはないわ」

アンナがにっこりした。人の笑い声は耳に心地よく響く。アンナはここが気に入った。

ひとりきりで家にいるより寂しくない。

ローズのあとについてキッチンへ向かった。そして、一歩前へ進むごとにアーリントンの暮らしから遠ざかり、過去の世界へ近づいていった。

10

オリヴィアの手術から三日が過ぎた。当初、トレイは彼女の身を案じるあまり頭が麻痺《まひ》したようになって、もう一度やりなおしたいと言われたときはどう反応してよいかわからなかった。今は、勤務後にお見舞いに行くのを楽しみにしながら日常の業務をこなしている。たとえ面会時間のあいだオリヴィアがずっと眠っていても、寝顔が見られるだけで満足だった。

デニス・ローリンズは最終的に犯行を認めたが、事件当時、刑事責任を問える精神状態にあったかどうかが論議の的となり、徹底的な精神鑑定が命じられた。現在は心神喪失者専用の拘置所に収容されている。それは殺人罪を免れることを意味し、トレイにはとうてい受け入れがたい措置だった。

しかし、ローリンズの調べが進むうちに判明したことがある。シーリー家の誘拐事件当時、ローリンズは十四歳で、全寮制の中学校で学んでいた。つまり、今回のオリヴィアへの襲撃は、昔の事件とは無関係だったのだ。

捜査はまたもや振りだしに戻った。警察は今もフォスター・ローレンスの行方を捜しているが、あくまで参考人としての扱いで、有益な情報はどこからも寄せられなかった。これだけ時間がたってしまうと、彼がまだ町にとどまっている可能性はまずないとトレイは見ていた。現在はＤＮＡ鑑定の結果と、ミラノに住むテレンスとキャロリンの到着を待っているところだ。そのどちらかから手がかりが得られなければ、捜査は行きづまってしまう。

最悪の場合にそなえて、トレイは例のスーツケースをもう一度調べてみることにした。何か見逃しているものがあるかもしれない。新しい視点に導いてくれる何かが見つかる可能性を求めて、証拠品保管庫へ車を走らせた。

受付のデスクに近づくと、責任者の巡査部長が好奇心もあらわにトレイを見て、訪問者名簿を差しだした。

「よう、ボニー。またどこかの令嬢を救ったのか？」

「どうしたんだ、ボディン？　妬《や》いてるのか？」

「いや、妬いてなんかいないさ。ちょっときいてみただけだ」

トレイは頬をゆるめた。このラッセル・ボディンが妻以外の女性に決して手を出さないのは有名な話だ。警察関係者のあいだで妻のペギーの名は高く鳴り響き、包丁の一件を知らない者はいなかった。

定年退職を半年後に控えたボディンは結婚生活四十年近くになるが、過去に一度だけ妻以外の女性と関係を持った。ところが、その事実は彼が帰宅する前に妻の知るところとなり、疲れ果ててベッドに倒れこんだボディンが次に気がついたときには、肉切り包丁を股《こ》間《かん》に突きつけられていた。

頼むから乱暴なまねはやめてくれと必死に懇願する夫の声を聞き流して、ペギーは無言で陰毛を剃《そ》りはじめた。男のシンボルを無傷で残してくれたらもう二度と浮気はしませんと、ボディンは妻と神と友人たちに誓った。

一滴の血も流すことなく、妻は目的を果たし、さらには効果満点のおまじないを部屋に飾って夫にお灸《きゅう》を据えつづけた。毎晩ボディンが寝つく直前に目にするものは、ベッドの正面の壁にかけられた肉切り包丁だった。

「何が見たい？」トレイのために扉をあけてやりながら、ボディンが尋ねた。

「テクソマ湖畔の別荘で幼児の遺体とともに発見された品を見せてほしい」

ボディンは不快そうな顔をして、大量の箱が収められた棚が並ぶ迷路のような通路を先に立って歩いた。

「あんな小さな子を殺すなんて、ひどいやつがいたものだ」棚から箱を引きだしてテーブルに置く。「長くかかりそうか？」

トレイは肩をすくめた。「見てみないとなんとも言えないな。ＤＮＡが一致しなければ、手がかりは何もなくなる。だから、念のためにもう一度証拠品を見なおそうと思ったんだ」

「幸運を祈るよ」ボディンはしばらく間を置いてから付け加えた。「さっきは変なことを言ってすまなかったな。気を悪くしないでくれ」

「気にしてないよ」

ボディンはすっきりした面持ちでデスクに戻っていった。

箱に手をかけたトレイは、深呼吸をひとつしてからふたを持ちあげた。なかにはスーツケースのほかに、日付入りのラベルを貼《は》ったビニール袋が四つ入っていた。いずれも、あまりにも早く人生に別れを告げさせられた子供の形見の品だ。

スーツケースはひと目見ただけで、手がかりにならないとわかった。古びて塗料のはげたこの品は、七〇年代に大量生産された型式で、所有者を突きとめるのはまず不可能だ。ビニール袋をひとつひとつ見ていく。

最初の袋をあけた。中身は片方だけのソックスで、サイズはトレイの人差し指ほどしかない。もとは白かったのだろうが、今は紅茶につけてそのまま乾燥させたような薄汚い色をしている。折り返しの近くに黄色い点があった。目を近づけてよく見ると、黄色いあひるをかたどったステッチの名残だとわかったが、捜査の手がかりにはならない。

ふたつめの袋からはピンクのネグリジェが出てきた。肩から背中にかけて黒っぽいしみが点々とついている。おそらく血痕《けっこん》だろうと思いながら、トレイは検査のために切りとられた部分を指でなぞった。首の後ろについているはずのラベルははがされているが、肌がちくちくするのを嫌ってラベルを切りとってしまう人は少なくない。トレイ自身、新しいTシャツを着るときは、まずラベルを切りとるのが習慣だ。それはたんなる好みの問題で、事件性を示唆するものではない。

ネグリジェと袋を脇《わき》に置いて、三つめの袋をとりだした。四つのなかでこれがいちばん大きく、中身はベビー用毛布だった。ピンクの毛布は汚れて色あせ、サテンの縁取りもすりきれて一部しか残っていなかった。メーカー名を示すラベルも、所有者の名前も何もない。

それも脇にどけて、最後のビニール袋を手にとった。中身は三十センチほどの木彫りの十字架で、手作りの品のようだ。袋からとりだして裏返してみたが、作者の名前は入っていなかった。

もう一度表に返して、十字架に焼き入れられた文言に注目した。

〝天使とともに眠れ〟

いったいどういうことだろう。子供を殺した犯人が、犯行後にわざわざつくったのか。それとも、以前から持っていたものをふと思いついて投げ入れただけなのか。幼児の遺体をスーツケースにつめて壁の内部に塗りこめるというだけでも不気味だが、さらに宗教的な墓碑銘のようなものを残したと思うと、恐ろしさに背筋が凍る思いがした。

何も成果が得られなかったことにいらだちながら、ビニール袋を戻して箱のふたを閉め、テーブルに置いた。

手ぶらで通路を戻ってきたトレイを見て、ボディンが声をかけた。

「収穫はなしか？」

トレイはうなずいた。

「そいつは残念だ。犯人が見つかるといいな」

「ああ、まったくだ。ともかく世話になった。ペギーによろしく伝えてくれ」

ボディンが顔をしかめた。「ペギーのやつ、このごろおかんむりなんだ」

「また包丁の出番か？」

トレイの瞳がからかうようにきらめいているのを見て、ボディンは憂鬱《ゆううつ》そうな顔をした。

包丁の件を署内のみんなに知られたのはまずかった。だが、誰を責めることもできない。ひどく酔った晩に、自分でばらしてしまったのだ。今では署内でその話を知らない者はなく、何かにつけて冗談の種にされている。

「いや、それほどじゃないが、どうやら宝石を買わされるはめになりそうだ。ペギーは宝石に目がないからな」

「いったい何をやらかしたんだ？」

「いやあ、ペギーが大事にしてた花をうっかり刈っちまったんだ。おれには雑草にしか見えなかったからな。いつもはペギーのやつ、雑草がのびてるとすぐに文句を言うから」

トレイはにやりとした。

「女というものは、ときどきひどく扱いにくくなるものだ」ボディンがしみじみと言った。

「きみは独身だろう。悪いことは言わない。ずっとそのままでいろ」

オリヴィアのことを思い浮かべて、トレイは首を横に振った。

「ぼくはむしろ、いつもかたわらに女性がいて花がある暮らしを体験してみたい。ひとりで生きるのはあまりに寂しい」

しばらく考えこんでから、ボディンがうなずいた。

「きみの言うとおりかもしれないな。何かほかに手伝えることがあったら言ってくれ」

「ああ、そうするよ」そう言ってトレイは保管庫をあとにした。


オリヴィアはベッドの上に起きあがった。体を動かしたせいで傷が痛み、ひたいからは冷たい汗が噴きだしていた。手術した左肩には包帯が巻かれ、腕はつり包帯で固定されている。右手の甲には点滴の針が刺さっているので、もし立ちあがることができたとしても体を支える役には立たない。頭痛は今も続き、下唇もまだ腫《は》れている。痛みに顔をゆがめずに食べられるものといえば、ゼリーやアイスクリームなどのやわらかいものだけで、それにもいいかげん飽きてきた。

ベッドから洗面所まではほんの数メートルだが、現在のオリヴィアには何キロも先に思えた。あきらめてナースを呼ぼうかと思ったそのとき、病室のドアがあいた。今にも泣きそうな表情で、オリヴィアは顔をあげた。

トレイだった。

次の瞬間には、ベッドの脇に立っていた。

「リヴィー、いったい何をしているんだ？　ボタンを押してナースを呼べばいいのに」

「自分の足で洗面所へ行きたかったの」オリヴィアは堰《せき》が切れたように泣きだした。

「さあ、いい子だから泣かないで」トレイはオリヴィアの体を抱きあげた。「ぼくが手伝うよ。点滴スタンドは支えられるかい？　それともぼくが持とうか？」

「自分で支えられるわ」オリヴィアは涙声で答えた。

体を抱きかかえられながら、点滴スタンドを引いて洗面所へ向かう。オリヴィアを個室まで運んで床におろしたトレイは、倒れないように肩をしっかりと支えた。

「ここからあとはひとりでできる？」

オリヴィアは視線をそらしてうなずいた。

「恥ずかしがらなくていい」やさしい口調でトレイは言った。「他人じゃないんだから」

涙をあふれさせて、オリヴィアはトレイを見あげた。

「わたしたち、なんでも分かち合える親友なのね」

トレイは身をかがめて、オリヴィアの唇近くにキスをした。

「そうだ……なんでも分かち合える親友だ。ぼくはドアのすぐ外にいる。すんだら声をかけてくれ」

個室の外に出て、ドアを閉める。

数分後、トイレの水が流れる音が聞こえた。

「リヴィー?」

ドアが開いた。不安定な体勢で、オリヴィアが立っていた。

「さあ、どうぞ」トレイはやさしく声をかけると、いつ足が床を離れたのか本人にもわからないほどふわっとオリヴィアの体を抱きあげた。

点滴スタンドを引きながら、ふたりはベッドに戻った。

「気分はよくなった?」

オリヴィアはうなずいて、目を閉じた。

トレイはベッド脇の小卓からタオルをとってオリヴィアの顔をぬぐい、つり包帯や点滴の針に触れないよう用心しながら両手を拭《ふ》いた。

声をあげずに、オリヴィアはむせび泣いていた。あふれる涙を見ているうちに、トレイはじっとしていられなくなった。

ティッシュで涙を拭きとったあと、自分でも思いがけないことに、唇にキスをしていた。それは風のように軽い口づけで、相手の唇の震えがそのまま伝わってきた。唇を重ね合わせるのは実に十一年ぶりだが、それだけの長い歳月が一挙に消え去った気がした。オリヴィアを求める気持ちは昔と少しも変わっていない。顔を離したとき、オリヴィアが目をあけた。

「ああ、トレイ」そっとささやいて、手をのばしてくる。

トレイはその手をとって、瞳を見つめながらてのひらにやさしくキスをした。

「何があったのか教えて」

「ぼくたちのことかい？　それとも外の世界のこと？」

「両方」

「ぼくたちのことについて言えば、ぼくはまたきみを愛しはじめた。外の世界については……あまり明るい知らせはない」

「ほんとうに？　またわたしを愛しはじめたって、本気なの？」

「本気だ」

オリヴィアはほほえもうとしたが、それより先に涙が出てきた。

「きみを悲しませるつもりはなかった」トレイはまたティッシュをつかんで、オリヴィアの濡《ぬ》れた頬に押し当てた。

「悲しくて泣いてるんじゃないの。あなたの心の広さに感動しているのよ」

「リヴィー……昔はふたりとも子供だった。きみのことを死ぬほど愛していたが、もしあのまま突き進んでもうまくはいかなかっただろう。今ならそのことがわかる」

「きっとそうでしょうね」オリヴィアは体の位置をずらして、トレイの顔を正面から見つめた。「でも、あの気の毒な子供が遺体で発見されなかったら、わたしたちが再会することもなかったんだわ。そのことを考えたことある?」

「ああ、そのことはずいぶん考えた。ぼくの考えを聞きたいかい?」

オリヴィアは黙ってうなずいた。

「この世に偶然は存在しない。ものごとはすべて起こるべくして起こるんだ。先週の今ごろは、きみとこんな会話を交わしているなんて夢にも思わなかった。そして再会を果たして二十四時間もしないうちにふたたびきみを失いそうになった。事故の知らせを聞いたときのショックといったら……二度とあんな思いはしたくないよ」

「乗っていた車が宙に浮いたとき、わたしが何を考えていたかわかる?」

トレイはあごを固く引きしめて、彼女の頬にそっと手を当てた。

「さあ。教えてくれ」

「一度ならともかく二度までも最愛の人のもとを去ってしまうなんて、自分はどうしようもなく愚かな人間だと思ったのよ。そして、あなたのそばにいればよかったと悔やんだわ。死にたくないと思った」

「その心配はない。医師たちが全力を尽くしてくれたからね」

「それに、あなたがいてくれたから。ナースたちが話しているのが聞こえたの。わたしを撃った男は……」

「あの男がどうかしたのか？」

「ここへ来たんでしょう？　あの晩、わたしの息の根を止めるために」

トレイは重い息を吐きだした。いつまでも真実を隠しておけるはずもないが、できるならオリヴィアにはまだ知らせたくなかった。

「ああ。ここへやってきた。でも、きみに手出しはさせなかった」

「ええ。あなたのおかげだわ」

トレイは肩をすくめた。

「その男はどうなったの？　刑務所に送られた？」

「ローリンズか？　ああ、施設に収容された。もう二度ときみやほかの誰かを傷つける恐れはない」

「そう……それで、事件の捜査は進展しているの？　子供の身元は？」

「今のところまったく手がかりなしだ。あの子を裏切っているようで、気がとがめてならない」

「DNA鑑定の結果はいつになったらわかるの？」

「さあね。催促はしているが、結果が出るまでにはまだまだ時間がかかりそうだ。それに、イタリアからやってくるテレンス・シーリーにも検査を受けてもらう必要がある」

オリヴィアは黙ってうなずいた。

「テレンスときみのお祖父《じい》さんのあいだには何があったんだ？」

オリヴィアのひたいに、思い悩むようなしわが刻まれた。

「この前、テレンスおじさまが帰国するという話が出たときまで、ふたりのあいだにわだかまりがあることをわたしは知らなかったの。キャロリンおばさまとテレンスおじさまの名前は、その昔、お祖父さまの口から聞いたことがあるけれど、幼かったから内容はよく覚えていないわ。夫婦でイタリアに移住したのは、わたしが誘拐される前のことだし」しばらく口をつぐんで考えをめぐらせた。

「あの夫婦はかなり年が離れてるのよ」

「いくつぐらい？」

「よくわからないけど、少なくとも二十歳ぐらい。キャロリンおばさまはわたしの父と同じぐらいの年よ」

ある考えがトレイの頭をよぎった。

「ねえ、オリヴィア」

「なあに?」

「休暇で家族が集まったときなんかに、お祖父さんがきみのご両親のことを話題にしたことはあるかい?　たとえば、ふたりがいなくて寂しいと言ったり、ふたりにまつわる笑い話を披露したり」

「いいえ。わたしのいるところでは両親の話をしないことに決めていたみたい」

「なぜだろう」

「それがきっかけになって恐ろしい記憶がよみがえることを心配したんでしょうね。でも実際には、わたしは何も覚えていないの。両親の顔も、いっしょに遊んだことも」

オリヴィアの表情が変化し、神経質なしぐさでシーツを引っぱりはじめた。

「おかしいと思わない?　何も覚えていないなんて」

その目の奥に恐怖の色があるのを見てとったトレイは、この話題をとりあげたことを悔やんだ。今のオリヴィアは何よりも健康の回復に努めるべきで、それ以外のことに頭を悩ませたりしてはいけないのだ。

「いや、ぜんぜんおかしくないよ。誰だってそんな幼いころのことは覚えていない」

オリヴィアがふっとため息をもらした。

「なんだい?　言ってごらん」

「わたしの記憶にあるのはアンナとお祖父さま、そしてローズだけよ」

「だから自分はシーリー家の娘ではないと思ってるのか？　誘拐事件のときにとり違えられたと思ってるのか？」

オリヴィアは視線をそらした。

「本気でそんなことを考えてるのか？」トレイは執拗《しつよう》に尋ねた。

オリヴィアは相変わらずシーツをもてあそんでいる。その指が震えているのを見て、トレイは胸をえぐられる思いがした。

「リヴィー……ダーリン……たとえ真実がどうであろうと、きみのせいじゃない。きみは被害者で、何も知らない幼児だったんだ」

「そうだけど、でも……」

「それからもうひとつ、これだけは忘れないでほしい」

顔をあげたオリヴィアは、トレイの瞳のなかできらめく愛を見てとった。

「きみがどこの家の娘であろうと、きみに対するぼくの思いは変わらない。高校生のきみに恋をして、そして今また愛するようになった。きみは永遠にぼくのリヴィーだ。わかったね？」

オリヴィアはあごを小さく震わせて、低い声で告げた。「トレイ。あなたはわたしにはもったいない人だわ。でも、あなたにまた会えてよかった」

「ああ、ぼくも同感だ」トレイはやさしい口調で言って、腰をかがめてキスをした。今度はオリヴィアからもキスが返ってきた。

吸いつくような唇は甘く、顔に当たる息はさらにかぐわしい香りがした。愛を交わしたときの乱れた息遣いや、体を弓なりにしてクライマックスを迎えたときのオリヴィアの様子は今もトレイの脳裏に焼きついている。あれは、はじめて恋を知ったふたりの、鮮烈で情熱的な体験だった。またオリヴィアと愛し合いたい、とトレイは思った。大人の女に成長したオリヴィアを味わい尽くしたかった。

11

マーカスが想像していた以上にアンナは新しい暮らしにうまくなじんでいたが、入院中のオリヴィアは彼女のことをひどく気にかけていたので、心配する必要はないとくり返し言い聞かせなければならなかった。幼いころ世話になった女性に認知症の症状が出ていることにオリヴィアは衝撃を受け、長いあいだ連絡をとらずにいた自分を責めていた。そんなオリヴィアの心情を思いやって、マーカスはいとこのテレンスがまもなく到着することをあえて知らせずにいた。

かつて、テレンスの父親は一族のはみだし者で、息子のテレンスもそのことを意識しながら成長した。おそらくそのせいもあるのだろう。十代から二十代はじめの彼は、かなり突っ張った生きかたをしていた。

そのころ、マーカスとテレンスはあるパーティーでアミーリア・フィッシャーという娘に出会った。どちらも彼女に恋をしたが、アミーリアが選んだのはマーカスだった。二年後におこなわれた結婚式で、テレンスの席はひとつだけぽつんとあいたままだった。

平静を装っていたアミーリアが突然とり乱して激しく泣きだしたのは、新婚旅行の旅先でのことだった。結婚式の前夜、酒に酔ったテレンスに力ずくで関係を強要されたが、ショックと恥ずかしさで、それまで打ち明けることができなかったというのだ。マーカスが受けた衝撃は大きく、テレンスを殺してやりたいとさえ願った。新婚の妻に対しては、きみのせいではない、きみを生涯愛する気持ちに変わりはないと誓う一方で、テレンスに対しては激しい復讐《ふくしゅう》心を燃やした。

マーカスの愛と忍耐によって、新婚旅行が終わるころにはふたりともある程度、笑顔をとり戻せるようになっていたが、マーカスにしてみれば、テレンスの卑劣なおこないはどうしても許すことができなかった。新婚旅行から戻ってしばらくすると、彼はくすぶりつづける怒りを心の内にとどめていられなくなった。

ある晩、アミーリアが寝入ったあと、家を出てテレンスのアパートに車を走らせた。廊下に置かれた植木鉢の下から予備の鍵《かぎ》をとって部屋に忍びこみ、後ろ手でそっとドアを閉めた。

眠っていたテレンスは、廊下を近づいてくる足音で目を覚ました。暗い寝室の入口に立つ人影を見る前から、それが誰かわかっていた。これまでに味わったことのないほどのすさまじい恐怖に直面しながら、一方ではこれでやっと片がつくという安堵《あんど》の思いもあった。結婚式当日、酔いがさめて自分のしでかしたことの重大さに気づいた瞬間、彼は恐ろしさに震えあがった。しかし、起きたことはもう変えられない。

　いよいよ正義が下される時が来たのだ。そう思うと、むしろほっとした。上掛けをはねのけて上体を起こすのと同時に、マーカスが寝室に入ってきた。

「悪かった。ほんとうに悪かった」テレンスはつぶやいた。

　マーカスはこぶしを固めて彼の口を強打した。テレンスの頭のなかで鞭《むち》が鳴るような鋭い音が響き、歯茎から血が噴きだした。体を起こす間もなく、髪をつかまれてベッドから引きずりだされた。

「この野郎」マーカスの声は怒りのあまり震えていた。「おまえは、人間の皮をかぶったけだものだ。〝悪かった〟だと？　今さらよくもぬけぬけとそんなことが言えたものだ。おまえみたいな男はこの世に生まれたのが間違いだったんだ」

　罵倒《ばとう》の言葉は殴られた痛みよりさらにこたえたが、テレンスは反論できなかった。すべて事実だからだ。

　そこへまたこぶしが飛んできた。

　テレンスもできるかぎり応戦したが、いとこの激しい怒りの前ではなすすべがなかった。殴り合いは数時間も続いた。家具は倒れ、電気スタンドは粉々に割れた。寝室は復讐の戦場と化したのだ。これ以上殴られたらもう命はないとテレンスが覚悟したとき、乱暴はやんだ。

マーカスはよろよろと後ずさりして、痛む体を引き起こした。眉の上が切れて出血し、口も腫《は》れて血だらけだった。片方の手は指が二本骨折し、反対の手は関節が一箇所はずれていた。両手とも大きく腫れあがり、こぶしを握ることもできない。胸を満たしていた苦しみは消えたが、あとに残ったのは底知れない喪失感だった。テレンスのせいで、マーカスの家庭には暗い影が差した。アミーリアの名誉と尊厳を守るためには、被害をおおやけにすることはできない。しかし、テレンスによってつけられた傷が完全に癒《い》えることはなく、今後も永遠に夫婦のあいだに立ちはだかりつづけるに違いなかった。

帰宅したマーカスを、アミーリアは戸口で待ち受けていた。そして、血だらけの夫の顔と手をひと目見るなり、大声で泣きだした。その晩のことが夫婦のあいだで話題になることは一度もなかったが、それ以来アミーリアの態度が明るくなったようにマーカスには思えた。ふさぎがちで内にこもっていたのが、陽気に笑うようになったのだ。夫の手で正義が下されたと感じたのだろう。

長いあいだ絶交状態だったマーカスとテレンスの和解に力を発揮したのが、当のアミーリアだった。テレンスが年若いキャロリンと結婚した日、これまでのぎくしゃくした関係を改めるようマーカスに迫ったのだ。何も落ち度のない女性が不当な扱いを受けるのはあまりに気の毒だとアミーリアは主張し、マーカスは内心かなり無理をしながら、結局は妻の言いつけに従った。

その後、テレンスとキャロリンはマーカスの家に賓客としてしばしば招かれ、マーカスの息子の結婚式にも出席した。アミーリアが死んだあとも、マーカスは愛する妻の気持ちを尊重して、家族の集まりにテレンス夫妻を招待しつづけた。

オリヴィアの誕生は一族にとって最大の祝いごとで、実際には遠い親戚《しんせき》にすぎないテレンスも、誇らしげに〝おじさん〟役を引き受けた。そのあと、テレンスとキャロリンは国を出て、マーカスの不安は去った。しかし、生あるかぎり、あのときの記憶が消えることはないだろう。何年たっても、テレンスを心から許すことはできなかった。キャロリンには好感を抱いていたが、ふたりがイタリアに移住することを聞いて、これで二度と会わなくてすむとほっとした。ところが、幼児の遺体が発見されたせいで、ふたたび顔を合わせないわけにはいかなくなった。テレンスがあの子供の父親である可能性も否定できない。だとすると、すべて説明がつく。アミーリアにしたことを考えると、彼が妻のキャロリンを裏切っていたとしても不思議はない。とはいえ、幼い子供を――とくに、自分の子供を――殺すような極悪非道なまねがテレンスにできるとはマーカスにも思えなかった。あの男は幼いオリヴィアを目に入れても痛くないほどかわいがって、オリヴィアのほうもよくなついていた。だがそれはオリヴィアが赤ん坊のときの話だ。誘拐事件が起こったころには、テレンスとキャロリンはすでにイタリアで暮らしていた。

そのふたりが、明日には戻ってくる。マーカスは重い気持ちで病院への道をたどった。

オリヴィアは椅子に座ってシーツ交換の作業をぼんやりとながめながら、ナースたちのおしゃべりを聞くともなく聞いていた。しばらくしてトレイ・ボニーという名前が耳をかすめた気がした。彼の英雄的な行為については断片的に耳に入っていたが、あの晩、何があったのか正確にはオリヴィアは知らなかった。

「今、ボニー刑事の話が出たみたいだけど、彼がどうかしたの？」

小柄で赤毛のナースが、ふざけて卒倒するふりをした。

「すごくいい男だってことのほかに？」

オリヴィアは顔をほころばせた。「ええ、そのほかに」

「放火犯をつかまえたときの活躍ぶりを話していたのよ」

「放火犯って、わたしを襲った人のことね？」

「そう。まるで映画みたいだったわ。廊下にいたら煙が充満してきて、みんなパニック状態になってしまったの。そこへスプリンクラーの放水が始まって、もうあたりは大混乱。乾いたシーツが足りなくなって、洗濯室の人たちは大忙しよ。何年かぶりで残業までしたんだから。それはともかく、この部屋から飛びだしてきたボニー刑事は、すぐに火元を発見したの。火を消して、騒ぎが収まりかけたとき、この部屋のドアが閉まっていることに気づいたのね。警備員を呼ぶようにものすごい剣幕でわたしたちにどなると、全速力で部屋に戻った。みんながわれに返ったときには、男の首筋をつかんで病室から引きずりだしていたわ。そして床に押し倒して、その場で手錠をかけたの。さっきも言ったけど、ほんとに映画みたいだった」

オリヴィアは身をわななかせた。銃弾を浴びせてきたときの男の顔は覚えている。執拗《しつよう》な光をたたえた不気味な目……。あの男がこの部屋に入りこんでベッドのそばに立っていたと思うと、恐ろしさに身がすくむ思いだ。トレイが邪魔に入らなかったら、男は目的を遂げていただろう。

ぞっとして椅子の背に寄りかかり、目を閉じた。

数分後、シーツ交換の作業が終わった。

「ベッドに戻る?」赤毛のナースが尋ねた。

「もう少しここに座っていたいわ」

「先生のお話だと、明日には退院できるそうよ。うれしいでしょう? すばらしい回復ぶりだわ」

「ええ。運がよかったのね」

「ほんとに。きっとあなたのことを誰かが見守ってくれているのよ……あのおいしそうな刑事さんのほかにも」

オリヴィアは笑みをつくったが、内心ではひどく動揺していた。この二週間の緊張が一気に押し寄せてきたようで、ナースたちが部屋を去ったとたん、涙がこみあげてきた。以前は考えたこともなかったが、人生とはあっという間に異なる様相を見せるものだ。少し前まで祖父とふたりでぜいたくな暮らしを優雅に楽しんでいたのに、ある日気がついたら、一族の過去があらゆる新聞の紙面を飾っていた。そして、そんな騒ぎと気持ちのうえで折り合いをつける暇もなく、今度は見知らぬ男に命を狙《ねら》われたのだ。それも二度にわたって。オリヴィアは何よりも身の安全を求めていた。だが今は体が疲れきって、気持ちもぼろぼろだった。

見舞いに訪れたマーカスが目にしたのは、そんなオリヴィアだった。

重い心を引きずってマーカスはエレベーターをおりた。オリヴィアの病室へ向かう足取りも自然と重くなる。陰鬱《いんうつ》な気持ちをなんとかして晴らしたいと思いながら、自分でもどうしていいかわからなかった。押し寄せるメディアに、警察の取り調べ、そしてうれしくない来客の予定と、いろいろなことが重なって、とても平静な心持ちではいられなかった。いっそ、オリヴィアとふたりでもう一度ヨーロッパへ出かけ、二度と帰るのはよそうというとっぴな考えさえ、つかの間、心をよぎった。

今、いちばんの心配はアンナのことだ。十六年近くもオリヴィアの子守を務めたアンナが家にいるのはごく自然なことに思えたが、オリヴィアの怪我《けが》とメディアとの攻防がストレスとなって、認知症の症状は悪化しているようだ。

オリヴィアの私生活に干渉しすぎていたことでも、マーカスは自分を責めていた。オリヴィアが関心を示す男にけちをつけてばかりいた自分が恥ずかしい。と同時に、自分の言葉に素直に従っていたオリヴィアにもかすかな腹立ちをおぼえた。今にして思えば、オリヴィアは生まれてからこのかたずっと罪の意識を背負って生きてきたのだ。両親が殺害されたこと、そして自分が誘拐されたことで、自分自身を責めてきた。理屈は通らないが、罪の意識とは、えてしてそういうものだ。

そして、テレンスとキャロリンの問題もある。

過去の亡霊。

新しい恐怖。

シーリー家の誰かが幼児の殺害に関係しているなどということが実際にあるのだろうか。もしあるとしたら、あの子は何者なのか。誰の子供なのか。

オリヴィアの病室に近づくと、マーカスは憂鬱《ゆううつ》そうな表情を振り払った。大切な孫に陰気な顔を見せることはできない。しかし、病室に足を踏み入れた瞬間、オリヴィアが最悪の気分でいるのを察した。

激しくしゃくりあげたせいで、オリヴィアの肩は震えていた。ドアが開く音にも気づかなければ、戸口に現れた人の姿も目に入らなかった。不安の陰りを帯びた声で呼びかける祖父の声だけが耳に届いた。

「オリヴィア！　どうしたんだね？　また何かあったのか？」

オリヴィアは明るくふるまおうとしたが、あまりにも気が滅入《めい》って、思うように気持ちを切り替えられなかった。

「ああ、お祖父《じい》さま……何もかもめちゃくちゃよ」

ゆっくりとした動作で、マーカスはオリヴィアを椅子から立たせ、腕のなかへ抱き寄せた。

「ああ、確かにそうだ。でも、つらいのは今だけだ。いずれは何もかも解決する」

「この状況にどう向き合っていったらいいのかわからない。知らない人が病室へ入ってくるたびに、相手は自分のことをどう思っているのか気になってしまうの。だって、わたしを殺したいと思っている人がいるわけでしょう。それに、あの気の毒な子供のことも気になってしかたがない。ゆうべ、夢を見たわ。スーツケースのなかにいるのはわたしで、いくら大声で泣いても、誰も助けに来てくれないの」

マーカスはうめくような声で言った。「ああ、かわいそうに。つらかったろう。でも、そんなものはただの夢にすぎないよ。なんとかおまえが納得できる形で、われわれが血のつながった家族だと証明できたらいいんだが。あいにく、今は自分の信じることをくり返すしかない。おまえはわしの孫だ。運悪く誘拐事件に巻きこまれただけで、おまえに落ち度は何もない。明日にはここを出て、家へ連れて帰ってあげるよ」

「今すぐに帰りたい」オリヴィアは言った。「ここであとひと晩過ごすと思うとぞっとするのよ。またべつの異常者がやってくるかもしれないと考えると、怖くて目を閉じることができない」

マーカスは慎重に言葉を選んでオリヴィアに告げた。「先生に相談してみよう。今日の退院がどうしても無理だと言われたら、警備員に病室を見張らせるよ。それで問題は解決だ」

オリヴィアは小さく身を震わせて、祖父の胸にもたれかかった。そうして泣いているところへ、トレイが入ってきた。


DNA鑑定の結果を受けとったトレイは、オリヴィアに会いに行くのが恐ろしくなった。検査によって混乱が収まるどころか、むしろ新たな疑問が生まれたのだ。シーリー家に電話をすると、マーカスはすでに病院に向かったあとだった。ふたりと顔を合わせると思うと気持ちがひるむが、同じ説明を二度くり返さなくてすむのはありがたかった。

だから、マーカスが帰る前につかまえようと、車を駆って急いで病院へ向かった。オリヴィアには前の晩に会ったきりだが、そのときはとても元気そうだったので、祖父の腕のなかでくずおれそうになっている姿を見たときは心配のあまり息が止まりそうになった。

「どうした？　何かあったのか？」病室をつかつかと横切って、トレイは声をかけた。オリヴィアの背中に手を当て、答えを求めるようにマーカスに顔を向ける。

マーカスは首を横に振った。

「いや、無事だ。少なくとも体は」

トレイは安堵のあまり、膝が砕けそうになった。てのひらでオリヴィアの頭に触れ、その手をおろして肩に置く。

「リヴィー、話がある」

小さく身震いしたオリヴィアは、くるりと向きなおって正面からトレイを見た。

その表情を目にして、トレイは暗澹《あんたん》たる気分になった。見かけと同じぐらいにオリヴィアの気持ちも落ちこんでいるなら、これから伝える内容はそれに追い打ちをかけるようなものだ。

「どんなこと？」

「DNA鑑定の結果が出た」

強打を待ちかまえるボクサーのように、オリヴィアが身がまえるのがわかった。

「それで？」

「きみがシーリー家の一員であることは間違いない。そのことは科学的に証明された」

「ああ、よかった」オリヴィアの体がぐらついた。

マーカスが手をのばすより早く、トレイが体を支えてベッドに連れていった。

「横になるといい、リヴィー。顔が真っ青だ」

枕《まくら》に頭をつけてはじめて、オリヴィアは自分が震えていることに気づいた。冷や汗が浮かび、ベッドが横揺れしているように感じる。

「だいじょうぶよ」と口では言ったものの、何もかもがぐるぐる回転し、目をあけていられなかった。

「何がだいじょうぶなものか」マーカスが叱《しか》った。「寝てなければいけないのに、おまえはずっと起きていた。それにさっきの話も憂鬱な気持ちを晴らす役には立たなかったようだ」

トレイはもの問いたげな目でふたりを見た。しかし、なんのことか自分から尋ねるのは差し出がましい気がして控えた。

「それなら問題はすべて解決したのね、トレイ?」オリヴィアが念を押した。「わたしの両親はマイケル・シーリーとケイ・シーリーなのね?」

トレイは苦渋の表情を浮かべた。自分がもたらそうとしている知らせは、問題の解決にはつながらず、むしろ、謎《なぞ》をいっそう深めるだけだ。

「すべて解決かどうかはわからないが、きみがマーカスの孫であることは間違いない」

マーカスとオリヴィアは同時にけげんな顔をした。

「それはどういう意味だね？」と、マーカス。

「オリヴィアのＤＮＡも、身元不明の幼児のＤＮＡも、どちらもあなたの親族であることを示しています」

今度はマーカスの顔に深い衝撃が刻まれた。

「なんてことだ」よろよろと歩いて、近くの椅子に座りこむ。

「どういうことなの？」オリヴィアが詰問した。

「マイケルのやつ……」マーカスが低い声でつぶやいた。

トレイは自分ひとりで背負っていた重荷がいくぶん軽くなった気がした。このことが何を意味するか、マーカスはみずから気づいてくれたようだ。

祖父がうなだれた様子で椅子に沈みこんでいる一方で、オリヴィアはわけがわからずにいらだちをつのらせていた。

「どういうことか、誰か説明してくださらない？」

ベッド脇《わき》にしゃがんだトレイは、オリヴィアが受ける衝撃をできるだけやわらげようと、そっと腕に手を当てた。

「マイケルとケイには娘が生まれ、その子をオリヴィアと名づけた」

「ええ、知ってるわよ。わたしのことだもの」オリヴィアは切りつけるように言った。

「とはかぎらない」彼女と目を合わせないようにして、トレイは続けた。「きみと殺害された幼児は異母姉妹だ。父親は同じだが、それぞれ違う母親から生まれている。ケイ・シーリーのDNAが入手できない状況では、どちらが彼女の娘か判断できない」マーカスのほうを横目で見る。「ケイの家族で存命中の人はいますか？」

「いや、こちらの知るかぎり、いないはずだ」

「だとすると、結論を出すのはますますむずかしくなります」

オリヴィアは震える指でトレイの手にしがみついた。

「わたしとその子が似ていたとしても、母親が違うならうりふたつなわけがないわ。お祖父さまには見分けがついたはずよ」加勢を求めるようにマーカスの顔を見る。「言ってくれたでしょう、お祖父さま。もし間違った子供が返されたら、すぐにわかったはずだって」

「もちろんだとも」マーカスは断言したが、内心では確信が揺らいでいた。もう、何ひとつ信じられない気分だった。

トレイはオリヴィアの様子を見てから、マーカスに視線を移動させた。

「ほかにもおききしたいことがあります」

マーカスはうなずいた。「そうくると思っていた」

「息子さんが浮気していたことをご存じでしたか？」

ボディブローを受けたかのように、マーカスの体がぐらりと揺らいだ。

祖父の顔をオリヴィアは凝視した。そこには新たな疑問符が浮かびはじめていた。

「ああ、お祖父さま、もし――」

「やめなさい」マーカスが命じた。「それ以上言うんじゃない。自分の孫はひと目見ればわかると言ったはずだ。もう一度くり返すつもりはない」口ではそう言ったが、一度芽生えた疑惑の種はすでに深く根をおろしていた。

オリヴィアは両手で顔をおおって寝返りを打った。

「まるで悪夢だわ」ようやく聞きとれる声でつぶやいて目を閉じる。

できることなら、トレイは自分の口からこの知らせを伝えたくなかった。しかし、仕事は仕事だ。マーカスに無言で返事を促したが、彼は口をつぐんだままだった。

「マーカス？」声に出して催促した。

「誓ってもいい、何も知らなかった。マイケルはいつもケイに愛情を持って接していた。妻以外の女性であいつが関心を示したのはキャロリンだけだが、彼女はテレンスの妻で、家族と同じだ」

「それでも女性は女性です。ほかに誰かいませんでしたか？　職場の同僚とか、仕事の関係で毎日連絡をとり合うような人とか。ケイの妊娠と時を同じくして息子さんの子供を宿していた女の人に、心当たりはありませんか？」

「そんな……とても信じられない。息子が妻以外の女性に子供を産ませ、さらにその子が殺されるのを黙って見ていたとは」

「そうと決まったわけではありません。すべてが明らかになるまで、結論を出すのは控えたほうが賢明だと思います」

「これ以上何を知る必要がある?」悲痛な口調でマーカスは言った。「息子はほとんど同時期にふたりの女性を妊娠させたんだぞ。子供たちは同い年だったんだろう?」

「検死報告書によると、ふたりの生年月日はせいぜい一カ月程度しか離れていないそうです」

「まだよくわからないわ」オリヴィアが説明を求めた。

マーカスが目をそらすのを見て、トレイは気の重い役目を引き受ける覚悟を決めた。

「誘拐事件が発生した当時、警察はフォスター・ローレンスの単独犯行ではないと見ていた。確かに身代金を受けとりに来たのはあの男だが、殺人事件との関連は裏づけられなかった。それもあって、ローレンスは死刑を免れた。上司から聞いた話によると、事件には少なくともふたりの人間が関与していて、殺人を犯したのはもうひとりのほうだというのがおおかたの見かただ。裁判でローレンスは、自分は殺人にはかかわっておらず、誘拐された子供を救いだしたのだと主張した。ショッピングモールの駐車場のどのあたりに車を停《と》めて、どの入口から店に入ったか正確に供述した。供述どおりの時間帯にローレンスに似た男が幼児を抱いてショッピングモールに入るのを目撃した店員もいた。しかし、ローレンスは共犯者の名前を最後まで白状しなかった」

「ところが今になって、もうひとり女がいたというのか？」

「その可能性があります」

「わからないね。想像もつかない」マーカスはつぶやいた。「一度、家へ帰ったほうがよさそうだ。昔のアルバムでも見てみれば、何か思いだすかもしれない」

「テレンスおじさまとキャロリンおばさまはどうなるの？」オリヴィアが尋ねた。「もしふたりともお父さまの子供なら、テレンスおじさまは無実だってことでしょう？」

「そうなるね」トレイは言った。「しかし、もうひとりの女性について、キャロリンは何か事情を知らないだろうか。キャロリンとマイケルは親しかったというお話でしたね」

マーカスの顔が赤黒いまだら模様に染まった。

「そんなことは言っとらんぞ！　まったくとんでもない話だ。キャロリンとマイケルは円満に親戚付き合いをしていたと言っただけだ。さっきは話さなかったが、キャロリンはケイともたいそう仲がよかった。キャロリン・シーリーが息子の子供を宿すなんてことは絶対にありえない。まして、子供を産んだあと、わが家から二歳の娘を連れ去って……そして……殺して壁に塗りこめるなんてことがあるはずがない」

トレイは頑固そうに唇を引き結んだ。マーカスがすべてを葬り去ってしまいたいと願っているのと同様、トレイはなんとしてもこの事件を解決に導く決意だった。おとなしく引きさがるわけにはいかなかった。

「ぼくは何も、キャロリン・シーリーが母親だとは言ってません。しかし、息子さんと親しかったのなら、ご両親が知らないマイケルのべつの顔を何か知っていた可能性があるのではありませんか。直接会って、お話を聞かせてもらいます」

マーカスはがっくりと肩を落とした。

トレイは強い言いかたをしたことを悔やんだ。

「いいですか……ぼくはべつに話をややこしくしようとしているわけではありません。今回の事件であなたとオリヴィアの静かな生活が乱されてしまったことはよく承知しています。しかし、こんな騒ぎが起きたそもそもの発端を忘れてはいけないと思います。子供がひとり、死んでいるんです。それなのに、捜査の材料となるものは検死官事務所に置かれた袋入りの骨にスーツケース、ソックスが片方に血のついたネグリジェ、木製の十字架に汚れたピンクの毛布、それだけです。前にも言いましたが、もう一度くり返します。ぼくはどんなことをしても犯人を見つけてみせます。見つかるまでは決してあきらめません」

マーカスは一度だけうなずいた。

「すまなかった。捜査の責任者はきみだ。素人がよけいな口出しをすべきではなかった。わしはただ、家族の名誉を守りたかったんだ」

「お気持ちは理解できます。しかし、先ほどの話でおわかりのように、ご家族を捜査の対象からはずすことは今となっては不可能です。息子さんは、殺された子供の母親と関係していたのです。女性の身元が判明したら、息子さんご夫妻を殺害してオリヴィアを誘拐した犯人も明らかになるでしょう」

「だが、子供を殺してスーツケースにつめたのは誰なんだ?」

トレイはオリヴィアを見ないようにして答えた。

「それは、殺されたのがどちらの子かによるでしょう」

オリヴィアはふたりに背を向けて、胎児のように体を丸めた。あまりの恐怖に胸が悪くなりそうだった。

慰めの言葉をかけようとしたマーカスは、思いがけない展開に気持ちがついていけず、ほとんど意味のない言い訳をつぶやいて、そそくさと病室を立ち去った。

12

マーカスがいなくなるのを待って、トレイはベッドのそばへ行った。オリヴィアはふたりに背を向けて丸くなったきり、ひと言も口をきいていない。悪い知らせをもたらしたせいで、自分のことを怒っているのではないかとトレイは不安になった。

さらにベッドに近づいて、肩に手を当てる。体がこわばるのを感じて、悲しい気持ちになった。

「リヴィー?」

「あっちへ行って、トレイ。この話はもうしたくないの」

涙声だった。また泣いているのだ。しかしトレイは、オリヴィアを責める気にはなれなかった。

「ほんとうにごめん」そっと声をかけた。

包帯でつられた腕に触れないようにして、オリヴィアはあおむけになった。

「あなたが謝る必要はないわ。それに、さっき自分で言ったように、あなたの役目は殺人犯を見つけることよ」

「仕事のうえではそうだ。だが、きみを愛する気持ちは事件と関係ない。きみやきみの家族がぼくに対してどれほど腹を立てようと、黙って身を引くつもりはない」

長いあいだ、ふたりは無言で見つめ合っていた。

「わかったね？」沈黙を破ってトレイが言った。

オリヴィアはごくんと唾《つば》をのみこんでうなずいた。

トレイはその頬を両手ではさみ、決然とした表情で顔を近づけた。

「では話は決まりだ」やさしく言って、キスをした。湧《わ》きあがる情熱を無理に抑えつけずに、そのまま素直に伝えた。オリヴィアの唇が震え、息が乱れるのを感じて、相手も同じ思いだとわかった。

顔を離したとき、オリヴィアは小さくわなないていた。

「あなたと愛を交わしたときのこと、よく覚えているわ」

トレイの首筋を電流のようなものが走った。

「ああ、リヴィー。ぼくだって何もかも覚えてるさ。体の具合がよくなったら、また新しい思い出をいっしょにつくろう」

「ええ、今から楽しみだわ」

トレイは指先で彼女の口に触れ、唇の合わせ目を親指でなぞってから、あごを軽く持ちあげた。

「ぼくを見て」

オリヴィアはトレイの姿を心ゆくまで目に収めた。

「捜査の過程でどんな事実が明らかになろうと、ぼくたちの気持ちは変わらない。そうだね？」

今度は躊躇《ちゅうちょ》なく、答えが返ってきた。

「そのとおりよ」

トレイは頬をゆるめた。「いよいよ明日は退院だ」

「そう。もっと早ければいいのに」

「どうかしたのかい？」

「好奇心の対象になるのはもうたくさん」

ひたいにしわを寄せて、トレイが心配そうに尋ねた。

「ここの人たちは、きみをそっとしておいてくれないのか？」

「そういうわけではないけど、いつも誰かに見られている感じがするの」

「きみの美貌《びぼう》はどこにいてもぱっと目を引くから、みんなの視線が集まるのはしかたがない。悪意のない好奇心だよ。あまり深く考えないほうがいい」

オリヴィアはため息をついた。「ありがとう。あなたの言うとおりかもしれない」

「なんなら、病室の前に警備員を立たせようか」

「お祖父《じい》さまも同じことを言ってくれたけど、その必要はないわ。ちょっと過敏に反応しすぎていたみたい。明日には退院するんだし」

「家まではパトカーで先導するよ」

「お願いね」

腕をつっている包帯をトレイが指さした。

「これはいつ、はずしてもらえるんだい？」

「もうすぐよ。まず筋肉をゆるめる物理療法から始めるんですって。うちの地下に本格的なジムがあるから、最初の指導さえしてもらえば、あとは毎日自分でリハビリできるわ」

うなずいたトレイがさらに何か言おうとしたとき、携帯電話が鳴った。表示を見て、表情を曇らせる。

「もう行かないと。今夜また連絡する。いいね？」

「いいわ」

まもなくトレイは病室を出ていき、あとには唇がうずくようなキスの記憶とその先への期待に胸をときめかせるオリヴィアひとりが残された。

さんざん思い悩んだ末、フォスター・ローレンスはようやく決断した。ヒッチハイクでもなんでもして、ともかくダラスを出るのだ。所持金は三百ドル足らずで、何か仕事をしないかぎり金額が増える見込みはない。しかし、この町で仕事にありつくには新しい身分証が必要で、身分証を手に入れるには三百ドル以上の金が必要だった。

オリヴィア・シーリー殺害未遂容疑で男が逮捕されたというニュースを聞いて、フォスターは腹の底から安堵《あんど》のため息を吐きだした。これで厄介な問題がひとつ消えた。しかし、スーツケースから幼児の遺体が発見された事件は今も未解決で、フォスター自身は犯行の現場を目撃していないものの、誰の仕業か見当はついていた。警察に出頭して犯人の名前を教えることも頭をかすめたが、その人物の居場所は皆目わからないのだ。警察の連中は荒っぽい手を使って情報を引きだそうとするだろう。やはり出頭するわけにはいかない。

持ち金は三等分して、それぞれべつの場所に隠した。リュックサックと財布、そして靴下のなかだ。ポケットには、変装代わりに顔と頭をいつもきれいに剃《そ》っておくための飛び出しナイフ。フォスターはホテルの客室を最後にもう一度見まわして、自分が滞在した痕《こん》跡《せき》が残っていないことを確認し、廊下へ出てドアを閉めた。

四階の踊り場に人気《ひとけ》がないのを確かめて、階段をおりようとしたとき、煙のにおいに気づいた。だが、とくに気には留めなかった。宿泊客の誰かが客室内でホットプレートを使って料理をしているのだろう。規則では禁止されているが、実際には誰でもやっていることだ。

リュックサックのつりひもの長さを調節し、それから階段を下った。二階の踊り場の手前で煙が下から押し寄せてきて、階段の吹き抜けを煙突にして上昇を始めた。

「まずい」フォスターの心臓は危険を感じて大きく打ちはじめた。

さらに数段下ったが、すぐさま足もとが見えなくなった。踏み段のあるべき場所は、煙で厚くおおわれている。さらに煙は体積を増やし、もはや膝から下は何も見えなかった。

「こいつは大変だぞ！」声がしだいに高くなり、最後はわめき声になっていた。それから大声で叫んだ。「火事だ！　火事だぞ！　誰か助けてくれ！　火事だ！」

身動きもならずに、しばらくは煙が押し寄せてくるのを呆然《ぼうぜん》と見つめていた。そしてふと気づくと、あたりの空気が熱をはらんできていた。

あわてて向きを変え、来た道を駆け足で引き返しはじめた。建物にはもうひとつべつの階段があるはずだ。それさえ見つかれば無事に逃げだせると信じて階段をのぼった。

四階に達し、さらにあがっていくと、屋上へと続く扉にぶつかった。後ろからいくつもの足音と、悲鳴や泣き声が迫ってくる。熱と煙はますます勢いを増していた。

扉をあけて屋上へ出た瞬間は、これで助かったと思った。しかし、現実はそれほど甘くはなかった。彼のあとから屋上に避難した宿泊客たちは、建物の端に向かっていっせいに駆けだしている。フォスターも遅れまいと仲間に加わり、端から身を乗りだして、下の道路に集まってきた見物人たちに向かって叫んだ。

「助けて！　助けてくれ！」その言葉さえ唱えていれば悪いことは起こらないとでもいうかのように、みんな必死に叫んでいる。

通りを猛スピードで近づいてくる消防車のサイレンが聞こえた。火は二階の窓から三階へ燃え移り、今では四階の窓からも煙が噴きだしていた。

フォスターはうろたえた。これで一巻の終わりなのか。二十五年前に不正な手段で手に入れた金と同様、自分の体も煙と消えてなくなるのか。そんなばかなと反発心が湧《わ》く一方で、所詮《しょせん》こうなる運命だったのだというあきらめに似た思いも心をよぎった。

煙の来ない場所を求めて屋上を走りまわったが、今では四方八方から煙が押し寄せてきている。屋上の人々の行動を見ているうちに、さらに恐怖がつのった。板切れの山を見つけたふたりの男が必死の形相で板を引きずっていき、隣の建物とのあいだに橋をかけようとしたが、実際に板を差しかけてみると、長さが一メートルばかり足りなかった。希望の灯が消えたかのように、悲痛のうめきがいっせいにあがった。

「消防車だ！　来てくれたぞ！」誰かが叫んで、通りの角を曲がって姿を現した消防車の隊列を指さした。

「ありがたい、これで助かった！」べつの誰かが叫び、やがてその声はうれし泣きに変わった。

しかし、喜ぶのはまだ早いとフォスターは思っていた。こちらから消防隊員の姿がよく見えないのと同様、地上にいる消防隊員からは屋上の様子がよく見えないはずだ。今ここにいる人たちは、おそらく崩壊した建物に押しつぶされるか、あるいはこんがりと焼けて生涯を終えることになるのだろう。

人生で犯した数々の罪を認めて神の許しを求めようかと思ったそのとき、北の方角から人の声が聞こえた。北隣の建物はフォスターたちがいる建物より少なくとも六階分は高いが、屋上の端で重装備の消防士たちが待機しているのが見てとれた。フォスターは彼らの意図をただちに理解した。

「あっちだ！」大声で叫んで指をさしたところへ、突然、上空にヘリコプターが現れて、縄ばしごをおろしはじめた。

ヘリコプターが巻き起こすすさまじい風に吹き飛ばされそうになりながら、フォスターは周囲の人たちに混じって屋上の中央に移動した。人々が見守るなか、ヘリコプターの機内からひとりの消防士が縄ばしごに飛び移り、片腕をはしごに巻きつけて屋上に近づいた。

消防士は身を乗りだすようにしてひとりの女性を抱きかかえると、はしごに引きあげ、後ろからおおいかぶさるようにして体を支えた。ヘリコプターの巻き起こす風と、火事による熱気にあおられて、はしごはひどく揺れた。屋上の人々が飛ばされないようにヘリコプターは慎重に上昇し、女性はほどなく隣の建物の屋上で待機していた消防隊員の腕のなかにおろされた。

ひとりまたひとりと、同じ方法で救助され、残るはあとふたりとなった。フォスターと、ラルフという名の老人だ。今や屋上の床も高温になり、靴を履いていても熱さが伝わってくる。戻ってくるヘリコプターを見て、フォスターは考えをめぐらせた。どう見ても、あと二回往復する時間はなさそうだ。その前に屋上の崩壊が始まるだろう。どちらかひとりを選ばねばならないとしたら、消防士は当然老人を助けるだろう。自分にチャンスはない。なんとか助かりたい一心でラルフの腕をつかむと、フォスターはヘリコプターからのびている縄ばしごに向かって走りだした。

数秒後、今まで立っていた屋上の中央が陥没し、建物の骨組みが炎にのみこまれるのにつれて、ゆっくりと内側に吸いこまれていった。

「早く！」フォスターは叫んで、安全な機内に戻るよう消防士に手振りで伝えた。

消防士は大きく腕を振って、まだ外観をとどめている屋上の外壁を示した。とそのとき、ラルフがつまずいて転びそうになった。英雄になろうという計算などまるでなく、フォスターはあくまで無意識にラルフの腕をつかんで体を引きあげた。最後の力を振り絞って走るうちに、揺れる縄ばしごが視野に入ってきた。フォスターは満身の力をこめていちばん下の段をつかみ、ラルフの耳もとで声を張りあげた。

「おれの首に腕をまわしてしがみつくんだ」

「ふたりとも落ちてしまうよ」ラルフが泣きそうな声で言った。

「死にたいのか？」フォスターはどなった。

「いやだ、死にたくない！」ラルフがどなり返した。

「それならおれにつかまれ。あんたががんばるならおれもがんばる」

そのときには、屋上の大部分が崩壊しつつあった。外壁もぐらぐらしはじめている。

「今だ！」

ラルフが老いた腕を首にまわしてしがみついた。フォスターは両手ではしごをきつく握り、はしごが空中で揺れはじめると、彼の腰に脚を巻きつけて落ちないように支えた。

一度だけ上を見あげ、すすで顔を黒くした消防士に目顔で合図を送る。

ヘリコプターが上昇した。老人の体重を支えるのは、思ったよりはるかに重労働だった。あまりの重さに、肩の筋肉が焼けるように痛む。よけいなことは考えないようにして目をつぶり、全神経をてのひらに集中させて縄ばしごを握りつづけた。

その時間は永遠にも感じられたが、実際にはわずか数秒のことだった。もうだめだと思ったとき、男たちの叫び声が聞こえ、足首をつかまれてゆっくりと下に引っぱられるのを感じた。

「手を離せ！　もう手を離していいぞ！」誰かが叫んで、縄ばしごにきつく巻きついたフォスターの手をはずさせようとした。

フォスターは言われたとおりにした。そしてそのままへなへなと倒れた。

ほどなく、危ないところで命拾いをしたことを悟り、目をあけて周囲を見まわした。たくさんの顔が彼をのぞきこみ、いくつもの手が服をつかんで助け起こしてくれた。

「歩けるか?」誰かが尋ねた。

フォスターはうなずいた。

「こっちだ」消防士が指示する。

フォスターは言われるままに歩いた。下の通りまで来てようやく、ほんとうに助かったのだと感慨が湧いた。脚が震え、心臓が激しく打ってそれ以上歩けなくなり、その場でがっくり膝をついた。

「よくやった」誰かが声をかけ、背中をぽんと叩《たた》いて行きすぎた。

「あんた、すごいなあ」べつの誰かは肩に手を置いて去っていった。

荒い息をついているフォスターを、二名の消防士が両側からはさむようにして起こし、道路脇《わき》に連れていった。

「いや……べつにだいじょうぶだから」フォスターは不明瞭《ふめいりよう》な口調でつぶやいた。「ほっといてくれ」

ふたりはねぎらうように背中を軽く叩くと、飲料水のボトルを彼の手に押しつけ、背中に厚い毛布をかけてから、救出された人たちのところへ駆け足で戻っていった。

ローズはキッチンでレンジに鍋《なべ》をかけ、夕食に使う野菜の下ごしらえをしていた。棚の上のポータブルテレビでは、お気に入りのメロドラマが進行中だ。手を動かしながら登場人物の会話に耳を傾け、大事な場面では手を止めてテレビに見入った。

「またあの女よ」ぶつぶつ言って、画面を指さした。「あの女のせいで、どのカップルも結局は破局してしまうの。あの女の魔力に引っかからない男がひとりぐらいいてもよさそうなものなのに」

アンナはうなずいたが、実際にはローズがなんの話をしているのかまるで理解していなかった。その視線は、レンジの横の壁につりさげられたデイジー模様の二枚の鍋つかみに注がれていた。

「デイジーって大好き」アンナが言った。

心があちこちにさまようことが多いアンナとの付き合いに慣れてきたローズは、アンナが何を見てそう言ったのか確かめることなく、おざなりにうなずいた。

「わたしも好きですよ。それに百日草も。百日草は大好きです。決して上品な花ではないし、色もデリケートとは言えないけど、あのたくましさがいいんですよね。ほかの花が生きられない場所でも立派に育つたくましさが」

アンナが鍋つかみに近づいたのと同時に、ローズはメロドラマの山場を見ようとレンジの前を離れた。

「見てくださいよ、あのけばい女！」画面を指さして叫ぶ。「誰かが礼儀作法を教えてやらないと」

あと少しで秘密が暴かれそうになった瞬間、ドラマは中断されてニュース速報に切り替わった。

「もう、頭にくるわ。せっかくいいところだというのに――」文句を言いかけたローズは、市街地のホテル火災の映像を見て息をのんだ。「まあ、大変！　アンナさん、すごい火事ですよ！」

ローズの視線はヘリコプターと、そこからおろされた縄ばしごの上の消防士に釘《くぎ》づけだった。魅入られたようになって、燃えている建物の屋上から宿泊客が次々に助けだされて安全な場所へ運ばれていく様子を見ていた。やがて残るはふたりだけとなった。

ヘリコプターが近づいた瞬間、屋上が崩れはじめたのを見て、ローズは悲鳴をあげた。両手で口をおおって、目の前でくり広げられる緊迫したドラマを凝視する。

「ああ、火事って恐ろしい」ローズは低くつぶやいた。

デイジー模様の鍋つかみを一枚とって火のついたレンジに置いたアンナは、さらにもう一枚を上に重ねた。炎が燃えあがり、フード式の換気扇にまで達した。計算されたかのような絶妙なタイミングで、アンナが換気扇のスイッチを入れた。モーターが回転し、炎を換気扇に吸いこんで天井にまで広げた。

「火」突っ立ったまま、アンナが言った。

ローズはうなずいた。「そうですよ。大火災ですよ。でも、ありがたいことに、全員救助されました」

「火」アンナがくり返した。

振り向いたローズは、大きく目を見開いて絶叫した。

「ああ、大変！　火事よ！　火事だわ！　アンナさん、いったい何をしたんです？」

レンジの火を消して換気扇を切り、携帯電話とアンナの手を握りしめて一目散に走りながら、ローズは消防署に通報した。


携帯が鳴ったとき、マーカスは秘書が置いていった書類の最後のページに署名をしていた。発信者名を確認して通話のボタンを押す。

「もしもし」

泣き叫ぶローズの声が耳に飛びこんでくるのと同時に、遠くで鳴るサイレンの音がかすかに聞こえた。跳ぶように立ちあがったマーカスは、そうすれば少しでも家に近づけるかのように、窓辺に駆け寄った。

「ああ、マーカスさま……おうちが、おうちが……アンナさんが火をつけたんです。ちょっと目を離した隙《すき》に――」

マーカスはうめき声をのみこんで、狼狽《ろうばい》した声で尋ねた。「ふたりとも無事か？」

「ええ、ええ、ふたりとも怪我《けが》はありません。消防士さんたちのおかげで火は消えましたが、キッチンはめちゃめちゃで、火は二階にも燃え移ってしまいました。ほんとうになんとお詫《わ》びすればいいか」

「ローズ！　そんなことはいいんだ。家はいくらでも修理することができる。ふたりが無事でいてくれれば、それでいい」

ローズはしゃくりあげるばかりだ。

マーカスは絶望的な気持ちになった。一家を襲いはじめた不幸に、終わりはないのだろうか。自己憐憫《れんびん》に陥る一歩手前で踏みとどまり、現実的な問題に頭を切り替えた。

「泣かなくていい、ローズ。きみのせいじゃない。悪いのはわしだ。情緒不安定な女性の世話をきみひとりにまかせておくべきではなかった。アンナが問題をかかえていることは誰の目にも明らかだった。もっと早く専門家の助けを求めるべきだったのに、ぐずぐずしていたせいでこんなことになってしまった」

「どうすればいいんでしょう？」

「すぐ行くから、とりあえず、今はアンナのそばについていてくれ。あとはわしがすべて面倒をみる」

「はい、わかりました、マーカスさま。ほんとうに申し訳ございませんでした」

マーカスが携帯電話をポケットにしまって上着を手にとったとき、秘書が戻ってきた。

「デヴォン、家へ帰るよ。自宅が火事になった」

「まあ、大変！　何かお手伝いできることはありますか？」

マーカスの頭に真っ先に浮かんだのはオリヴィアのことだった。退院は明日に迫っている。そして、テレンスとキャロリンのふたりは今日の夕方には到着する。戸口の手前で立ちどまって、うなずいた。

「ああ。ダラス署殺人課のトレイ・ボニー刑事に電話をして、至急連絡するよう伝えてほしい。オリヴィアがニュースか何かでこのことを知ったら大変だ。それでなくともつらい思いをしてきたんだから」

「はい、承知しました。ほかにも何かありますか？」

「そうだ、ひとつきみに頼みたいことがある」マーカスは机を指さした。「そこにパンフレットの束があるだろう」

秘書のデヴォンはうなずいて、大量のパンフレットを手にとり、エレベーターホールに向かうマーカスのあとについて歩いた。

「すべて介護つき老人ホームのパンフレットだ。そのなかから現在空きのある施設を調べてほしい。あとで電話するから、結果を知らせてくれ」

「お屋敷のこと、ほんとうにお気の毒です」

「家は建てなおせる。かけがえがないのは人の命だ。ローズとアンナが無事で、心底ほっとしているよ」

「ほかには何か?」

夕方にはダラス・フォートワース空港に到着する予定のテレンスとキャロリンのことがマーカスの頭をかすめた。ふたりはタクシーでマーカスの家に向かう予定になっていたが、どこかべつの宿泊場所を手配しなければならない。ローズに関しては、幸い、近くに妹が住んでいるので、そこに泊まると言いだすだろう。

「ああ、ひとつある。タートルクリーク館に電話をして、わしと、それからテレンスとキャロリンのための部屋を予約してほしい。チェックインは今夜で、宿泊日数は未定だ。そのあと、リムジンによる空港への出迎えを手配してくれ。ふたりにはこちらの携帯の番号を教えて……そうだな、八時ごろにホテルのレストランで落ち合おうと伝えてほしい。まだほかに何かあったら、そのときは知らせるよ」

エレベーターが到着し、マーカスが乗りこむのを見届けて、秘書はオフィスに戻った。

トレイがマーカスのオフィスからの連絡を受けたのは、ホテル火災の現場に到着する寸前だった。建物が崩壊する前にすでに四人の遺体が運びだされていたが、十人以上の宿泊客が——なかには火傷《やけど》を負った者もいるものの、からくも屋上から救出された。焼け跡では放火調査官が現場の保存に努める一方、救急隊は重度の火傷を負った怪我人が病院への移動に耐えられるよう、懸命の応急手当をおこなっていた。

　近くの通りに車を停《と》めたトレイは、機敏な動作で車の外に出ながらマーカスに電話をかけた。

「マーカス、ぼくです、トレイです。何かご用ですか？」

「家が大変なことになった。厚かましい頼みだが、このことが変な形でオリヴィアの耳に入ったら、きっとひどく動揺するだろうと思ってな」

　トレイは足を止めた。マーカスの声は震え、いつもの彼らしくなく、心身ともに消耗していることがうかがえた。

「何があったんです？」

「アンナがキッチンに火をつけたんだ。火は二階の一部を焼いて消しとめられた。怪我人は出なかったが、家はひどいありさまだ。オリヴィアが退院してきても休む場所もないし、ローズはすっかり気が抜けたようになっている」

「オリヴィアのことでしたらご心配なく。しばらくぼくの家でお預かりします。差し支えなければ」

　マーカスはため息をついた。「ああ、ぜひ頼むよ。オリヴィアが信頼できる人間のところにいると思うだけでひと安心だ。こちらはアンナを介護つきの施設に移して、今夜には不仲のいとこと顔を合わせなきゃならない。それをべつにすれば、万事順調だよ。ああ、そうだ。わしはタートルクリーク館に滞在するから」

「わかりました。どうかこちらのことはご心配なく。オリヴィアには、ショックを与えないようにうまく話します」

「ありがとう。ほんとうにきみには感謝している」

「こちらこそ。ここまで信頼していただけて、感謝の心でいっぱいです。あなたにとってオリヴィアがどれほど大切な存在か、理解しているつもりです。心をこめてお世話させていただきます。何か書くものをお持ちですか？　住所と電話番号をお知らせしておきます」

マーカスはポケットを探って、ペンとメモ用紙をとりだした。

「ああ、頼むよ」

トレイは必要な情報を教え、通話を切った。現場での仕事をできるだけ早く切りあげて、病院へ向かうのだ。オリヴィアのもとへ。

13

　これまで人生の裏街道を歩きつづけてきたフォスターは、ヒーローと呼ばれてまんざらでもなかった。しばらくこの土地に残ってマスコミにちやほやされるのも悪くないと思ったが、このままでは身元が割れるのは時間の問題だ。

「すみません、お話を聞かせてください！」記者が大声で叫んでいる。

　目をあげると、カメラが彼の顔を正面から狙《ねら》っていた。ぎくっとして顔をそむけようとしたが、スポットライトを当てられて身動きできなくなった。

　カメラが近づき、マイクを持った記者がにじり寄ってくる。

「屋上での様子を聞かせてもらえますか？　もうだめだと思いました？」

「あの……」

　フォスターが口を開きかけた瞬間、べつの記者がマイクを突きだした。

「お名前を教えてください。火災の原因に心当たりはありますか？　あなたが助けた男の人はお友だちですか？」

フォスターは腕で顔をおおって、ぐったりしているふりをした。

「みんな、さがって！」救急隊員が大声で叫んでフォスターの体を支え、担架に運んだ。担架に乗せたところへトレイが到着し、救急隊員に警察のバッジを見せた。

「どこに連れていくんですか？」

「ダラス記念病院です」救急隊員は待機していた救急車の後ろのドアから担架を押し入れた。

トレイはうなずいて、救急車のドアを閉め、行ってよいというしるしに親指を立てた。救急車は現場を離れ、スピードをあげて車の流れに溶けこんだ。チアが十メートルほど離れた場所にいるのを見つけて、トレイは走り寄った。

「何かわかったかい？」

目をあげたチアが、顔にかかっていた巻き毛を指でかきあげた。その拍子に、ところどころに飛び散っていたすすが顔じゅうに広がった。

「犠牲者は四人で、不審火の疑いがある。それ以外はまだ何もわからないわ」

「この事件はきみとデイヴの担当だとウォーレン副署長から聞いた。ぼくは何をすればいい？」

手帳に目を通してからチアは顔をあげた。「ダラス記念病院まで行って、時の人となったヒーローから話を聞いてきてくれる？　何か役に立つ情報を知ってるかもしれない」

「わかった。ほかには？」

「重度の火傷《やけど》を負った人たちはすでに病院に運ばれているわ。その人たちからも話が聞けるかどうか様子を見てきて。こっちはデイヴとわたしで調べるから。あとで情報を交換しましょう」

うなずいたトレイは、ふと思いついたようにハンカチを差しだした。

「なあに、これ？」チアが尋ねる。

トレイは無言で相手の顔を指さした。

天をあおぐようなしぐさをすると、チアは水たまりにハンカチを浸して顔をこすりながら歩み去った。

トレイは小さく笑って、急ぎ足で自分の車に戻った。シーリー家に対するメディアの注目が高まっているこの時期に屋敷から火が出たことが知れたら、さらに大きな騒ぎになるのは避けられないだろう。無責任な噂《うわさ》がオリヴィアの耳に達する前に、なんとしても病院に到着しなければならない。


オリヴィアはシーツにくるまって熟睡していた。固定されていた腕はいつのまにか包帯からはずれて、妙な形で胸の上に置かれていた。医師に何度も頼みこんで、ようやく点滴をはずしてもらえたが、手の甲には針の跡が大きく残った。顔にできたすり傷は治りかけているものの、まだあざは消えず、頭の上でひとつにまとめた髪は、あちこちからほつれ毛が飛びだしていた。しかしその表情はおだやかで、かすかに開いた唇は笑みに似たものをただよわせている。オリヴィアは夢のなかでだけ、悲劇が過去の一部でしかなく、希望に満ちた未来が待ち受けていたあのころに戻ることができた。愛する人にめぐり合い、女の悦《よろこ》びを知ったあのころに。

テキサス州ダラス　十一年前

今夜は学園祭恒例のフットボール試合がおこなわれる日だ。キックオフまであと一時間。それまでに着替えをすませてスタジアムに到着しなければならない。遅刻するなんてもってのほかだ。頭にはまだカーラーがついているし、足も裸足《はだし》だが、おろしたてのセーターとパンツはすでに身につけていた。ざっくりした風合いの厚手のセーターと柔らかいコーデュロイのパンツは、素肌に当たる感触がどこか官能を刺激する。どちらも自分の好きなデザインだが、色はトレイの好みに合わせた。トレイはブルーが大好きで、そしてオリヴィアはトレイを愛していた。だから、迷いはまったくなかった。最後のカーラーをはずそうとしていたとき、部屋のドアにノックの音が響いた。

「どうぞ！」オリヴィアはカーラーをベッドにほうって、クロゼットから靴をとりだした。

「オリヴィア……その――」

「あら、お祖父《じい》さま！　よかった。早く帰れたのね。出かける前には会えないと思っていたわ」

「そのことなんだが――」

オリヴィアは靴を手にとって、ベッドの端に腰をおろした。

「今夜は年に一度の学園祭なのよ。前に話したでしょう?」最後のカーラーを頭からはずして、靴に足を入れる。「あと十五分もしないうちにタミー・ワイアンドットが迎えに来るわ」

マーカスはため息をついた。部屋へやってきたのは、今夜は家にいるように説得するためだった。孫娘がある若者に夢中だと知って、内心ひどく気がかりだったが、なんと言って切りだせばよいのかわからなかった。こんなとき、母親がいればよいのだが、オリヴィアには祖父である自分しかいない。孫娘の交際相手があまり好ましくない家柄の息子だという事実はすでに耳に入っており、先のことを考えるとどうにも不安だった。それでも、オリヴィアのはずんだ声を聞くと、はしゃいだ気持ちに水を差すようなことは言えなくなった。マーカスは胸の思いをのみこんで、やさしく孫娘を抱きしめ、十二時までに帰るように注意して、いっておいでのキスをした。

「小銭は持ったかい?」

「ええ、持ったわ、お祖父さま。うちの学校のチームが勝つように祈っててね」

これほど喜んでいるのに行くなと言えるわけもない。マーカスはため息をついて無理に笑みをつくった。

「もちろんだとも」

オリヴィアは祖父の首にかじりついて、頬に長いキスをした。

「ああ、お祖父さま。大好きよ」

玄関の呼び鈴が鳴った。

「きっとタミーだわ」バッグをつかんだオリヴィアは、急ぎ足で部屋を出ていった。

マーカスは廊下を進んで階段の上で立ちどまり、駆け足で玄関を出ていく孫娘の後ろ姿を見送った。

オリヴィアとタミーがスタジアムに着いたときには、両チームの主将がフィールドの中央に立ち、攻守を決めるコイントスをおこなっていた。

席につくなりタミーが歓声をあげた。

「やった！　キックオフを勝ちとったわ」そう言って、控えのクォーターバックを務めるボーイフレンドに腕がちぎれそうな勢いで手を振った。

オリヴィアはうなずいたが、その目はベンチのそばに立っている長身のランニングバックに注がれていた。分厚いショルダーパッドに触れそうなほど長い豊かな黒髪と、強情そうに突きでたあごは見誤りようがない。

トレイ・ボニーだ。

その名前を思い浮かべるだけで、胸が高鳴った。二週間前、ふたりの関係は無邪気な高校生のカップルから恋人へと大きく変化した。オリヴィアにとっては、恐ろしくもあり、それでいてこれまでの人生で最もわくわくする出来事だった。トレイ・ボニーの腕のなかで、娘から女になったのだ。それ以来、ベッドに入ればあのときのことを頭のなかで克明になぞり、起きているときはふたりでともに歩むこれからの人生を思い描いている。

トレイは春には卒業するが、オリヴィアはあと一年高校に通わなければならない。ふたりのあいだではすでに、大学生になったらいっしょに暮らそうという話が出ていた。おたがいに相手に夢中で、ふたりの付き合いに横やりが入るとは思ってもみなかった。

オリヴィアは息をつめて見つめた――トレイが振り向いて、こちらを見てくれることを念じながら。祈りが届いたかのようにトレイが振り向いた。オリヴィアが見守るなか、驚きの表情が顔全体に広がり、そして例のセクシーな笑みに変化していく。トレイはウインクをすると、ヘルメットをかぶってフィールドに走っていった。

試合の模様を、オリヴィアは上の空でながめていた。友人のひとりが学園祭の女王に選ばれたことにもほとんど無関心で、試合後にトレイとふたりきりになれることだけを考えていた。試合の終了を告げる笛が鳴ると同時に、立ちあがってロッカーに向かって駆けだしていた。外のベンチで待っていればトレイが見つけてくれるはずだ。そうすれば門限まで二時間近くふたりきりでいられる。

ベンチまで行くと、明かりの届かない暗がりに腰をおろして、トレイが出てくるのを待った。ふたりの貴重な時間が刻一刻と失われていくことを考えないようにしながらも、何度も腕時計をのぞかずにいられなかった。

とそのとき、トレイの姿がシルエットとなって浮かびあがった。明かりを背に戸口に立って、暗闇《くらやみ》に目を凝らしている。

オリヴィアはベンチから立ちあがった。

トレイは一瞬ぎくりとしたものの、すぐに近寄り、両手でオリヴィアを抱いてむさぼるようにキスをした。

オリヴィアは低くうめいて、ため息をもらした。

「今夜のあなたはすばらしかったわ」

トレイはにやりとしてみせたあと、身をかがめて彼女の耳の下にキスをした。

「ありがとう、リヴィー。でも、夜はまだこれからだ」

何気ない言葉にこめられた期待を読みとってオリヴィアは頬を赤く染めたが、心の奥では相手に負けないほどその瞬間を心待ちにしていた。

「愛しているわ、トレイ」

トレイは笑みを消して、彼女の体を抱き寄せた。耳もとでそっとささやく。「ぼくも愛してるよ……きみには想像もつかないぐらい真剣に」そして手をとった。「今夜はおふくろの車を借りてきた」

リヴィーはまた赤くなったが、暗かったので、トレイには気づかれなかった。

「十二時までには帰らないと」

トレイは腕時計に目をやった。

「あと一時間半ある」

十五分もしないうちに、ふたりは人造湖のそばにある人目につかない公園に来ていた。トレイは車を停《と》め、ラジオの音量を絞って、オリヴィアを腕に抱いた。はじめてのときのぎこちなさはすでに消えていた。踊り慣れた曲を舞うダンサーのように体が自然に動き、若者ならではの熱い欲望がふたりを導く。ほどなく、オリヴィアは買ったばかりのブルーのコーデュロイのパンツを脱いで、後部座席に横たわっていた。

トレイのセーターに手を入れて、熱くなめらかな肌の下にあるたくましい筋肉にてのひらを這《は》わせる。

「ああ、トレイ……」

トレイはおおいかぶさると、一連のなめらかな動きでオリヴィアのなかに入った。前戯もためらいもなしに、ふたりは愛の行為に没頭した。

あえぐような声を出して彼を迎えたオリヴィアは、トレイが動きはじめると、彼の首にしがみついて、両脚を腰に巻きつけた。むきだしの肌と肌が触れ合ううちに、冷えていた車内が熱気に満ちてきた。ラジオの音楽がセクシーなラブソングからローリングストーンズの激しいロックに変わった。ふたりはドラムのリズムに合わせて体を動かし、やがてクライマックスに達して世界がはじけるのを感じた。

現在

トレイはしばらく緊急治療室にとどまっていた。お目当ての人物は現在検査中だ。それより前に病院に搬送されていた負傷者たちはすでに火傷専門病棟に移されているので、今夜のうちに話を聞くのは無理だろう。一躍、時の人となった例の男が自由に話ができる状態になったら知らせてくれるようナースのひとりに頼み、エレベーターに乗ってリヴィーの病室へ向かった。

部屋へ入ると同時に、うめき声があがった。

トレイは急いで駆け寄って、ベッドの上からのぞきこんだ。

「リヴィー……痛むのかい？」

オリヴィアがまたうめいて、それからため息をついた。トレイの声は聞こえていたが、まだ夢から覚めたくなかった。

「リヴィー？」

　彼女は身じろぎをして、目を開いた。

「トレイ？　ここにいたの？」

　トレイは不審そうな顔をした。「ほかにどこへ行くというんだ？」

　オリヴィアは手で顔をこすった。「夢を見ていたみたい」

「ぼくの夢だといいな」

「そのとおりよ」

　トレイが満面の笑みを浮かべた。

「ほんとに？　夢のなかで、ぼくは何をしていた？」

「お母さんの車の後ろの席で、わたしと愛を交わしていたわ」

　欲望のうねりがトレイの顔をよぎった。

「ああ、リヴィー」低い声でささやく。「きみにかかると男はかたなしだ」

「すてきな夢だった」

「それはどうも……光栄だ」

　オリヴィアはほほ笑み返すと、怪我《けが》をしていないほうの腕を彼の首に巻きつけて体を引き寄せた。

「将来は、毎朝こうやって目覚めるようになるのね」

トレイは身をかがめ、さらに顔を近づけた。唇と唇を軽く触れ合わせ、やさしくなぞるようにしてから、しっかりと口づけをした。首の後ろに当てられたオリヴィアの手に力がこもる。すべてを忘れて情熱に身をまかせるのは容易だが、今はそのために来たのではない。名残惜しく思いながら、自分から顔を離した。

「リヴィー……話さなければならないことがある」

その声に不吉な響きを聞きとって、オリヴィアは表情を曇らせた。これ以上何かあったら、耐えられそうにない。

「また何か悪いことが起こったんじゃないでしょうね」

「実は、お祖父さんに頼まれてきたんだ。家のことをきみがニュースで知る前に、ぼくの口から伝えるために」

オリヴィアが最初に思い浮かべたのはアンナのことだった。

「何かあったの？　アンナのこと？　アンナがどうかしたの？」

「みんな無事だが、きみの直感は当たっている。詳しい事情はわからないが、アンナがキッチンに火をつけたんだ。火は二階の一部を焼いて消しとめられた。家は修繕すればもとどおりになるから心配しないようにというのがお祖父さんからの伝言だ」

「なんてこと……」オリヴィアは低い声でつぶやいた。「かわいそうなお祖父さま。それでなくても問題が山積しているというのに、そのうえ火事だなんて」そこまで言いかけて、ふと心配そうにひたいにしわを寄せる。「ローズも無事なの？」

「ああ、全員無事だ」

「よかった。でも、みんなわたしのせいだわ。アンナをうちに引きとるべきだなんてわたしが言いだしたせいよ。ときどき意識がどこかをさまよってしまうのはわかっていたの。でも、そこまで危険な状態だとは知らなかった。お祖父さまはこれからどうするつもりかしら。わたしたち、どこに住むの？」

「何も心配はいらない。すべてうまくいくよ。少なくとも、ぼくの目から見るかぎりはね。もしきみがいやな顔をしても、気を悪くしたりはしないよ」

「どうしてわたしがいやな顔をするの？」

「きみが退院したら、ぼくの家で世話をさせてほしいとお祖父さんに申しでたんだ。昼間、ぼくが仕事で出かけているあいだは隣の家に住む女性が面倒をみてくれる。エラ・サムターといって、年は八十一になるが、実におもしろい人だよ。毎朝、庭で太極拳《たいきょくけん》をするんだ。どう見ても六十過ぎには見えないね」

「そう、わかったわ」オリヴィアはあっさりと受け入れた。

　喜びのあまり、トレイは勝利のダンスを踊りだしそうになった。

「異議なし？」

「ええ、もちろんよ。親切な申し出に感謝するわ」

トレイは口もとをほころばせた。「いや……どういたしまして」

「お祖父さまはどこに泊まるのかしら」

「タートルクリーク館だ。テレンスおじさんとキャロリンおばさんも同じホテルに滞在する。あとのことは何も心配しないで、きみは治療に専念してほしいとのことだ。また連絡すると言っていたよ」

オリヴィアはため息をついた。「なんだか、大変なことになってしまったわね」

トレイが答えようとしたとき、携帯電話が鳴った。番号に目をやって顔をあげる。

「すまないが、緊急治療室に行って、ある人から話を聞かなければならない。用事がすんだら戻るよ。いいね？」

オリヴィアは早く行きなさいというふうに手を振った。

「もちろんよ。あなたは刑事のお仕事をしてきて。わたしは夢の世界に戻るわ」

トレイの顔に笑みが差した。

「ぼくの場所もあけておいてくれる？」

「その必要はないわ。あなたが夢そのものだもの」

エレベーターをおりたとき、トレイの頭はリヴィーのことでいっぱいだったが、お目当ての男が急ぎ足で出ていこうとしているのを目撃した瞬間、刑事としての本能がよみがえった。

「待ってください！」大声で呼びかけて、つかつかと歩み寄る。

フォスターは後ろを振り向いた。救急車のあとを追って病院までついてきた刑事だ。ナースと交わしている会話も漏れ聞こえた。火事のことで自分の話を聞きたいというのだ。悪くすれば、放火犯の濡《ぬ》れ衣《ぎぬ》を着せられてしまうかもしれない。フォスターはドアの外に目をやった。わずか数メートル先に自由がある。しかし、刑事はすぐ後ろに迫っていた。ドアに向かって歩きだしたフォスターは、入口の正面にパトカーが停止したのを見て、その場に凍りついた。肩をがくんと落として向きなおる。

一巻の終わりだ。

「いったいどこへ行くつもりだったんですか？」トレイが尋ねた。

フォスターは肩をすくめた。「外だ。病院は苦手で」

トレイは笑顔で男の背中を叩《たた》いた。

「お気持ちはわかりますが、ちょっと力を貸してもらえませんか。ボニー刑事といいます」

相手は無言だった。トレイはあえて口をはさまずに、沈黙をしばらく長引かせてから尋ねた。

「体の具合はどうですか？　さっきは大活躍でしたね」

刑事の顔に強い意志がみなぎっているのをフォスターは見てとった。もしこの場は逃げられても、いずれつかまるのは時間の問題だろう。本音を言うなら、逃げることに自分自身、飽き飽きしていた。人目を忍ぶ生活もうんざりだ。その昔、一度だけ悪事に手を染めて、その結果、人生はめちゃめちゃになった。もう二度とそんなまねはしたくない。

「ああ、体はなんともない」フォスターは答えて、両手をあげた。「ロープがこすれて手の皮がむけたのと――あとは新品の靴が必要なだけだ」

トレイは男の足もとに目を落とした。炎の迫った屋上に立っていたせいで、靴底はほとんど溶けてしまっている。

「どこか、ゆっくり話ができる場所に移動しましょう。火事の際のお話をうかがいたいんです」

前置きはたくさんだと言いたげに、フォスターがあごを突きだした。

「さっさと本題に入ろうじゃないか。あんたが知りたいのは、おれが火をつけたのかどうかってことだろう？」

トレイは考え深げなまなざしで相手を見た。

「さあ……火をつけたんですか？」

フォスターが首を横に振った。「違う。おれじゃない。もし自分で火をつけていたら、炎に巻かれるような間抜けなまねをするか」

しばらく男を見つめていたトレイは、同意を示してうなずいた。「確かにそうだ。それで……話を聞かせてもらえますか?」

「ああ、いいとも。話すことならいくらでもある」

「本署へ同行してもらってもかまいませんか？」

フォスターが肩をすくめた。「どこでも好きな場所が選べるならフロリダに行きたいが、おれには今のところ、どこにも行く当てはない」

「車はすぐそこです」

並んで歩きながら、トレイは男を注意深く観察した。この男はまだ何かを隠している。

車の横で、フォスターが後部座席を指さした。「おれはこっちに座るんだろう?」

「なぜ、そんなことを?」

「なぜって、ダラス警察署はだいぶ前からおれを捜してるみたいだから」

トレイは全身に緊張が走るのを感じた。上着のなかに隠してある鋼鉄の拳銃に触れて心を落ち着けたいという衝動が湧《わ》き起こったが、かろうじて抑えた。

「あなたを捜す理由は?」

フォスターが肩をすくめた。「こっちがききたいよ。ホテルの部屋で考え事をしてたら、突然テレビでおれの名前が呼ばれたんだ」

その瞬間、トレイはこの男が何者か直感的に悟った。しかし、本人の口から聞きだすことが重要だ。

「その名前とは？」

「フォスター・ローレンスだ。しばらく前にロンポック連邦刑務所を出所して、ここ数日はヘンリー・ディーン・ホテルに泊まってた」

相手の顔に刻まれた衝撃の表情を見てフォスターが不敵な笑みを浮かべ、両手をそろえて差しだした。

トレイはその手に手錠をかけて、後部ドアをあけた。

「手錠をかけたのはあくまで予防措置のためだ。署へ到着したらはずす」

フォスターの顔から笑みが消えた。「そのせりふも前に聞いたよ。念のために言っておくが、子供の死体についても、二十五年前の殺人についても、おれは何ひとつ知らない。でも、あのときだっておれの話なんて誰も信じちゃくれなかった。またどうせ同じことのくり返しだと思ったから警察に足が向かなかったんだ。当然だろう？」

運転席と後部座席を仕切る柵《さく》のない車で、たったひとりでローレンスを移送することに、トレイはためらいをおぼえた。ローレンスの腕をつかんで、近くに駐車中のパトカーに連れていく。ひとりの警官が車のそばに立ち、もうひとりは救急車の運転手と話をしていた。

手錠に気づいて、制服警官が向きなおった。

「この男はフォスター・ローレンスだ」トレイは言った。「本署でいくつか質問に答えてもらうことになった。悪いが、署まで送ってもらえないか？　向こうで落ち合って、書類はこっちが作成する」

　フォスターはがっくりとうなだれた。

「逮捕されるのか？」

「いや、違う」トレイは答えた。「その必要があると認められないかぎり、逮捕はされない」

「おれを逮捕する理由なんかないんだからな」フォスターはそう言って、パトカーの後部座席に乗りこんだ。「じゃあ、先に行くぜ」トレイに声をかけると、座席に沈みこんで、目を閉じた。

　フォスターの溶けかかった靴と包帯だらけの両手、そして火傷のせいで赤く染まった頬にトレイは目をやった。皮肉なことに、この男はたった五分ほどのあいだにヒーローから容疑者に転落した。すべては運の問題だ。フォスターの運は尽きつつあった。

14

本署へ向かう車から、トレイはオリヴィアに電話をかけた。二回めの呼び出し音でオリヴィアは応答した。

「オリヴィア……ぼくだ」

「あら、あなた」

トレイは顔をほころばせた。久しぶりに晴れ晴れとした気分だった。

「ひと言知らせておこうと思って。署へ戻ることになった。今日はどうも火事の多い日らしい。繁華街の古いホテルで大火災があって、助けだされた人から話を聞かなきゃならない」

「まあ、それは大変ね」

「ああ、だから今夜は病院には帰れない。よく眠るんだよ。明日の朝には会いに行くからね」

「わかったわ。気をつけてね」

トレイは小さく笑った。「わかった。でも、何も心配はいらないよ。会社員が勤め先に顔を出すようなものだ。しっかり眠って、ぼくの出てくる楽しい夢をもっと見てほしい。朝には迎えに行くよ」

オリヴィアは笑顔で受話器を置くと、寝返りを打って目を閉じた。朝が早く来れば、それだけ早くここから出ていける。しかし、寝入る前にまた電話が鳴った。

「もしもし」

「もしもし、わしだよ」マーカスの声だ。

「お祖父《じい》さま！　声が聞けてうれしい。事情はトレイから聞いたわ。ローズとアンナはどんな様子？」

「ふたりとも少しばかり動揺しているが、体にはかすり傷ひとつない。アンナは介護つきの施設でしばらく預かってもらうことにした。施設へ向かうまでの道々、本人は行きたくないとずっとだだをこねていたがね。ローズは妹さんの家に移った。家のほうは、数日中に修理を始めてもらう段取りをつけたよ。まあそんなところかな」

「ああ、お祖父さま。こんな大変な時期に何も手伝えないのが心苦しいわ」

「おまえは自分の体のことだけ考えていればいいんだよ。それに、家にいてもできることは何もない。おまえの落ち着き先について、トレイから話を聞いたかい？」

「ええ。明日の朝、迎えに来てくれるそうよ。彼が仕事に出かけているあいだは、隣の家の人が面倒をみてくれるんですって。べつに子守なんて必要ないけど」

「彼の気のすむようにさせてやりなさい。できるならわしが自分で迎えに行ってやりたいところだが、連れて帰るのがホテルの部屋ではどうしようもない」

「いいのよ。気にしてないわ。というより、なんだか申し訳なくて」

「どうしてだね？」

「アンナのことでお祖父さまに大変な思いをさせてしまったわ」

「ばかなことを言うんじゃない。アンナには助けが必要だ。そしてアンナの身寄りといえばわれわれしかいない。どれほど高価な代償を支払おうとも、家族は家族を見捨てたりしないものだ」

「家族といえば……テレンスおじさまとキャロリンおばさまは到着したの？」

「ああ、到着したよ。一時間後にホテルのレストランで会うことになっている」

「よろしく伝えてね」

「わかった。よく休むんだよ。また連絡する」

「お祖父さま？」

「なんだい？」

「あの話は事実だと思う？　お父さまのことだけど」

マーカスは肩をすぼめた。

「信じたくはないが、それ以外に説明がつかないだろう」

「胸が痛むわ」

「なぜだね？　おまえにはなんの責任もないことだ」

「それはそうだけど、こんなこと、あんまりだと思うの。わたしは両親のことを何も覚えていないけど、お祖父さまは違う。お祖父さまの気持ちを想像すると、とてもやりきれない気持ちがするのよ」

　マーカスはまばたきして涙を振り払った。「やさしいことを言ってくれるね。おまえがいなかったら、とても生きてはいけないよ」そう言ってから、あわてて付け加えた。「だが、このところ反省もしているんだ。わしは長いあいだ自分の考えをおまえに押しつけてきたような気がする。もっと広い心で見守っていたら、今ごろはこの腕にひ孫を抱いていたかもしれない」

　長年、自分を家に縛りつけてきたことを、祖父が祖父なりのやりかたで謝ろうとしているのだとオリヴィアは悟った。だが振り返ってみれば、こうなったのは祖父だけが悪いのではなく、オリヴィア自身の責任でもある。いちいち逆らうよりおとなしく言うことを聞いているほうが楽だから、いつも祖父の言いつけに従っていたのだ。情けない話だが、命が脅かされる直前になってはじめて、自分の思いを貫かなければという強い意志が生まれた。トレイの顔立ちと愛にあふれたまなざしを思い浮かべ、オリヴィアは小さく身を震わせた。

「お祖父さま……愛さえあれば、いつでもやりなおすことは可能よ」

妻のアミーリアを失ってからの長い年月に思いを馳《は》せて、マーカスは急に自分が年老いた気がした。

「ほんとうにおまえの言うとおりだ。よく眠るんだよ。また連絡する」

「お祖父さまもよく休んでね」オリヴィアは相手が通話を切るのを待ってから、受話器を置いた。

しばらくそのまま横たわって、将来のことをぼんやり考えながら眠りについた。夢に出てきたのはトレイと、黒い目をした笑顔のかわいい子供たちだった。


トレイが署に到着したとき、フォスターは手錠をかけられたまま、トレイの机の横の椅子に座らされていた。チア・ロドリゲスはそんなフォスターを凝視して、この男が幼児の遺体をスーツケースにつめる場面を頭に思い描き、相棒のデイヴィッド・シーツは胸の前で腕組みをして近くの机にもたれていた。トレイが入ってくると、三人がいっせいに顔をあげた。

「どんな手を使った？」足早に歩み寄ってフォスターの手首から手錠をはずすトレイに、デイヴィッドが尋ねた。

「なんの話だ？」トレイは手錠を引き出しにしまった。

「あっという間に大手柄じゃないか。チアとおれが必死でがんばっても何も出なかったのに、おまえはぶらぶらしてるだけでこんな大物をつかまえちまうんだからな」

チアが相棒をにらみつけた。

「やめなさいよ、デイヴィッド。文句ばかり言ってみっともないわよ」

「見張りをさせてすまなかった」トレイは言った。

「いいのよ。わたしたちも同席したほうがいい？」

「そのほうがいいだろう。火事の件で何か参考になることが聞きだせるかもしれない」

フォスターが横目でチアを見た。

「火事？　ホテルの火事のことが知りたかったのか？　そうならそうと早く言ってくれよ。てっきりおれのつるつる頭に見とれてるのかと思ってた」

チアはフォスターの皮肉を聞き流した。

「知ってることを話して」

「あのときおれはダラスを発《た》って、もう二度と戻らないつもりだった。あと三十分、いや十五分でも早く出ていたら、あんな騒ぎには巻きこまれずにすんだのに」

「何か不審なものを目にしなかった？　あるいは誰かあやしい人間とか」

「いや。階段をおりはじめたら、三階と二階のあいだで煙が広がってるのに気づいた。膝のあたりまで煙に埋もれて足もとが見えなくなったから、来た道を引き返した。じきに炎の熱気も伝わってきた。〝火事だ〟と叫んで階段を駆けあがって、四階あたりまでのぼったら、ほかの宿泊客たちが避難してくる物音が聞こえた。それでみんなで屋上に出た。あとは知ってのとおりだ」

「屋上にいたとき、火災の原因について誰かが何か言ってなかった？」

「あのなあ、あたりは悲鳴や泣き声でそれどころじゃなかったよ」

「そう、わかったわ。でも、もし何か思いだしたら――」

「ああ、電話して知らせるよ」トレイの顔色をうかがうようにして、フォスターがつぶやいた。「もちろん、逮捕されたら自由に電話をかけるのは無理だろうが」

「さっきから何度も言ってるだろう。あんたは逮捕されたわけじゃない」トレイはきっぱりと告げた。

「それならさっさとすませてくれ。警察はおれにききたいことがあるそうだ。早くきけよ。おれにはおれの生活があるんだから」

トレイは机の端に尻を乗せ、片足を椅子の肘に置いて、フォスターを凝視した。

「ロンポック刑務所を出たあと、なぜダラスに戻ってきた？」

「隠しておいた身代金をとり戻すためだ」

思いもよらない答えが返ってきた。

「それで、首尾よくとり戻せたのか？」

「もちろんさ。だからヘンリー・ディーンみたいな高級ホテルで優雅な生活を送ってたんじゃないか」フォスターが笑いながら言い添える。「正直言って、どうもおれは火事にたたられてるみたいだ」

「どういう意味だ？」

「身代金さ。〈レイジー・デイズ〉というレストランの地下に隠しておいたんだ。ところがダラスに戻ってすぐに行ってみると、なんとレストランは何年も前に火事で焼け落ちていた」フォスターは高笑いして両手を膝に打ちつけた。「笑える話だと思わないか？　レストランは影も形もないんだぜ。さらに悪いことには、その場所にはでっかい銀行が建っていた。あんなに警戒が厳重な場所へこっそり忍びこめるわけもない。それで安ホテルに部屋をとって今後のことを考えてたら運悪く火事にあっちまった。だから、ダラスにはもう用はない。一刻も早く逃げだそうとしていたところへ、あんたがやってきたというわけだ」

あまりに途方もない話だからこそ、事実に違いないとトレイは思った。しかし、灰になった身代金よりさらに重大な問題が依然として未解決のままだ。

「警察があんたの行方を捜していることを知っていたからには、その理由もわかっていたんだろうな？」

フォスターが観念したような表情になった。「子供の死体が発見されたからだろう」

「そうだ。幼児の遺体が発見された。すでに白骨化していたが」

「おれは殺しにはいっさい関係してない。何も知らないんだ」

「だが、両親のもとから子供を誘拐して、身代金を要求した」

しばらくじっと考えていたフォスターは、しゃべればしゃべるほど立場が悪くなっていくことに気づいたようだ。

「あのときだって正直に話したのに、それでも刑務所に入れられた。だからもう一度同じ話をくり返してもばかを見るだけだと思うが、とにかくおれは誘拐とも殺しともいっさい関係ない。おれがかかわったのはそのあとのことで、今思えば、なんとも浅はかな考えを起こしたものだ。てっとり早く金を儲《もう》けるチャンスだと思ったんだ。でも、おれがいなかったら、子供が無事に戻ることもなかった」

トレイは唐突に立ちあがって机の周囲を歩きまわった。ファイルをとりだしてページを繰ったあと、机にほうり投げて、フォスターに向きなおった。

「前はそう言わなかったな」

フォスターが張りつめた面持ちで見あげた。

「言うって、何を？」

「自分がいなかったらオリヴィア・シーリーは家族のもとに戻れなかったというくだり

だ」

「言ったさ。ショッピングモールに連れていったのはこのおれだぞ。忘れたのか？」

「しかし、誰かほかの人間の反対を押しきって行動したとは言わなかった」

緊張した様子でもぞもぞと尻を動かしていたフォスターが、床に目を落とした。

「誰なんだ？」トレイは詰問した。「誘拐の共犯は誰だ？」

「お務めは果たした」フォスターが低い声でつぶやいた。「同じ事件でもう一度刑務所にぶちこむことはできないんだぞ。もういいかげんにほっといてくれ」

「誘拐の罪をなすりつけるつもりはない。こっちが知りたいのは殺人についてだ。誰かが幼児を殺してスーツケースにつめ、壁のなかに隠した」

「おれじゃない」

「おまえは子供のうちのひとりと接触を持った。もうひとりを殺していないとどうして言いきれる？」

フォスターの表情がこわばる。「どういうことだ？　もうひとりの子供のことなんて、おれは何も知らないぞ」

「あの子供たちは同い年だった。ふたりとも左手に親指が二本ある。シーリー家の人間である証拠だ。そしてどちらも同じ父親から生まれている」

フォスターが目を真ん丸に見開き、あんぐりと口をあけた。首を振り振りつぶやく。

「おれが見たのはひとりだけで、その子をショッピングモールに連れていった。もうひとりいたなんてぜんぜん知らなかった」ひたいと鼻の下に玉の汗が浮かんでいた。「信じてくれ。ほんとに何も知らないんだ」

トレイはチアとデイヴィッドの様子をうかがった。ふたりともフォスター・ローレンスに負けないほど唖然《あぜん》とした顔をしている。フォスターの言葉を信用してよいものかどうかトレイは心を決めかねていたが、チアの顔にも疑念が浮かんでいるのを見て、もう一度厳しい表情でフォスターに向きなおった。

「話を聞かせてくれ、ローレンス。どういういきさつで誘拐事件にかかわるようになった？」

フォスターはじっくりと考えをめぐらせた。二十五年間、口を固く閉ざして刑務所暮らしに耐えてきたのだ。こんな目にあういわれはない。何があろうと、刑務所に舞い戻ることだけはまっぴらだった。

「弁護士を呼んでくれ。あんたたちの言うことは信用できない。だから、もっと詳しい情報がほしかったら、おれが何を言おうと絶対に罪に問わない、と一札入れてもらわないとな」

トレイはどなりつけたい衝動を抑えつけた。真相究明まであと一歩というところで、重要な鍵《かぎ》を握る人物が口を閉ざしたのだ。

「弁護士を呼んでほしいのなら、拘置所で待つんだな」そう言ってフォスターに手錠をかけた。

　フォスターは青ざめたが、一度口に出した言葉を撤回しようとはしなかった。

「ちくしょう」引き立てられて歩きながら、小さな声で毒づく。

「自分でまいた種だ」トレイが言い返した。「何者かが幼い子供を殺してスーツケースにつめたんだぞ。誰の仕業か、おまえは知ってるはずだ。殺人犯をかばっているかぎり、ダラス・カウボーイズの選手全員を燃えている建物から救ったとしても、真のヒーローとは言えない」

「べつにヒーローになりたかったわけじゃない。なんとか自分だけでも逃げようと思っただけだ」

「そうだろうな」トレイはそれきり黙って歩きつづけた。

　ひとりでしゃべりつづけるフォスターの言葉には耳を貸さずに逮捕記録簿に必要な項目を記入し、担当の警官に引き渡した。トレイが歩み去ってもなお、フォスターは弁護士を呼んでくれとくり返していた。

　マーカスは頭痛薬をのんで、シャワーを浴び、おざなりにひげを剃《そ》った。胸をよぎるのは、宵のひとときが早く過ぎ去ってくれればいいという思いだけだ。テレンスと向かい合って食事をすると考えるだけでも気が重くなり、社交的な会話を交わすことなどとうてい不可能に思えた。キャロリンがいなかったら、約束をすっぽかしていたかもしれない。

ホテルのレストランに予約を入れ、ロビーで待っているところへふたりが姿を見せた。最初にマーカスに気づいたのはキャロリンのほうで、うれしそうに手を振って近づいてきた。大げさに抱きついて、両頰にキスをしてから、夫に向きなおる。

「テレンス！　マーカスをごらんなさいな。わたしたちが国を出たときと少しも変わっていないわ」

テレンス・シーリーはにこやかにうなずいたが、マーカス同様、内心ぎこちない思いを抱いているのがはた目にも明らかだ。

「あいにくこっちは昔と大違いだ」そう言いながら薄くなった髪をなで、突きでた腹に手をやった。「イタリアのパスタとワインがおいしすぎるせいだよ」

キャロリンが夫にやさしくほほえみかけた。「あら、テリー。わたしには昔と同じくらい魅力的に見えるわ」

テレンスがまじめな顔つきになり、声の調子まで変えて妻に礼を言った。

「やさしいことを言ってくれるね。ほんとうにいつも感謝してるよ」

「テーブルの用意ができたそうだ」愛に満ちた夫婦の会話に水を差すかのように、マーカスが唐突に告げた。

テーブルに移動して前菜とワインを注文してから、三人は本題に入り、マーカスがかいつまんで事情を説明した。

「というと、DNA鑑定の必要はなくなったということだろうか?」テレンスが尋ねた。

マーカスは言葉につまった。「はっきりしたことはわからないが、どうもそうらしい。結果が出たときにはふたりとも向こうを発っていたので、連絡のしようがなかった。本来ならわざわざ来てもらう必要はなかったのだろうが」

「あら、わたしたち、そのためだけに来たわけではないのよ。検査ならあちらでも受けられますもの。こちらで大変なことになっていると聞いたので、少しでもお力になりたいと思ったの」キャロリンが言った。

「それはどうも。オリヴィアが夕食に参加できたらよかったんだが」

キャロリンは緊張した面持ちで銀器に触れた。

「オリヴィアがなぜそんな目にあわなければならなかったのか、どうしてもよくわからないわ。なんの理由もなしに異常者に襲われたって、ほんとうなの?」

「まあ、そういうことだ。犯人は過去に犯した罪の妄想にとりつかれていて、なぜだか、オリヴィアを殺せば最初の過ちを神に許してもらえると思いこんだらしい」

テレンスが表情を曇らせた。どちらも自分では決して認めないだろうが、もともと顔立ちが似ていたテレンスとマーカスは、老境に入っていよいよそっくりになった。キャロリンがすかさずその点を指摘した。

「見て、この顔つき」夫を指さす。「おふたりは兄弟みたいにそっくりだわ」

マーカスは奥歯を噛《か》みしめ、テレンスはあわてて目をそらした。

キャロリンがマーカスの腕に手を置いて、低い声で告げた。

「今回のことはさぞかしショックだったでしょうね。遺体で発見された子供の父親がマイケルだったなんて……」

「そのことで、警察はきみから話を聞きたいそうだ」

キャロリンが信じられないという表情をした。

「わたしから？　でも、なぜかしら」

「わしのせいだ。うっかり口をすべらせて、きみとマイケルが親しかったと漏らしてしまった。担当のトレイ・ボニーという刑事は、子供の母親に関して、きみに何か心当たりがあるかもしれないと考えている」

一瞬は紅潮したキャロリンの顔から、見る見る血の気が引いていくのが見てとれた。

「すまない、キャロリン。だが、事前に知らせておいたほうがいいと思って」

テレンスが不機嫌そうに眉根を寄せた。

「いいかね、マーカス。いくら事情が事情とはいえ――」

「あなたは黙ってて」キャロリンがぴしゃりと言った。「恐ろしい事件なのよ。できるかぎりの協力はさせてもらうわ。正直なところ、あまり力にはなれないと思うけど」

「ありがとう」マーカスは礼を言った。「ああ、飲み物が来たようだ」

「それに、なんて美しい前菜なんでしょう」

ローストビーフとホースラディッシュをのせたひと口サイズの三角形のトーストを、キャロリンは口に運んだ。

「すごくおいしいわ」感嘆したように言うと、もうひとつとってテレンスの口に持っていく。「はい、あーんして」

素直に口をあけて前菜の味見をしたテレンスは、それぞれの素材のバランスが絶妙だなどと大げさに褒めたたえ、マーカスは苦々しい思いを噛みしめながらその様子を見ていた。

そうして夜は更けていった。


アンナは泣いていた。自分がどこにいるのかもわからなければ、どうやってこの場所にやってきたのかも記憶がない。クロゼットのドアやたんすの引き出しを何度もあけてなかをのぞきこんだが、しまわれている服や下着は自分のものに間違いないようだ。自分で洗濯をしてたたんだ記憶はあるが、不思議なことに洗濯機も乾燥機もどこにも見当たらない。さらに奇妙なことには、外出しようとしたら、このフロアから出てはいけないと言われた。

まるで監獄に閉じこめられているみたいだが、なぜそんなことになったのかさっぱりわからない。自分は何も悪いことなどしていない。後ろ指をさされるような行為とは無縁で、いつもみんなに尊敬されてきた。もうひとつ気になるのは、幼いオリヴィアの姿が見えないことだ。昔のように家に住みこんで面倒をみるとマーカスさんと約束したのに、あの子はどこにもいない。電話の場所を女の人に尋ねたが、自分の部屋に戻りなさいと叱《しか》られた。それどころか、腕をつかまれて無理やり部屋に戻された。

今は暗い部屋でベッドの端に座り、次々に変化していくテレビの映像を、わけがわからないままにぼんやりとながめていた。夕方のニュースの時間になり、繁華街のホテル火災の模様が映しだされたとき、喉の奥からうめき声があがった。

大火事だ。屋上に避難した人たちが手を振って泣き叫んでいるところへ、ヘリコプターが近づいてひとりひとり安全な場所に運んでいく。

自分の家も火事になった。いや、違う。自分の家ではない。どこかよその家だ。消防車が何台もやってきた。アンナは目を閉じて、記憶を呼び起こそうと努めた。

ローズがキッチンにいた。ふたりで料理をしていたのだ。テレビがついていた。ローズが見ていたテレビにも火事の模様が映しだされていた。大火事で、建物が燃えていた。

デイジー。壁にデイジーがかかっていた。わたしは壁からそれをとって、下に置いた。デイジーが壁にかかっているなんておかしいもの。お花は水に差してあげないと。でも、下にあるのは水ではなく、火だった。

ベッドからすべり落ちるようにして床にぺったりと座ったアンナは、這《は》って部屋の隅に移動し、壁のほうを向いた。数分後、誰かが部屋に入ってきて名前を呼んだが、アンナの耳には無意味な音の羅列にしか聞こえなかった。足音が近づき、誰かが肩に触れた。

「アンナ……ベッドへ連れていってあげましょうか？」

「アンナって誰？」

「あなたのことですよ。さあ、立ちあがってベッドまで歩きましょう」

アンナは相手の腕につかまって体を引きあげた。

「誰だか知らないけど、わたしを助けて。どうやって家に帰ればいいかわからないの。誰かに迎えに来てもらって。家に帰りたい」

「ええ、ええ、わかりますよ。でも、今はあまり調子がよくないでしょう。だから、まず体調を整えないとね」

アンナはおとなしくベッドに向かった。靴とセーターを脱がされ、上掛けをめくったベッドに横たわる。

「さあ、これでいいわ。少しは気分がよくなりました？」

アンナは腕のあたりが妙に寂しい気がした。「オリヴィアがいないの。わたしが面倒をみている子よ。体を揺すってあげるとすぐに寝ついてくれるんだけど、どこにもいないわ」

「明日、いっしょに捜しましょう。さあ、口をあけて」

口をあけたアンナは、舌の上に何かが置かれるのを感じた。

「お水を飲んでください。これでよく眠れますよ」

「なんだか疲れたわ」

相手がアンナの顔と髪をそっとなでた。

「ええ、そうでしょうね」

アンナはため息をついた。話を聞いてくれる人がいるのはいいものだ。今は頭がぼんやりして自分のこともよく思いだせない。だから、何をすべきか指示してくれる人がいるのはありがたかった。

15

テレンス・シーリーは鏡に映るおのれの姿を見つめて、高潔な人間だったかつての自分の痕跡《こんせき》を捜し求めた。当時の面影は今やどこにもない。おそらく、この肉体に宿っているのがいやになって逃げだしたのだろう。

手で顔に触れた。頬がたるんでいる。父親もこんなふうな顔立ちだったが、目は似ていない。父はもっとすさんだ目をしていた。若いころのテレンスは、一族のはみだし者だった父のようになるまいと必死に努力を重ねたが、結局は自分も父と同類だと判明した。あの晩以来、アミーリアにした仕打ちを思い起こさない日はなく、アパートに乗りこんできたマーカスの憤怒《ふんぬ》の表情を思い返さない日はなかった。べつに気に病むようなことではないと思えるときもあるが、今夜のように、むしろあの場で殴り殺されてしまったほうがよかったと願うときもあった。

背後から足音が聞こえた。振り返らなくてもキャロリンだとわかる。近づいてきた妻の目には涙が光っていた。妻の涙を見るとテレンスは無性に悲しくなった。

「泣かないでくれ」そう言って、両腕を広げた。

「あなたは善良な心を持った人よ」

テレンスはため息をついて、妻を引き寄せた。

「そんなふうに思ってくれるのはきみだけだ」

「わざとやったわけではないでしょう。あなたは傷ついていたうえに、酔っ払っていたのよ」

テレンスの体が小さく震えた。「結婚式の前夜にいとこの婚約者を乱暴したんだ。もし反対の立場だったら、きみは許せるか?」

キャロリンの顔が苦痛にゆがんだ。「テリー、愛してるわ。これまでもずっと愛してきたし、これからもわたしの気持ちは変わらない」

「ああ……きみがいてくれることを毎日神に感謝せずにいられない。それでも、自分が最低の人間だという思いを変えることはできない」

「アメリカへ帰ってきたのが間違いだったのね。わたしのせいだわ。ふるさとが無性に恋しくなって、あなたの気持ちまで考える余裕がなかったの」

「いや……それは違う。われわれに選択の余地はなかったんだ。こんな大事件をマーカスひとりに押しつけておくわけにはいかないからね」少し間を置いて、キャロリンをまじまじと見つめる。「きみは知ってたのか?」

「知ってたって、何を？」

「マイケルのことだ……彼が浮気をしていたことを」

キャロリンが顔をしかめた。「いいえ……少なくとも、そんなふうには思っていなかったわ」

「というと？」

力強い抱擁に慰めを得ようというように、キャロリンが夫に体をもたせかけた。

「一度か二度、ケイが泣いていたことがあったの。でも、そのときはべつに気に留めなかった。だって、どこの家だって夫婦喧嘩《げんか》ぐらいするでしょう。だけど、今思うと、彼女は何か知っていたのかもしれない」

「警察にはどう話すつもりだ？」

キャロリンは肩をすくめた。「事実を話すしかないわ」


妹の家のリビングで、ローズは義理の弟の粗野で不快な物言いに耳を傾けまいとしていた。今日にいたるまで、妹がなぜこんな男と結ばれたのか、まるで理解できない。幼いころはふたりとも愛情たっぷりに育てられ、十代のころは自分たちの前に無限の可能性が広がっていると思えたものだ。それがなぜか、ひとりは他人の家で料理をつくり、もうひとりは飲んだくれの夫に苦労させられている。

ローズは過去をくよくよ振り返るたちではない。一時は、ほしいものすべてを手に入れたと思った。自分を心から愛する男――少なくとも当時はそう思った。そして永遠の愛の誓い。ただ、実際に生活してみると、うまくいかなかった。

両手をきちんとそろえて膝に置き、静かな笑みを顔にたたえて嵐《あらし》が過ぎるのを待っているうちに、部屋の反対側に置かれた椅子でがみがみ文句を言っていた義理の弟がようやく酔いつぶれて寝てくれた。アンナのことではまだ気持ちが動揺していた。彼女の面倒ぐらいみられるとマーカスさまに請け合ったというのに、ほんの一瞬目を離した隙《すき》に、アンナは家に火をつけた。泣きたい気持ちだった。もし首にされたらと思うと、どうしていいかわからなくなる。だが、シーリー家の人たちはそんな冷たい人間ではないと思いなおした。精神に混乱をきたした人間がしでかした不始末のせいで、家政婦を辞めさせることはありえない。

ローズは揺り椅子を小さく揺らした。椅子が揺れるたびに、耳ざわりな音がする。脚の部分の接着剤がはがれているのだ。自分だったらすぐに修理しているのにと考えて、妹のずぼらさが理解不能なものに思えたが、いぎたなく眠っている義理の弟の姿を目にして納得がいった。こういう男と暮らしていたら、家のなかを美しく整頓《せいとん》された状態に保つことなど不可能だ。

「ローズ……食事ができたわよ。早く来て食べて！」

ローズは思わずびくっとして首をすくめた。そんな大声を出さなくてもいいのに。リビングと妹のいるキッチンは壁一枚で隔てられているだけだ。それでも、今のローズは文句を言える立場にはなかった。黙って立ちあがってキッチンへ移動し、彼女の平和な世界に火をつけた女性のことを頭から追いだそうと努めた。

トレイは真夜中を過ぎても眠らずに、遺体で発見された幼児の手がかりを一から洗いなおした。スーツケースのメーカーを調べ、宗教に傾倒している木工彫刻家を洗いだし、フォスター・ローレンスに関する記事や書類すべてに目を通す。

資料によると、フォスターは五人きょうだいの末っ子で、シングルマザーの母親は子供を産むことで生計を立てていたようだ。子供が増えるごとに、生活保護の支給額は増加する。

長男のジェイムズは、敵対する不良グループとの争いで、わずか十六歳で世を去った。二番めはシェリルという女の子で、二十二歳のときに麻薬の過剰摂取で意識不明になり、現在はクリーブランドにある州の施設で寝たきりの状態だ。その下がラリイとシェリーの双子の女の子だが、このふたりに関しては十八歳以降の足取りがいっさいつかめていない。そして最後に生まれたのがフォスターだ。十代のころにちょっとした問題を起こしたのを除くと、犯罪の記録はいっさいない。シーリー家の誘拐事件が発生するまでは。

トレイにとっては、そこのところがどうしても納得がいかなかった。誘拐は重罪だ。これほどの重大事件に手を染めるのは、多くの場合、前科者と決まっている。平凡な市民がいきなりこんな大それたまねをすることはめったにない。あるとしたら、離婚の係争中に、別れた配偶者のもとから自分の子供をさらうなどの、よほどの事情がある場合にかぎられる。フォスター・ローレンスのような男が金だけの目的でこんな事件に足を突っこむのは常識では考えられない。なんとしてもフォスターの口を割らせなければならないとトレイは決意した。

その夜は事件のことを考えながら眠りについた。とくに大きな問題も起こさずに平穏に生きてきた男が殺人と誘拐という凶悪犯罪にかかわることになった動機とはなんだろう。フォスターはどんな集団にも属していなかった。兄や姉を除くと、とくに親しい友人もいない。

そんなことを考えながらトレイは目覚めた。きょうだいのうち上のふたりの消息はつかめているが、双子の姉に関しては皆目わからない。フォスターが今も姉たちと連絡をとっているなら、向こうも弟の私生活をある程度知っているかもしれない。そこに、幼児殺害犯を発見するためのヒントが隠されている可能性もある。頭のなかのファイルを閉じたのと同時に、目覚まし時計が鳴った。

「やれやれ」とつぶやいた瞬間、今日が特別の日であることに気づいた。リヴィーが退院し、この家で暮らしはじめるのだ。
シャワー室に向かうころには、疲れはすっかり消えていた。

オリヴィアが着替えをすませて待っていると、病室の外にトレイの足音が聞こえた。退院できること自体もうれしいが、トレイが迎えに来て彼の家に連れて帰ってくれると思うと胸がわくわくして、思わず立ちあがった。高校時代、いつかはこうなることを夢見ていたが、あのときはたんなる夢で終わった。当時、たくさんの家族に恵まれたトレイがオリヴィアはうらやましくてならなかった。トレイの父は評判の大酒飲みだったが、トレイはそんな父を愛していた。レストランで働き、客からのチップで光熱費を支払う母には尊敬と愛情の両方を捧《ささ》げていた。トレイには兄がふたりおり、ひとりは職業軍人、もうひとりはヒューストンで消防士になった。消防士の兄はアメリカンフットボールのスター選手である弟を誇りに思い、友人たちにいつも自慢をしていた。ボニー家の住宅ローンは、オリヴィアの年間の衣服費があれば一挙に完済できる程度の額だった。マーカスがトレイを好ましく思わないのと同様、ボニー家でもオリヴィアをふさわしくない相手だと考えていた。それが十一年たってようやく、おたがいの人生に再登場することができたのだ。オリヴィアにとって、まさに夢がかなった瞬間だった。
髪型が気になって頭に手をやったが、シャンプーができただけでも幸せだと思いなおし今朝はじめて、シャワーを浴びる許可が出たのだ。これまではベッドに寝たまま体を洗ってもらうしかなかったので、自分でシャワーを浴びられることがつくづくうれしかった。

　じっと戸口を見つめて、ドアが開くのを待つ。ドアが内側に動きはじめると、思わず息を止めた。ほどなく、戸口にトレイのシルエットが浮かびあがった。涙で視界が曇りそうになるのを、まばたきしてこらえた。

「やあ、もう着替えもすんだようだね」トレイが入ってきて、オリヴィアの体に用心深く腕をまわした。傷に触れないようにそっと抱きしめ、身をかがめて唇にキスをする。

　オリヴィアが低くうめいた。

「お楽しみはもう少しおあずけだよ」トレイはオリヴィアの頭の後ろに手を当てて、ひたいを自分の胸に引き寄せた。

「つらいけど我慢するわ」

「もう行ける？」

「あとはナースステーションで書類にサインするだけ」

「この車椅子を使うのかい？」壁際に置かれた車椅子をトレイは指さした。

「そう。退院する患者は歩いてはいけない規則なのよ」

「いいさ。規則には従おう」オリヴィアの腕をとって車椅子に導く。「さあどうぞ、愛《いと》しい人」

座席に移動しながら、オリヴィアが小さく身を震わせた。「それ、本気？」

トレイはにっこり笑って膝をつき、折りたたまれていた足置き台を広げた。

「なんのことだい、リヴィー？」

「愛しい人って」

顔から笑みが消えた。「ああ、そのとおりだ」

「なんだかあまりにも速く進みすぎているような気がしない？」

「きみはそう思うのかい？」

オリヴィアは首を横に振り、トレイの顔を手ではさんだ。

「いいえ、ぜんぜん。わたしはもう少しで命を落とすところだった。意識をとり戻して自分が息をしているとわかったとき、もう二度と後悔するような生きかたはすまいと決心したの。正直に言うわ、トレイ。あなたとの関係がだめになったことを、わたしはずっと残念に思っていたの。だから、真剣な気持ちで二度めのチャンスを求めたのよ。長いブランクを埋めるにはおたがいに努力しないといけないと思うけど、わたしは前向きにとり組むつもりよ」

トレイはオリヴィアの両方のてのひらを上に向けて、片方ずつ口づけをした。

「ぼくもだよ、リヴィー。ぼくも同じ気持ちだ」

体を起こし、オリヴィアの旅行かばんを肩にかけて、車椅子のハンドルに手を置く。

「さあ、出発しよう」

「ええ」

一時間もしないうちに、トレイは自宅の私道に車を乗り入れていた。庭の奥に立つ赤煉《あかれん》瓦《が》造りの平屋の家を彼はとても気に入っていた。しかし、自分にとっては住み心地のよい快適な住宅であっても、オリヴィアの目にどう映るかは自信がなかった。

築二十年になる三寝室のこの家を、トレイは十年近く前に手に入れた。何年もかけて、正面にベランダを、裏庭に小さなプールを自分の手でつくった。庭をとり囲むのはフェンスでなく、百日紅《さるすべり》の木だ。車のドアがあけられた瞬間、特有の濃厚で甘い香りがオリヴィアの鼻孔を満たした。

「すてきなおうちね。庭造りも全部自分でやったの？」

トレイは肩をすくめた。「ああ、庭造りというほど大げさなものじゃないけどね。裏庭のプールの周囲にはもっといろんな木があるよ」

「プールもあるの？」

「ああ、リヴィー、プールもある」顔がほころんでいる。

「最高だわ。肩の治療には水中での運動が効果的なんですって」オリヴィアはトレイに目をやってにっこり笑った。「それに、水着姿のあなたを見るのも目の保養になるし」

トレイは助手席に身を乗りだして、唇と唇が触れそうになる直前で止めた。

「泳ぐときは水着をつけない主義だ」

オリヴィアが目を丸くした。

「お隣さんから苦情がこない？」

「裏庭にはフェンスがあるから心配ない」

「そうなの」

「さあ、おいで、リヴィー。さっそくベッドへ案内しよう」

「あきれた人ね。あのことしか頭にないの？」

トレイが心外そうな顔をした。「横になって体を休ませるんだよ」

「わかってるわよ。あなたの反応を見たかっただけ」

オリヴィアがぴりぴりしているのは緊張のせいだとトレイは悟った。

「ねえ、リヴィー、肩の力を抜いてごらん。家のなかを案内するから、靴を脱いで体を楽にするといい。電話をすればエラがすぐに来てくれる。だから、ぼくが仕事に出かけたあとも寂しくはないよ。いいね？」

オリヴィアは迷子になったような不安な気持ちがぬぐいきれず、会ったこともない赤の他人と一日をともに過ごさなければならないことに複雑な思いを抱いていた。しかし、考えてみれば、一週間の入院生活にもプライバシーはまったくなかった。少なくともここでは自由に家のなかを動きまわることができる。

「ええ、いいわ。少し疲れたみたい」

トレイが心配そうに眉根を寄せた。「ごめん、気がつかなくて。言ってくれればよかったのに」

車からおろすと、トレイはオリヴィアの体を抱きあげて玄関まで運んだ。いったん地面におろして鍵《かぎ》をあけ、ふたたび抱きあげてなかへ入る。

トレイの腕に抱かれて家のなかを進んでいくオリヴィアの目に映ったのは、大画面テレビや高級ソファに堅材の床、そしてファイルや書類が山積みされたデスクとコンピューターだった。

「ここがきみの部屋だよ」古風なつくりのクイーンサイズのベッドの端にオリヴィアを座らせて、トレイはベッドカバーをめくった。「ぼくの部屋は廊下の反対側だ。何かあったら大声で呼んでくれ」

「わかったわ」

トレイはオリヴィアの頬にそっと手を当てた。

「ゆっくりお休み、リヴィー……残りの人生をずっといっしょに過ごせるんだ。今はよくなることだけを考えてほしい」

「ええ、わたしも早くよくなりたい」

「荷物からネグリジェを出そうか？」

「いちばん寝心地がいいのは着古したTシャツだけど、家に置いてきてしまったから、ネグリジェで我慢するしかないわね」

「何かいわれのあるTシャツなのかい？」

「べつにそうじゃないけど、たっぷりしていて、よれよれで、柔らかいところが気に入っているの」

「ちょっと待ってくれ」トレイは急いで部屋を出ていった。戻ってきたときには、大きな白いぼろ布のようなものを手にしていた。「これを着てごらん」トレイは持っていたものをベッドに広げた。ダラス警察署を意味するDPDの文字が胸に大きく印刷されたTシャツだった。

　オリヴィアの顔に笑みが広がった。「ずいぶん古そうね」

「警察学校時代のものだから……少なくとも十年にはなる」

「わたしが着てもかまわないの？」

「ぼくもダラス警察署も、きみが袖《そで》を通してくれたら心から光栄に思うよ」傷が完全には癒《い》えていないオリヴィアの肩に目をやって言い添える。「着替えを手伝おうか？」

「いいえ、ひとりでできるわ」

「車から荷物を持ってくる。着替えたらベッドに入るといい」

ウインクして部屋を出ていくトレイを見て、オリヴィアは頬をつねりたくなった。ひと月前には、祖父とふたりでヨーロッパをのんきに旅行していた。自分は生涯を独身で送る定めなのだと思い、そのことにとくに不満も抱いていなかった。あれからわずかのあいだにいろいろなことが起こった。幼児の死とシーリー家のあいだになんらかの関係があると疑われ、メディアと警察から厳しい監視の目を向けられるようになった。オリヴィア自身は銃撃され、乗っていた車が大破して九死に一生を得た。そんな不幸で衝撃的な出来事の合間に、初恋の人と再会した。信じられないような話だが、今、自分はトレイ・ボニーの家にいるのだ。

慎重な動きで服を脱ぎ、トレイのお古のTシャツに手を通す。ところどころ布地がすりきれたシャツは肌触りがよく、胸の先端に心地よくまとわりついた。

快方に向かっている肩の傷がしなやかな布地で包まれる感覚を意識しながら、ベッドに入った。体の重みを受けてマットレスが沈み、枕《まくら》がしっかりと頭を支えてくれる。上掛けをウエストまで引きあげ、体がぴったりとおさまる場所を求めて小さく身をくねらせた。ひんやりしたシーツと糊《のり》のきいた枕カバーはかすかに花の香りがして、庭を美しく囲っている濃い紫の百日紅の花を思い起こさせた。

ほどなく、オリヴィアの旅行かばんと水のグラスを手にして、トレイが戻ってきた。かばんから鎮痛剤をとりだし、決められた数を振りだして、オリヴィアに手渡す。

「さあ、これをのんで。よく眠れるよ」

オリヴィアは薬を口に含み、差しだされたグラスから水を飲んだ。ふたたび枕に頭をのせたときには、体がくたくただった。

「いろいろありがとう」弱々しい声で礼を言った。

彼女の頭のてっぺんに手を置いたトレイは、すぐにその手を引っこめた。

「いいんだよ。エラに電話をして来てもらおう。自己紹介はあとですればいい。今はただ、ゆっくり休むんだ。でも、家に誰かがいてくれると思えば安心だろう?」

ベッドにかがみこむトレイを、オリヴィアは見あげた。

「心配しないで。あなたはさっさと出かけて悪いやつらをつかまえてきて。わたしはずっとここにいるわ」

目を閉じるオリヴィアの姿を目の当たりにして、トレイは感激で胸がいっぱいになった。しばらく突っ立ったまま、これは夢ではないのだと自分に言い聞かせた。ここからきっと何かが始まる。ふたりで歩む人生の、これが第一歩になることを心から願った。昔も同じことを願ったが、かなわなかった。かつての愛の記憶が、一時の熱情を超えた強い愛情に発展するかどうか、それは時間がたってみなければわからない。

「愛してるよ」そっとささやいた。

オリヴィアはすでに目を閉じていたが、甘い吐息をもらして、「わたしも愛してる」とささやき返した。

呼吸がゆっくりとした寝息に変わっていくのを見届けてから、トレイは部屋を出てエラに電話をした。

呼び出し音が一回鳴ったあと、エラの声が耳に飛びこんできた。

「すぐ行くわ」

トレイは口もとをゆるめた。「どうして、ぼくだとわかったんですか？」

「電話をナンバーディスプレーにしたのよ」きびきびした口調で告げると、エラはすぐさま電話を切った。

受話器を置いて、トレイは玄関に向かった。扉をあけたときには、ピンクのTシャツに同じピンクのスエットパンツ姿のエラが戸口に立っていた。

「お手数をかけてすみません」耳たぶからぶらさがっているばかでかい銀の輪のイヤリングをじろじろ見ないようにしながら、トレイは言った。

「何言ってるのよ。あんたが結婚できるかどうかっていう瀬戸際でしょ。喜んで手伝うわよ」エラはつんつんにとがらせた白髪を手ぐしで整えた。

「新しい髪型、気に入った？」

「すごくおしゃれです。さては、新しいお相手ができたんですね。幸運な男性はどなたです？」

エラがにやりとした。「ハーシェル・マイナー。葬儀場のチェーンを経営しているの。使える男よ。だって、あたしのときはただで埋葬してもらえるもの」

「あきれたなあ、エラ。そんなことを心配するのはまだ早すぎますよ」

「あのねえ、あたしほどの年になったらそれぐらい考えておくのが常識よ。何もかも子供まかせにはできないもの。それに、息子の嫁はセンスが悪いから、黙っていたら、ひだ飾りとリボンだらけのごてごてした棺《ひつぎ》を選ぶに決まってる。そんなものに入れられたら、品評会で一等賞になった馬みたいに間が抜けて見えちゃうわ」

トレイは大声で笑ってエラを抱きしめた。

「ぼくがもう少し年上だったら、きっとあなたを口説いてますよ」

「悪いけど、あんたはタイプじゃないの。さあ、早く恋人に会わせてちょうだい」

「今は眠っています」

「いいのよ。話はあとでするから。あんたの心をとりこにしたのがどんな女性か見てみたいだけ」

トレイは廊下を先に立って歩き、オリヴィアが眠っている部屋にエラを案内した。

オリヴィアにちらりと目をやったエラは、トレイに視線を移して表情を観察した。その顔は、熱烈に恋する男そのものだった。リビングに移動してから、エラが口を開いた。

「まあ、あたしとしては、彼女が善良な心根の女性であることを願うのみね。あんたが傷つくのは見たくないから」

「オリヴィアにやさしくしてやってください。この一週間、大変な思いをしてきたんです」

エラが表情をやわらげてうなずいた。

「そうね。ニュースで聞いたわ。金持ちで有名だからって、いいことばかりじゃないのね」

「ええ、ほんとうにそうです」

「じゃあ、仕事に行ってきなさい。あとはあたしにまかせて」

トレイはエラの頬にキスをした。

「お礼の言葉もありません」

「秋になったら雨樋《あまどい》の掃除をしてくれればいいわ」

トレイがうめくような声をあげた。

エラはおかしそうに笑った。

そしてトレイは仕事に出かけた。

16

トレイが署に到着したとたん、チアとデイヴィッドがウォーレン副署長のオフィスから出てきた。

「火事について何かわかったか？」トレイは尋ねた。

「なんでそんなことをきくんだ？　またお手柄を自分のものにしようっていうのか？」目の上に落ちてきた髪をかきあげながら、デイヴィッド・シーツが険のある口調で言った。

「うるさい髪ね。切っちゃいなさいよ」自分の机に歩いていく途中、チアが手をのばして彼の髪をくしゃくしゃにした。

デイヴィッドは表情ひとつ変えずに言い返した。「ああ、そっちが切るならおれも切るよ、チアペット」

いつものように縮れっ毛のことをからかわれたチアはそしらぬ顔でコーヒーを注《つ》ぎ、屈託のない笑顔を相棒に向けた。

「きみたちは仲がよくてうらやましいね」トレイがのんびりした口調で言った。「でも、それはそれとして、誰かぼくの質問に答えてくれないだろうか」

「ああ、出火原因は判明した。最悪だよ」

「どういうことだ?」

デイヴィッドが顔に苦渋の色を浮かべた。「飲んだくれの母親が三人の子供を部屋に放置して外出した。子供の年齢は七歳、四歳、二歳。四歳児がライターを見つけた。あとは知ってのとおりだ」

「ひどい話だな。どうしてわかった?」

「おれのコーヒーカップはどこへ行った?」デイヴィッドはぶつぶつ言って、自分の机に歩いていった。

チアが重いため息をついた。チアとデイヴィッドにとって、今朝は特別つらい朝だった。

「七歳の長女は助けだされたとき、まだ息があったのよ。火が出たいきさつを話した直後にこと切れたわ」

トレイは大きく息をのみこむと、無言でその場を離れた。ときには何も言わないほうが親切な場合もある。机の前に座って、引き出しからファイルをとりだし、コンピューターを立ちあげたところへチアが近づいてきた。

「彼女はどんな具合?」トレイに尋ねた。

「順調だ。今朝、退院したんだ」

チアが考えこむような顔で言った。「シーリー家の屋敷は、きのう火事で燃えてしまったんじゃなかった？」

「ああ、そうだ」

「そんな家に住めるの？」

トレイは観念した。チアの性格はよく知っている。知りたい情報を全部引きだすまで決してあきらめない。

「実は、しばらくぼくの家に滞在することになった。昼間は隣に住むエラという女性がそばについていてくれる」

「へえ……オリヴィア・シーリーはあなたの家にいるんだ」

「ああ」

「ふうん、それはそれは」

「チア？」

「何？」

「うるさいよ」

ふん、と鼻を鳴らす音が聞こえたが、トレイは無視してコンピューターの画面に神経を集中させた。

数分は平穏だったが、チアが今度は作戦を変えて近づいてきた。

「コンピューターで何を探してるの？」

「フォスター・ローレンスの双子の姉たちの記録がないか調べてるんだ」

「何か見つかった？」

「今のところ、何も」

「手伝ってほしい？　調べものならわたしのほうが得意よ」

トレイはにやりと笑った。「それはそうだろう。ぼくよりコンピューターが苦手な人間はいないからね」

チアはあきれ顔だ。「ファイルをこっちへよこして。何が知りたいの？」

「ローレンスの双子の姉たちの消息だ。一卵性双生児で、名前はラリイとシェリー。十八歳以後の記録がいっさい見当たらないんだ」

了解のしるしに、チアがうなずいた。

「なぜふたりのことが知りたいの？」問いかけながら、自分のコンピューターをネットワークに接続する。

「自分でもよくわからない。べつに根拠があるわけじゃない。ただ、フォスターにとって重要な意味を持つ誰かを見つけるべきだと思うんだ。あの男が誘拐事件と殺人にかかわったのは、その人物のせいかもしれない」

チアが黙ってうなずいて、検索を開始した。すぐに立ち去ろうとしないトレイを見て、作業の手を止めて顔をあげた。

「ほかに何かすることはないの？　どこかのお嬢さまを誘惑するとか、悪いやつをつかまえるとか」

「きみも相棒に似てきたね」

チアがようやく聞きとれる声でつぶやいた。「ごめん。とにかく最低の朝だったから」

たった七歳で命を終えた子供の人生に、トレイは思いを馳《は》せた。

「ああ、わかるよ。とにかく、調査を手伝ってくれてありがとう。ぼくはシーリー家の親《しん》戚《せき》から話を聞いてくる。ゆうべ、夫婦そろってイタリアから到着したんだ。奥さんのほうから、何か役に立つ情報を聞きだせるかもしれない」

「フォスター・ローレンスの双子の姉たちのことが何かわかったら連絡するわ」

「ああ、頼むよ」トレイは急ぎ足で署をあとにした。


タートルクリーク館はダラス市内で有数の高級レストランで、隣接するホテルも超一流の品格とサービスを誇っている。館内を支配する優雅なたたずまいと従業員たちの洗練されたマナーに感嘆の目を向けながら、トレイはロビーを抜けてフロントへ向かった。

「テレンス・シーリーさんにお会いしたい」そう告げて、警察のバッジを見せる。「ボニー刑事が到着したと知らせてもらえますか」

フロント係は無表情のまま、静かに内線電話をとりあげた。

「シーリーさまですか。フロントのカーロスでございます。ボニー刑事がお見えになりました」

電話を受けたテレンスは、キャロリンの顔を見てうなずいた。いよいよその時が来たのだ。

「部屋へお通しして」

「かしこまりました」フロント係は部屋の番号をトレイに告げて、エレベーターの方向を指さした。

会釈してフロントを離れたトレイは、数分後には目的の階でエレベーターをおりていた。立ちどまって表示をながめ、部屋の位置を確認してから、右に向かって歩きだす。頭を占めているのはひとりの女の子が幼くして無惨にも命を絶たれたという事実と、湖畔の別荘でその子に誓った約束だった。事件を解決に導くには、なんらかの突破口がぜひとも必要だ。

部屋のドアをノックした。

トレイが来るのを待っていたらしく、瞬時にドアが開いた。

「ダラス署殺人課のトレイ・ボニー刑事です」トレイは自己紹介をしてバッジを見せた。

テレンス・シーリーが誠意のこもったまなざしを向けてうなずき、トレイの手を握った。

「さあ、どうぞお入りください。こちらが家内のキャロリンです。何か飲み物はいかがです？　コーヒーか、あるいはジュースでも」

「けっこうです」トレイは夫人のほうを向いた。女性としては長身で、痩《や》せすぎなくらいに痩せているが、身だしなみはいい。薄いブロンドの髪は肩の長さで整えられ、毛先が内側にカールしている。化粧が巧みなせいか、年齢をほとんど感じさせない。「シーリー夫人、はじめまして。どうぞよろしく」

キャロリンがほほえんだ。その笑みには、見る者がはっとするほど深い悲しみが宿っていた。

「どうぞおかけください」キャロリンは先に立ってソファに案内した。全員が腰をおろすのを待って、自分から口を切った。「マーカスから聞きました。オリヴィアとは古いお友だちなんですってね」

トレイは不意をつかれてどきっとしたが、この話題が出ることは予想しておくべきだった。手帳をとりだすことに気をとられているふりをしながら答えた。

「ええ、そうです。同じ高校に通っていました」

「怪我《けが》をしたなんて、ほんとうにお気の毒だわ。ねえ、テリー？」

テレンス・シーリーの動揺した顔つきは演技ではないらしい。おそらくリヴィーを襲った恐ろしい事件を思い起こしているのだろう。

「こんなことが起こるとは、まだ信じられない」低い声でつぶやいた。

「オリヴィアがゆっくり体を休められるように、家の修理がすむまでお宅で預かってくださるというお話も聞きましたよ」

「はい、そうです。仕事で不在のときは、隣に住む女性が世話をしてくれます」

「早く元気な顔が見たいわ」

オリヴィアを自宅に滞在させることによって、捜査中の事件の関係者とのあいだに個人的なかかわりが生じてしまったことに、トレイは今さらながら気づきはじめていた。上司に報告しておかないとまずいが、今は目の前のことに集中するだけだ。

「あとで自宅の電話番号と住所をお教えします。リヴィーもおふたりに会えたら大喜びしますよ」

キャロリンが口もとをほころばせた。「わたしたち夫婦が国を出たとき、あの子はまだ二歳だったんですよ。その後、手紙のやりとりはしていましたけど」

トレイはうなずきながら、そろそろ本題に入るべきだと判断した。

「話題を変えて申し訳ありませんが、マイケル・シーリーの私生活について何かご存じないでしょうか」

キャロリンの顔がさっと青ざめたが、そのまなざしは揺るがなかった。

「テリーもわたしも、マイケルが浮気をしていたなんて、ここに来るまでまったく知りませんでした。オリヴィアも亡くなった子供も、ふたりともマイケルの実子だったと聞いて、ほんとうに驚いています」

「もうひとりの子供のほうは、あまりにもはかない命でした」トレイは低くつぶやいた。

キャロリンがわずかに顔を持ちあげた。刑事の声に含まれていた怒りへの同意を示す、それが唯一のしるしだった。

「それで、どうすればお役に立てるんでしょうか？」

「浮気の兆候に気づかれたことは一度もありませんか？」

キャロリンの口調にためらいはなかった。「一度も。でも、今になって思うと、思い当たるふしがないでもありません」

「というと？」

「一度か二度、ケイが泣いていたことがあったんです。ケイとわたしは年も近くて、親友のような存在でした」

「家内とわたしは二十歳近く年が離れていましてね」きかれもしないのにわざわざ打ち明けるみずからの心理をいぶかしく思いながら、テレンスは言い添えた。

トレイは無言でうなずいた。

キャロリンが腕をのばしてテレンスの手に触れ、安心感を求めるようにぎゅっと握りしめた。

「なぜ泣いているのか理由を尋ねましたか?」トレイはきいた。

「ええ、でもどちらのときも、彼女は言葉を濁しました。たぶん夫婦喧嘩《げんか》でもしたんだろうと思って、わたしはそれ以上しつこく尋ねるのを控えました」

「マイケルがべつの女性と……見知らぬ女性といっしょにいるのを見かけたことはありませんか?」

「いいえ。彼にもうひとり子供がいたと聞いてからずっと考えているんですが、何も思い当たりません」

またしてもトレイの希望が消え去った。事件を迷宮入りさせてはならないという重圧が、耐えられないほど強く胸に迫ってくる。

わずかな間を置いてテレンスが口を開いた。「そうだ、キャロリン、いつかマイケルが女性とふたりで街のオフィスビルから出てくるところを見かけたことがあったじゃないか。覚えてるかい? あれはたしかクリスマスのすぐあとで、きみはその女性が着ている毛皮のコートを見て、すてきなクリスマスを過ごした人もいるのねとつぶやいたんだ。なぜそんなことを覚えているかというと、うちではもろもろの支払いにあてるためにきみの毛皮のコートを売り払ったばかりだったからだ」トレイのために付け加える。「国を出る準備や何かで、金が必要だったんですよ」

トレイが目をやると、キャロリンは眉間《みけん》にしわを寄せて考えこんでいた。

「さあ、記憶には――ああ、そうだわ、思いだした！　でもマイケルは保険会社の人だと言ってなかった？　たしか、数日前に、ケイが買ったばかりの車を壊してしまったのよ。凍った道路でタイヤがスリップして車は大破したけど、ケイに怪我がなかったと聞いてほっとしたのを覚えてるわ」

「車の事故のことは覚えてるよ。だが、あの女性が保険会社の人だという話が事実でなかったら？　わたしの記憶が正しければ、シーリー一族の車はマーカスが一括して保険をかけていたはずだ。自分名義の契約でもないのに、マイケルが保険会社の人間と会う必要があるだろうか」

トレイの脈拍が跳ねあがった。「どんな女性でした？　マイケルはその人の名前を口にしましたか？」

キャロリンが考え考え言った。「背の高さは中ぐらい。頭がマイケルの肩のあたりにあったわ。髪は長くて、黒っぽい色をしていた。着ていたミンクのコートより少し薄いぐらいの。でも、名前についてはお役に立てそうにないわ。紹介してくれたかもしれないけれど、わたしは名前を覚えるのが苦手で」

「こっちはなんとなく覚えてるよ。あんな大昔のことを覚えているのはおかしいと言われるかもしれないが、なぜだか頭に残ってるんだ」

メモをとりながら、トレイは思わず声高にくり返した。「名前を覚えてるんですか？」

「なぜ覚えているかというと、最初はラリーかと思って耳を疑ったからだ。娘に男の名前をつける親がいるなんて信じられなかった。だが、よく聞くとラではなくリにアクセントがあるラリイだとわかった」

ペンを持つトレイの手が空中で静止した。「間違いありませんか？」

テレンスが肩をすくめた。「ああ、間違いない。七十二歳だが頭はまだまだぼけていないよ」

「やっぱり……」

「あの女が何者か、心当たりがあるんだね？」

「確証はありませんが、おおよその見当はついています。ともかく、遠いところまでわざわざお越しいただいてありがとうございました。探していたヒントが見つかったような気がします」

テレンスが満面に笑みをたたえた。

「結果が出たら知らせてもらえるね？」

「誰よりもシーリー家の方々に真っ先にお知らせします。約束しますよ」

キャロリンが立ちあがった。「連絡先を教えていただけます？」

トレイは手帳に電話番号と住所を走り書きし、ページを破って差しだした。

「家を出るとき、リヴィーは眠っていましたが、電話には隣人のエラが出てくれると思います。リヴィーがもし目を覚ましていたら、おふたりの声を聞いて大喜びしますよ」

「オリヴィアのこと、リヴィーと呼んでいらっしゃるのね」

「はい。バナナスプリットを五分でたいらげてしまう女の子にオリヴィアという名前は堅苦しくて上品すぎるって、いつもからかっていたんです」

テレンスが含み笑いをした。「それでこそわが一族の娘だ」

「刑事さん、オリヴィアのことが大好きみたい」キャロリンが言った。

「ええ、大好きです」

「よかった。これまであの子は人生の大部分をマーカスに捧《ささ》げてきたようなものだから」

トレイはふたりと握手をした。「お時間を割いていただいてありがとうございました。非常に参考になりました」

「お役に立ててよかった」トレイをドアまで見送りながら、テレンスが言った。「また近いうちにお会いすることになるだろう」

「そうですね。また何かおききしたいことがあったらお電話します」

「いつでもどうぞ」

トレイはキャロリンに会釈して、ふたりの部屋を足早に立ち去った。一刻も早くチアと連絡をとり、ローレンス家の双子について何か情報がつかめたかどうか確認したかった。この事件を担当して以来はじめて、重要な意味を持つかもしれない情報を得ることができた。苦境に陥ったとき、人は誰に助けを求めるだろうか。血のつながった肉親以上に信頼の置ける人間はいない。ラリイ・ローレンスがマイケルの浮気相手だったとしたら、フォスターがある日突然、重大な犯罪の片棒をかつぐことになったのもうなずける。新しく得た情報をもとに、トレイはふたたびフォスターと面会して話を聞きだす決意をした。

本人の希望を受けて、フォスター・ローレンスには国選弁護人がつけられていた。トレイは拘置所まで出向いたが、フォスターは弁護士が同席しないかぎり話をしないと言い張り、担当の弁護士は出廷中だった。

部屋に入ってきたトレイを一度だけにらみつけたフォスターは、それきりトレイが何を言っても耳を貸そうとしなかった。拘置所への訪問がまったくの無駄足になったトレイは、被害者より加害者の権利を擁護するかのような現在の法のありかたに強い怒りを抱いた。一方フォスターは、自分がどんな供述をしようと、結局は刑務所に送られるのだと思いこんでいた。

トレイはチアに連絡を入れたが、デイヴィッドもチアも新たな犯罪現場にすでに出かけたあとだった。高速七五号線と六三五号線が交わるあたりをヒッチハイクしていた男が、乗り捨てられた車から強い異臭がするのに気づき、ようやく見つけた公衆電話から警察に通報した。現場に駆けつけた警察官がトランクにつめられた遺体を発見した時点で、チアはコンピューターの前から離れなければならなくなった。

　夕方になり、トレイは進展のない捜査へのいらだちをいったん棚上げにして、リヴィーが待つわが家へと向かった。昼休みに連絡をしてから一度も話をしていない。エラと仲良くやっているかどうか少し不安だったが、家へ到着したとたん、安堵《あんど》のため息をついた。リヴィーとエラはキッチンのテーブルでトランプをして遊んでいた。

「やあ、おふたりさん、万事順調みたいだね」キッチンに足を踏み入れながら声をかけた。

　エラが鼻を鳴らして、わざとらしく口をとがらせた。「すっかりかもにされちゃったわよ」

　オリヴィアは機嫌のいい笑みを浮かべて、テーブルの自分の側に積まれたマッチの山を指さした。

「大勝ちしちゃった」

「何のゲームをしているんだい？」

「ポーカーよ」エラが答えた。「この人、やりかたを知らないんだって」

　トレイの顔がほころぶ。

「ビギナーズ・ラックってやつだね」

「ビギナーズ・ラックだかなんだか知らないけど、現金を賭《か》けていたら、今ごろ家を乗っとられてるわよ」

「家を担保にするからいけないのよ」オリヴィアが一歩も譲らずに言い返した。「そうなる前におりればいいのに」

「誰がおりるもんですか」

「たかがマッチでしょう」

「そういう問題じゃなくて、生きかたの姿勢が問われているのよ」

「なんだかお邪魔みたいだから、ちょっと外で時間をつぶしてこようか？」トレイが口をはさんだ。

オリヴィアをじろりとにらみながら、エラがカードをテーブルに叩《たた》きつけて席を立った。

「この次は覚悟してなさいよ」

オリヴィアはテーブルの反対側に手をのばしてエラが捨てたカードを開き、次に、これ見よがしに自分のカードを開いた。

「今度もわたしの勝ちよ！」歓声をあげる。

「おあいにくさまね。あたしはもうおりてたんだから勝ち負けは関係なしよ」

「あら、何があってもおりない主義なのかと思ってたわ」

エラが何やらぶつぶつ言って、それからオリヴィアを指さした。

「忘れないで七時に薬をのみなさいよ」

「また明日ね？」

「わかったわよ」エラはそれ以上何も言わずに、すたすた歩いて家を出ていった。

トレイはオリヴィアのそばに駆け寄った。

「ごめんよ、リヴィー。エラとなら気が合うと思ってたんだ。なんなら明日は――」

「エラって最高」オリヴィアはあっさりと言ってのけた。「これまで会ったなかでいちばんすてきな人だわ」

「でも、きみたちは――」

オリヴィアは眉をあげて、マッチ棒を箱のなかに戻しはじめた。

「わたしたち、似た者同士なのよ。どちらも負けず嫌いで。エラは明日には機嫌をなおすわ」

「どうしてわかる？」

「だって、明日は勝たせてあげるつもりだから」

トレイはにやりとした。「わかった。そういうことならちょっとお礼を言ってきて、あとはなりゆきにまかせることにしよう」

手を振ってトレイを見送ったオリヴィアは、戦利品のマッチを箱に戻す作業を続けた。

トレイは玄関を出て庭を横切り、エラの家の呼び鈴を押した。激しい剣幕で文句を言われるだろうと覚悟していたが、案に相違して、戸口に現れたエラはにこやかだった。

「あら、誰かと思ったら……。いったいどうしたっていうの？　一刻も早く愛《いと》しい恋人を抱きしめたいはずなのに」

　トレイはミステリーゾーンに迷いこんだような気持ちになった。さっきまでいがみ合っていたはずのふたりの女性は、どちらも上機嫌で満面の笑みを浮かべている。

「あのう、気分を害されたのではないかと思って、心配になって様子を見に来ました」

　エラが不審そうな顔をした。「なんでそんなふうに思ったの？」

「さっきはかなりお怒りの様子だったので――」

　トレイの腕に手を置いて、エラは首を振った。「いやねえ、本気で心配していたの？あれは全部見せかけよ。オリヴィアのやる気を引きだすために、今日は勝たせてあげたの。でも、ポーカーを甘くみると痛い目にあうからね。明日はぎゃふんと言わせてやるわ」

　トレイは気弱な笑みを浮かべた。

「いや……何も問題がないのならいいんです」

「問題は何もなし。念のために言っておくけど、何があっても彼女を手放しちゃだめよ」

「では、今日のところはこれで失礼します」エラの頬にキスをしたトレイは、芝生を横切って自宅に戻った。

　家に入ると、オリヴィアが氷を入れたグラスに炭酸飲料を注いでいた。

「あなたも飲む？」

「もっと強いものがいいな」

「なんですって?」

「いやべつに、なんでもない。ペプシをもらうよ。ぼくがやる」

「飲み物をグラスに注ぐぐらい、わたしにもできるわ」

「わかってる。でも、きみの世話をしたいんだ」トレイはそう言って、オリヴィアの手から缶を受けとった。

　オリヴィアは文句を言おうとしたが、トレイの瞳が欲望の色を帯びているのを見て、口をつぐんだ。

「リビングのソファに横になって、あなたが世話を焼いてくれるのを待ってるわ」ウインクして、キッチンを出ていった。

　新しい缶をあけるトレイの手は震えていた。これから数週間のあいだに起こる出来事が、今から待ちきれない思いだった。

17

メニューは、トレイの唯一の得意料理であるステーキにした。サラダ用に細かくちぎって袋詰めされた野菜をボウルにあけ、冷蔵庫からドレッシングを出して、並べてテーブルに置く。ステーキ用のナイフを捜していると、ポテトが焼きあがったことを知らせるタイマーが鳴った。アイスティーをグラスに注ぎ、皿とフォーク類を並べ、一歩さがってテーブルを点検する。何か足りない気がしたが、いくら頭をひねってもそれが何かわからなかった。

ちょうどそこへ、シャワーを浴びてさっぱりした様子のオリヴィアがキッチンへ入ってきた。テーブルに目をやると、口笛を低く吹いて、あらためてトレイを見なおした。

「すごいじゃない。感心したわ」

トレイはまんざらでもない顔をした。

テーブルに視線を戻したオリヴィアが、けげんな表情をした。

「ステーキソースは?」

「そいつを忘れてたんだ！」トレイは冷蔵庫からケチャップをとりだして、テーブルにぽんと置いた。「さあ、これでいいぞ」

オリヴィアが眉をつりあげた。「それがステーキソース？」

「わが家ではね」

オリヴィアは首を振ると、パントリーの内部を隅から隅まで調べ、未開封の瓶入りステーキソースを見つけだした。

「そんなもの、どこにあった？」ケチャップの隣に置かれたステーキソースを見て、トレイは驚いた様子で尋ねた。

「パントリーよ」

トレイは釈然としない様子だった。「こっちはこの家に十年以上住んでるんだよ。きみはここに来て丸一日にならないのに、ぼくがその存在さえ知らなかった品を簡単に見つけてしまう。いったいどうなってるんだ？」

「女の勘よ」オリヴィアは平然と答えた。「お食事にする？」

「ああ、そうしよう」トレイは椅子を引き、オリヴィアの肘に手を添えてテーブルにつかせた。「肩はまだひどく痛むかい？」

「そうでもないわ」

「ステーキを切り分けてあげようか？」

「ええ、お願い」

トレイはリブロースのステーキをひと口サイズに切り分けてオリヴィアの皿に置き、オーブンから出したポテトをとり分けてバターをかけた。

「サラダは？」

「もちろんいただくわ」

サラダを盛り終えて席についたあとも、トレイは目の前の食べ物には手をつけずに、オリヴィアをじっと見つめていた。

「どうかしたの？」オリヴィアが尋ねた。

「なんだか夢を見ているみたいだ。目が覚めたら、きみは消えているような気がしてならない」

「わたしはどこにも行かないわ」

トレイは何か言いたそうにしたが、結局は口をつぐんでフォークをとり、自分の皿にサラダとポテトを盛った。

しばらくは黙って食事に専念した。ふたりは塩と胡椒《こしょう》をまわし合い、ステーキソースの瓶をあけ、ナプキンに手をのばすといった単純な動作を続けた。しかし、その間も、ふたりの頭は忙しく回転していた。どちらも自分たちが置かれた深刻な状況について考えをめぐらせずにいられなかった。

　二度めのチャンスをトレイに求めたオリヴィアは、それからまもなく彼の家に居候するはめになるとは予想もしていなかった。一方トレイは、リヴィーのそばにいられる喜びと、幼児殺害事件のせいでふたりの関係が壊れるのではないかという恐れとの板ばさみになっていた。

　ようやく食事が終わった。オリヴィアはリビングに移動してソファに横になり、トレイは皿洗いを始めた。片づけがすむと、鎮痛剤と水をリビングに持っていった。

　錠剤を渡されたオリヴィアは、半身を起こして水で流しこんだ。

「どうもありがとう」礼を言うと、つらそうに顔をゆがめてふたたび横になる。

「あの野郎、病院で撃ち殺してやるんだった」

　オリヴィアはトレイの手をつかんで、自分の横に座らせた。

「あなたはわたしの命を助けてくれた。それだけでじゅうぶんよ」

　オリヴィアの手をそっと握ったトレイは、黒く変色した点滴の針の跡から、ようやく薄れてきた顔のあざに視線を移動させた。

「ああ、リヴィー。きみを見ているだけで息が止まりそうになる。それなのに、大切なきみをこんなにつらい目にあわせてしまって……」

「でも、トレイ、あなたのせいじゃないわ。うちの家族が関係しているかもしれない事件を、あなたはたまたま担当することになっただけよ」

「わかってる。でも、男として、苦しんでいるきみを見るのは正直つらい。きみを傷つけようとした男の首にいったんはこの手をかけたのに、結局そのまま解放してしまったんだからね」

「あなたはわたしのヒーローよ」オリヴィアは低い声で言った。

「そうでありたいよ。きみをもっとしっかり守りたい」

「わたしを愛して、そしてこれまでのことを許してくれたら、それだけでいいのよ」

オリヴィアの顔を見つめ、トレイは小さな笑みをつくった。

「ぼくたち、ほんとうにもう一度やりなおすんだね？」

オリヴィアは手をのばして彼の手に指をからめた。

「もう、やりなおしはじめているわ」

「事件の結末がどうであろうと、絶対にぼくから離れない？」

トレイの瞳をのぞきこんで、自分と同じ程度の迷いがあるのを見てとったオリヴィアは、事実をあるがままに受けとめた。

「ええ、トレイ。あなたのそばを離れない。何があっても」

深刻めいていたトレイの顔にはにかんだ笑みが浮かんだ。

「念のために言っておくが、きみが家に来てくれてほんとうにうれしいよ」

オリヴィアもほほえみ返した。「念のために言っておくけど、居候させてくれて、わたしもほんとうにうれしいわ」

トレイが声をあげて笑った。

高らかな笑い声が胸の底に響くのを感じながら、オリヴィアはこの瞬間を生涯忘れることがないだろうと確信した。


深夜一時過ぎ。トレイがベッドから起きあがってリヴィーの様子を見に行くのは、これで三度めだった。うとうとしかけるたびに、病院のベッドで息も絶え絶えに横たわっていた血まみれの姿がまぶたによみがえる。すると恐怖が胸に押し寄せてきて、無事を確認せずにはいられなくなるのだった。

前の晩もほとんど眠っていないのだから、さっさとベッドに戻って、六時に目覚ましが鳴るまでしっかり睡眠をとっておくべきだと頭ではわかっていた。しかし、思うように眠りは訪れなかった。かつてトレイはオリヴィアとの未来を思い描き、その夢が断たれたときには計り知れない痛みと喪失感を味わった。それがなんと、運命のいたずらによって、二度めのチャンスを与えられたのだ。今度こそ何からも邪魔をされたくなかった。

「トレイなの？」

トレイはびくりとした。オリヴィアが目を覚ましているとは思わなかった。

「ああ、ぼくだよ」ベッドのそばへ歩み寄った。「鎮痛剤をのむかい？」

「いいえ、だいじょうぶ」

「水は？」

「いらない」

「そうか……それならぼくは……」

「隣に寝てくれない？」

「さあ、それは……」

「様子を見に来るのは、今夜これで三度めでしょう。ふたりが睡眠をとるにはそうするしかないと思うの」

トレイはやれやれという口調でつぶやいた。「きみの邪魔をするつもりはなかったんだ。ただ、心配で」

「だからここに寝て。そばにいれば、わたしが何をほしがっているかすぐにわかるはずよ」

トレイが片頬だけで笑った。「あまり近づきすぎると、ぼくが何をほしがっているか見抜かれてしまう」

「あと二、三日待ってくれたら、考えてみてもいいわ」

「ああ、リヴィー、ぼくは生涯をきみに捧《ささ》げるよ。だから、なんでもきみの言うとおりにする」

オリヴィアはまったく体を動かす必要さえなかった。そっとベッドに横たわったトレイは、寝返りを打って、オリヴィアのほうに体を向けた。

「上掛けをかけないの？」

「ああ、これでいい。きみはそのかわいい目をつぶって、ぼくのためにぐっすり眠ってくれ」

オリヴィアはふっとため息をついて目を閉じた。不思議なことに、次の瞬間にはもう寝息をたてていた。

安定したリズムでオリヴィアの胸が上下するさまを、トレイはゆったりとした気持ちで見守った。薄暗い部屋のなかでも、欠点ひとつない横顔の輪郭がくっきりと浮きあがって見える。かすかに開いた唇が描くなまめかしい曲線。頬に暗い影を落とす長いまつげ。枕《まくら》に広がる絹のようななめらかな黒髪。人生を大きく変える出来事が目の前に迫っていることも知らずに無邪気な表情で眠っていた二歳のオリヴィアを思い浮かべながら、トレイは目を閉じた。

幼いオリヴィアは、両親を殺害した犯人の顔を目撃しているはずだ。ふと、ある疑問がトレイの頭をかすめた。オリヴィアはもうひとり子供がいることを知っていたのだろうか。顔を見たのだろうか。その子と自分が姉妹であることを理解していたのだろうか。もしすべての問いの答えがイエスだとしても、当時のオリヴィアは目撃したことを言葉で伝えるにはあまりに幼すぎた。

トレイ自身、オリヴィアの過去についてはひととおり知っているつもりだったが、その知識はうわべだけのものにすぎなかった。十一年前のオリヴィアは、たんにトレイのかわいい恋人だった。彼女が恐ろしい事件の被害者であるという事実は、ふたりの関係になんの影響も及ぼさなかった。

しかし、今はふたりとも大人だ。

そしてトレイは、事件の当事者以外の人間としては、おそらく最も深刻な形で、彼女の過去をめぐる謎《なぞ》にどっぷりとつかっている。スーツケースにつめられた白骨死体をトレイはその目で見た。一歩間違えたら、オリヴィアも同じ運命をたどっていたかもしれない。もしフォスター・ロレンスが見知らぬ女の子を隠れ家から連れだして、ショッピングモールに置き去りにしなかったら……。この事件を担当するようになってはじめて、トレイはフォスターに感謝したい気持ちになった。

幼いオリヴィアを思ってトレイの心は痛んだ。大人の女性になったオリヴィアを思ってうずきを感じた。たとえどんな危険を冒しても、彼女をこんな目にあわせた人間を見つけだして償いをさせずにはおかないと胸のなかで誓った。

眠っているオリヴィアがうめき声をあげた。

そのとたん、トレイは目をあけた。

オリヴィアは怪我《けが》をしていないほうの腕を下にして横向きになり、枕を胸に抱いたまま、背中をトレイにもたせかけてきた。

トレイはごくりと唾《つば》をのみこむと、そっと後ろから手をのばしてウエストを引き寄せ、彼女の体の重みのすべてを引き受けた。

そのときになってはじめて、もう一度目を閉じることができた。

そのときになってはじめて、自分の手でオリヴィアを守っているという実感を持つことができた。

そのときになってはじめて……。

ローズは寝返りを打って、窓にとりつけられたエアコンから送りだされる冷たい風から身を守るように、シーツを肩の上に引きあげ、改修のすんだシーリー家に戻れる日が来るのを夢見ていた。

テレンスはいつまでたっても寝つかれず、悶々《もんもん》としている彼のかたわらでキャロリンも目を覚ましていた。古い霊を休ませるために真夜中に愛を交わすのはこれがはじめてではない。不眠を時差ぼけのせいにするのは簡単だが、そうでないことはおたがいにわかっていた。ふたりの心には過去が重くのしかかっており、自分たちにできる方法で対処するしかなかった。

マーカスは客室の窓際に置かれた椅子に座って、ぼんやりと夜の闇《やみ》をながめていた。ホテルの小ぢんまりとした円形の中庭はライトアップされ、粋を凝らした花壇や茂みが美しく照らしだされているが、マーカスの瞳には何ひとつ映っていなかった。心の目は何十年もの昔に彼を引き戻し、そのなかでマーカスは子育てに失敗した父親の敗北感をただよわせながら、何が原因で息子は道を踏みはずしてしまったのかと考えあぐねていた。

アミーリアの死がきっかけだったのか。十七歳のときに母親を亡くしたことで、精神が不安定になってしまったのか。父親に知られることなく、マイケルはどうやってふたつの生活を維持していたのか。

マーカスは両手に顔を埋《うず》めた。何もかも自分の責任だ。金儲《かねもう》けのことばかりにかまけていなければ、手遅れになる前に危険な兆候が見分けられたはずだ。そうすれば、マイケルとケイは殺されずにすんだかもしれないし、子供が誘拐されることもなかった。そしてもしかしたら——あくまでも仮定の話だが——身元不明の幼児が遺体で発見されて世間を騒がせることもなかったかもしれない。なぜなら、その子はこの世に生を受けなかったから。

アンナはベッドで丸くなって、すやすやと眠っていた。誰かが気をきかせて置いていった赤ん坊の人形を、あごの下に引き寄せるようにして抱きかかえながら……。かっと見開いた大きな瞳と小さく凍ったような人形のほほえみは、悲しみと混乱が支配するこのような場所では無作法にさえ映るが、この人形のおかげでアンナは心の平安を得ることができた。昔からアンナは一途《いちず》な性格で、その一途さは生涯、少しも揺らぐことがなかった。彼女の心のなかから、最近の数年の出来事はきれいさっぱりと消え去っていた。気持ちのうえでは、シーリー家の子守として雇われたときのままだ。心からオリヴィアを愛していたのに、火事のせいで、見知らぬ場所へ連れてこられてしまった。その間に、子供がいなくなった。言葉で言い表せないほどひどく動揺していたところへ、思いやりのある看護婦が赤ん坊の人形を抱かせてくれたのだ。

今はもう、何ひとつ心配事はない。

フォスター・ローレンスは最悪の気分だった。不思議な時間の輪にからめとられて、自分が犯した最悪の過ちから二度と逃れられないような気がしていた。弁護士からは、警察に協力して知っていることを洗いざらい話し、一刻も早く自由の身になるよう強く勧められた。他人に言われるまでもなく、できることなら自由の身になりたい。しかし、自由の世界と自分とのあいだに立ちはだかる人物の名前を明かすことだけは、どうしてもできなかった。

トレイの腕のなかで目覚めたオリヴィアは、一瞬、夢を見ているのかと思った。しかし、すぐに夢ではないとわかった。なぜなら、目をあけたトレイの瞳を、生々しい欲望の炎が目にも留まらぬ速さで通りすぎたからだ。

「おはよう」トレイが甘い声で言って、頬にキスをした。「よく眠れたかい？」

「信じられないほどよく眠ったわ。誰かさんが添い寝してくれたせいね」

トレイがにやりとした。「ぼくのほうはあまりよく眠れなかったが、幸せな気分だったよ」

オリヴィアは声をあげて笑った。

「あなたと過ごすこれからの人生がとても楽しみだわ」

真剣そのもののトレイの顔を見て、笑みが消えた。

「ぼくもだよ、リヴィー。ぼくも同じ気持ちだ」

「もう起きないと」

「そうだね。手伝おうか？」

「ええ、お願い。朝は体がこわばって思うように動かないの。でも、だんだん動くようになるから」

ベッドを出たトレイは、手を貸してオリヴィアを起きあがらせた。危なげなく体が動かせるようになるのを見届けてから自分の部屋へ戻り、シャワーを浴びて髭《ひげ》を剃《そ》った。これからの人生をふたりで過ごす前に、なんとしても事件を解決に導かなければならない。

シェリー・コリアーは椅子の背にもたれて足首を交差させ、煙草《たばこ》に火をつけた。何年も前から家族に禁煙を勧められているが、あいにく本人にその気はない。とくに今朝は今月五件めの大きな契約が成立したので、お祝いの煙草ぐらい堂々と吸ってもいいはずだと考えていた。長々と時間をかけて吸いこんで、肺の奥深くに入れ、鼻から煙を吐きだす。夫のダグは、妻のこのしぐさを見ると、まるでどこかの安っぽい娼婦《しょうふ》みたいだと言って文句をつける。普段のシェリーは夫に何を言われても平然と聞き流しているが、この言い草にはときおり、無性に腹が立った。

しかし、今日はあまりにもいい気分で、誰に対しても腹など立たない。シェリーはやり手の不動産ブローカーで、本年度のマイアミ市優秀不動産業者に選ばれることを本気で願っていた。

個室の外で電話が鳴った。ガラス張りの仕切りごしに目をやると、秘書が受話器をとりあげるのが見えた。ふいにこちらを向いて指を二本あげる。自分への電話だ。シェリーは吸っていた煙草をもみ消し、咳払《せきばら》いをして、二番の回線のボタンを押した。

「もしもし、シェリーです」

「シェリー・ローレンス・コリアーさんですか?」

シェリーは眉根を寄せた。声の調子からして、不動産がらみの用件ではないらしい。

「はい、そうですが、どちらさまですか?」

「こちらはトレイ・ボニーといいます。ダラス警察署殺人課の刑事です」

「弟のことでしたら、何も知りませんから」そっけない口調で告げる。

トレイは思わずペンを握りしめた。ようやく関係者を探り当てることができた。

「ということは、フォスター・ローレンスのお姉さんですね?」

「ええ、残念ながら」

「そしてあなたには、ラリイという双子のきょうだいがいらっしゃいますね?」

シェリーがはっと息をのんだ。「ラリイに何かあったんですか? ああ、大変。ずっと心配していたのよ。ある日突然、姿を消してしまったものだから。昔はとても仲がよかったのに。きっと何かあったに違いないと思っていたわ。そうでなければ、わたしに連絡してこないはずがないもの」

「ちょっと待ってください」トレイは相手の言葉を制した。「そうじゃないんです。ラリイさんに関する情報はこちらにも何もありません。ですから、居所を教えていただきたいんです」

「あら、そうだったの」シェリーはティッシュを一枚つまんで両目に押し当てた。「心臓が止まるかと思ったわ」

「すみません。もう一度確認しますが、ラリイさんとは音信不通なんですね?」

「ええ、そうよ。ラリイとわたしは一卵性双生児で、昔は何をするのも、どこへ行くのもいっしょだったのに」

「最後に会ったのはいつですか?」

シェリーの声が震えだした。優秀不動産業者に選ばれようと選ばれまいと、そんなことはどうでもよくなった。

「もう何年も前……二十年以上になるわ。二十五年ぐらい前かしら」

トレイの胸のなかで希望が音をたてて崩れた。

「当時、彼女はどこに住んでいましたか?」

「もちろんダラスよ。うちのきょうだいは全員ダラス育ちだから。まあ、正確に言うと、実家があったのはアーヴィングという郊外の町だけど。母は高速七五号線沿いにあるモーテルの管理人として働いて、夜はモーテルのコーヒーショップでウェイトレスをしていたわ」

「姿を消したとき、ラリイさんはどんな仕事をしていました?」

「実はその前に、わたしは家を離れていたの。夫が空軍の軍人で、カリフォルニア勤務になったものだから。ラリイにはしょっちゅう手紙を書いていたけど、しばらくすると〝移転先不明〟のスタンプが押されて戻ってくるようになった。だから、あきらめるしかなかったのよ。自分の一部を失ったみたいでつらかったわ」

「お母さんは？」

「ああ、母はわたしたちが大学一年のときに亡くなったのよ。それで、フォスターを引きとることになったの。ラリイとわたしは当時、ふたりでアパートに住んでいたので。あのころ、フォスターはまだ六歳だった。わたしは昼間働いて夜学に通っていたけど、ラリイは夜の仕事をして昼間の学校に通っていたから、自然とフォスターといっしょにいる時間が長くて、フォスターはラリイをとても慕っていたわ」

話を聞きながらメモをとるトレイの頭のなかで、すべてが収まるべきところに収まりはじめた。もしラリイがマイケル・シーリーの浮気相手なら、そして死んだ幼児の母親なら、フォスターが事件に巻きこまれたのもうなずける。

「ラリイさんと連絡がとれなくなったとき、フォスターは何歳でした？」

「そうねえ、二十代のはじめかしら」

トレイはファイルにすばやく目を通した。確信はいよいよ深まっていく。フォスターが服役したのは二十三歳のときだ。

「それからまもなく、例の誘拐事件で逮捕されたのよ。でも、あの子がそんな大それたことをしでかしたなんて今でも信じられない。そんな子じゃないのよ、ほんとうに」

「公判中に弟さんと話をしましたか？」

「いいえ。身内だと知られると世間体が悪いと夫が言うものだから。今なら、そんなことを言うほうがおかしいと反論できるけど、当時はわたし自身、どうしていいかわからなくて……。会いに行くべきだと思ったときには、もう手遅れだった。弟はカリフォルニアの連邦刑務所に送られたあとでした」

「失踪《しっそう》当時のラリイさんの私生活について、何かご存じありませんか？」

シェリーは古い記憶をたぐり寄せた。

「ええ。たしか、名家の御曹司と付き合っていると言っていたわ。大変なお金持ちで、人生をすっかり変えてくれる人だって」

「名前は言いましたか？」

「いいえ。もしかしたら聞いたかもしれないけど、なにしろ大昔のことだから」

トレイがさらに質問を続ける前に、シェリーが逆に問いただした。

「なぜラリイを捜しているのか、まだ説明してもらっていませんけど」

トレイは口ごもった。大切な情報を握っているかもしれない相手を敵にまわしたくはなかった。

「ちょっと複雑な状況で、おまけに今の段階ではあくまで憶測でしかありません」

「というと？」

「ご存じのように、弟さんはオリヴィア・シーリーという名の幼女を誘拐した罪で刑務所に送られました」

「ええ。でも、さっきも言ったように、あの子はそんなことをする人間じゃないんです」

「とにかく最後まで話を聞いてください。被害者が家族のもとに無事に帰れたのは、弟さんのおかげだったのです」

「そうなの？　知らなかったわ。それを聞いてほっとしたけど、でもそのこととラリイとどんな関係が？」

「彼女がこの事件の首謀者だった可能性があります。ラリイさんは幼女の父親であるマイケル・シーリーと付き合っていたが、彼に離婚する気がないことがわかると、マイケルと妻のケイを殺害して娘をさらった」

「そんなこと、あるわけないわ！　ラリイがそんな恐ろしいことをするものですか！」シェリーは金切り声になっていた。

「お気持ちはわかります。でも、弟さんがこんな大それたことをしでかすわけがないともおっしゃっていましたよね」

「言ったけど、それが――」

「慕っていたお姉さんのせいで、事件にかかわることになったとは考えられませんか？パニック状態のお姉さんに電話で呼びだされて、いやおうなしに手伝わざるをえなくなったのかもしれません」

　長い沈黙に続いて、ため息がもれた。

「もしかしたら……そういうこともあるかもしれない。そうなると、ラリイにはふたりの人間を殺害した容疑がかかっているの？」

「ふたりでなく、三人です」

「でもさっき――」

「二週間前、購入した古い別荘を修繕中の夫婦が、壁の内部からスーツケースを発見しました。なかから出てきたのは、誘拐されたのと同じ年ごろの幼女の白骨死体です。検査の結果、殺された子も無事に保護された子も、どちらも同じ父親から生まれたことがわかりました。わからないのは、助かったのがどちらか、そして、もうひとりの子を殺したのは誰かという二点です」

「つまり、ふたりの女の子は、それぞれべつの女性から生まれたのに、誰にも見分けがつかないほどそっくりだったということ？」

「正確なところはわかりません。あくまで推測ですから」

「それで、わたしに何をしろと？」

「ラリイさんの居所をご存じないということですから、コリアーさんご自身のＤＮＡを鑑定させていただけないでしょうか。一卵性であればＤＮＡも同一ですから、死んだ子供と無事に返されて成長した女性のＤＮＡとの相互比較ができます。ラリイさんがどちらかの子供の母親であれば、その事実も明らかになりますし、もしそうでないとわかれば、汚名をそそぐことができます」

「もし事件の犯人だとわかったら、死刑台送りに手を貸すことになるのね」

「いいですか、コリアーさん。二歳にもならない幼い女の子が後頭部を殴打されてスーツケースにつめられていたんですよ。実際に手を下したのなら、死刑でもまだ不足です」

シェリーは刑事の声に怒りの響きを聞きとったが、抗議する気にはなれなかった。

「協力します」

トレイは安堵《あんど》のため息をついた。

「ＤＮＡ検査はそちらで受けていただけるように手配します」

「弟は身柄を拘束されているんですか？」

「はい」

「ダラスで？」

「そうです」

「起訴は？」

「まだですが、情報隠蔽《いんぺい》の容疑で、あるいは幼児殺害の従犯として起訴される可能性があります。本人が頑として口をつぐんでいますので」

シェリーは急に年老いたような気がした。

「わたしがそちらに行きます。夜行便に乗れば、明日には警察署に顔を出せるはずだわ。なんとかしてフォスターを説得しなければ。もしラリイに遠慮して黙秘しているのなら、心配しないで洗いざらい話すように言ってあげる必要があります」

「ご協力ありがとうございます。ではこちらの電話番号をお教えします。ダラスに到着したら連絡してください。弟さんにお会いできるよう手配しますので」

「わかりました」シェリーは受話器を置いた。

しばらくのあいだ、数分前にもみ消した煙草の吸い殻をぼんやりと見ていた。やがてみぞおちがうねるような不快感に襲われ、跳ねるように立ちあがって洗面所に駆けこみ、胃のなかのものを吐きだした。オフィスに戻ると、秘書が心配そうな顔をしてドアの横に立っていた。

「コリアーさん、だいじょうぶですか？」

シェリーはかすかにあごを震わせながら答えた。「だいじょうぶじゃないわ。もう二度と前のようにはなれないかもしれない」

「何かできることがあったらおっしゃってください」

「ダラス行きのいちばん早い便を予約して、今後数日の予定を全部キャンセルしてちょうだい。戻る日が決まったら連絡するわ」

「承知しました。あのう……個人的な問題に立ち入るつもりはないんですが、何か悪い知らせだったんでしょうか」

唇をわななかせながら、シェリーは気丈に答えた。

「そのとおり、最悪の知らせよ」

「まあ、大変。心からご同情申しあげます」

「ありがとう。そんなに簡単に解決するような問題とは思えないけれど」ハンドバッグをつかんで、シェリーはつかつかとオフィスを出ていった。

18

エラは全身赤一色だった。赤を着ているとパワーが満ちてくる気がする。八十一歳にもなると、持てるパワーを総動員しないとやっていけない。

退院したときに着ていた青いガウン姿のオリヴィアは、赤いブラウスに赤いスラックスというでたちのエラがちょっぴりうらやましかった。ネグリジェやガウン姿で朝から晩まで過ごすのはもううんざりで、マーカスが家から洋服を持って来てくれるのが待ち遠しくてならない。煙のにおいがついているかもしれないと祖父はためらったが、その点はなんとかするからと説き伏せた。とにかく早く普通の格好がしたかった。

この日早く、理学療法士が訪ねてきて、オリヴィアが毎日ひとりでおこなうリハビリ運動を指導して帰っていった。トレイの家の裏庭にあるプールで体を動かす許可もおりた。オリヴィアはすぐさま祖父に電話をして、忘れずに水着も持ってきてほしいと頼んだ。

エラはいつになく無口で、部屋の片づけや掃除に大わらわだ。庭に出て百日紅《さるすべり》の花を大量に切りとってくると、花瓶に生けてダイニングテーブルに飾り、部屋を出ていった。

電話を終えたオリヴィアはシャワーを浴びてガウンをまとい、エラを捜した。エラはキッチンでクッキーの生地をこねていた。

「手伝いましょうか？」オリヴィアは声をかけた。

頬をいくぶん上気させ、片方の腕をかばうようにして立っているオリヴィアに目をやって、エラは椅子を指さした。

「あんたは座ってなさい。今にも倒れそうじゃないの」

オリヴィアは眉をあげた。

「そんなに具合が悪そうに見える？」

「ゆうべはやけに元気だったけどね」エラが低くつぶやいて、アーモンドの香料を生地に混ぜこんだ。

オリヴィアは声をあげて笑った。

エラも口もとをゆるめた。

そのとき、玄関の呼び鈴が鳴った。

「わたしが出るわ」オリヴィアは腰を浮かせた。

エラが木のスプーンを突きつけて、にらむまねをした。

「あんたはここにいるの。この家をまかされてるのはあたしなんだからね」

「たぶんお祖父《じい》さまよ」

エラがふんと鼻を鳴らした。「だから何？　どんなに偉い人が来たって、あたしは、びびったりしないよ」

威勢のいい啖呵《たんか》を切ると、長い木のスプーンを手にしたまま、元気よくキッチンを出ていった。

オリヴィアはその剣幕に圧倒されて目を白黒させながら立ちあがり、あとを追った。全身赤ずくめのやかまし屋の女性に出迎えられて、祖父がどんな反応をするか気がかりだった。

心配するまでもなかった。マーカスはその魅力でエラをすっかり骨抜きにしてしまったらしい。オリヴィアが追いついたときには、エラは満面の笑みをたたえていた。

「さあ、スーツケースをこっちへよこして。部屋に置いてくるから、そのあいだにお孫さんとゆっくり再会の挨拶《あいさつ》をするといいわ」エラはそう言うなり、スーツケースを片手で持ちあげた。そして反対側の手に木のスプーンを握ったまま、オリヴィアにウインクをして奥へ引っこんだ。

「オリヴィア、元気そうでよかった」マーカスが近づいてきて、孫娘を腕に抱いた。

オリヴィアは目を閉じて、なつかしい祖父のアフターシェーブローションの香りを吸いこみながら、頬にキスを受けた。

「ここの暮らしはどうだい？　何か足りないものはないかね？」

「快適よ。お祖父さまがいないのを除けば、必要なものはなんでもそろってるわ。火事はひどかったの？　被害の程度は？」

「まあ、とにかく座ろうじゃないか」マーカスがソファを指さした。

オリヴィアは祖父の手をとった。「キッチンにしましょう。エラがクッキーを焼いてくれるの。わたしは味見の係よ」

「へえ、いつからそう決まったんだい？」エラが戻ってきた。

「倒れそうだから座りなさいと命令されたときからよ」オリヴィアは負けずに言い返した。

エラが口をすぼめ、糾弾するような目でマーカスを見る。

「わがままなお嬢さんだ。さぞかし甘やかして育てたんだろうね」

「甘やかしてはいない。たっぷり愛情を注いで育てたと言ってほしい」

オリヴィアがいたずらっぽく笑った。「ゆうべポーカーで破産させられたものだから、エラはご機嫌が悪いのよ」

女同士の辛辣《しんらつ》な言葉の応酬にマーカスはひどく驚いたが、どちらも表情はにこやかだった。

「ポーカーだって？　ポーカーをしていたのかい？」

「悪い？　立派なゲームよ」エラが鼻で笑った。

「確かに」マーカスは早くも両手をすり合わせんばかりだった。「そういえば、長いこと

うかね」

カードに触っていない」

エラが表情をなごませた。「クッキーの下ごしらえがすんだら、お手合わせしてあげよ
「それはいい」マーカスは熱心な口調で言った。

エラの瞳がきらりと輝くのを見て、オリヴィアが釘《くぎ》を刺した。

「甘く見ないほうがいいわよ。わたしを仕込んだのはお祖父さまなんだから」

「ゆうべは花を持たせてあげたのよ。でも、お祖父さんには手加減しないからね」

オリヴィアはあんぐりと口をあけた。「花を持たせたなんて、うそばっかり。わたしは実力で勝ったんです。もう、負け惜しみばかり言うんだから」

エラが木のスプーンをオリヴィアに突きつけた。

「あのねえ、お嬢さん。あたしは八十一よ。負け惜しみなんて言うのはひよっこのすることで、この年になると、そういうことには興味がなくなるの」そして、値踏みするような目でマーカスを見た。「勝負するなら、マッチ以外のものを賭《か》けたいわね」

マーカスはうなずいた。「けっこう」

オリヴィアはあわてて口をはさんだ。「それならクッキーがいいんじゃない？」

エラがすたすたと歩いてキッチンに向かった。

ふたりは彼女のあとを追ってキッチンのテーブルについた。オーブンからただよってく

るクッキーの香ばしい香りが悩ましく鼻をくすぐる。焼きあがったクッキーを残らずとりだしたエラは、そのうちの十枚ほどを皿に並べて、アイスティーをグラスに注《つ》いだ。そして、目にも留まらぬ速さで引き出しからカードをとりだした。

「手加減はしないよ」すごむように言って、賭博《とばく》場のディーラー顔負けの鮮やかな手つきでカードをシャッフルする。

マーカスはクッキーをひとつ口にほうりこんだ。目の前にカードの束を差しだされると無言で一度だけ切った。

「根性のある女性というのは、見ているだけでほれぼれするね」カードの束を返し、またクッキーをつまむ。

ポーカーの勝負に二回だけ参加し、まだあたたかいクッキーを四枚とアイスティーを胃袋に収めたオリヴィアは、昼寝をするために部屋に引きあげた。

オリヴィアが席をはずしたことに、ふたりはほとんど気づいてさえいなかった。

眠りにつくオリヴィアの顔にはおだやかな笑みが刻まれていた。

はずむような足取りで、トレイは署に現れた。いつもの調子でそっけなくうなずいたデイヴィッド・シーツは、トレイが晴れ晴れとした表情をしているのに気づいて、一度はずした視線をふたたび振り向けた。チアは部屋の反対側からトレイを指さして、眉をぴくぴくさせている。それを見て、トレイは声をあげて笑った。今日は最高の日だ。ひと晩じゅうオリヴィアを腕に抱いて過ごし、目覚めたときには彼女の笑顔が目の前にあった。こんなふうにふたりでこれからの人生を過ごしていくのだと思うと、世界の頂点に立った気がした。

おまけに、シェリー・コリアーの居場所を突きとめて、話を聞きだすことができた。行きづまっていた事件が、いよいよ解決に向けて大きく前進しはじめたのだ。

「よっぽどいいことがあったらしいな」机についたトレイに、デイヴィッドが声をかけてきた。

「そこにいるきみの相棒のおかげで、事件の解決につながりそうな人物が見つかったよ」

チアが小さく歓声をあげた。

「わたしの調べが役に立ったのね？」

トレイはうなずいた。「三本めの電話で大当たりだ。フロリダ州マイアミ在住のシェリー・ローレンス・コリアーがフォスターの双子の姉のひとりだった」

「やったわ。それで、ラリイの居所はわかったの？」

「いや、そう簡単にはいかない。フォスターが逮捕されて以来、ラリイは行方不明だそうだ」

ウォーレン副署長が三人のそばへやってきた。

「今のは空耳じゃないだろうな。マイケル・シーリーとラリイ・ローレンスとの関連が明らかになったって?」

「いいえ、まだそこまでは。明らかになったのはフォスターが姉のラリイを大変慕っていたという事実です。シェリーから聞いた話では、当時ラリイには裕福な恋人がいて、ラリイは将来その男といっしょになれると思っていたようです」

ウォーレンがむずかしい顔をした。「それだけでは起訴に持ちこめない」

「今の段階では無理ですが、有力な証拠が手に入るかもしれません」

「どうやって?」

「一卵性の双子はDNAも同一で、シェリー・ローレンス・コリアーはDNA検査を受けると申しでてくれました。現在、こちらへ向かっているところです。彼女とオリヴィア・シーリー、あるいは殺された幼児との血縁関係が証明されれば、誘拐犯のひとりがラリイであることが明らかになります。シェリーはまた、弟のフォスターに面会して、口を開くよう説得に努めるとも言っています」

ウォーレンが満足げな表情でトレイの背中を叩《たた》いた。

「さすがだな」

「チアのおかげです。手間のかかる調べものを彼女が引き受けてくれなかったら、今ごろまだコンピューターの前でもたもたしていましたよ」

上司が自分のほうを見て、よくやったというふうにうなずくのを認めて、チアは満面の笑みをたたえた。

「フォスターの姉は何時に到着するんだ？」ウォーレンが尋ねる。

トレイは腕時計に目をやった。

「飛行機が定刻どおりなら、もう到着しているはずです。アダムズマーク・ホテルに宿泊する予定で、荷物を解いたら連絡すると言っていました。まず最初に科研でＤＮＡ検査をすませて、そのあと弟に面会しに行きます」

「わかった。また何か進展があったら知らせてくれ。この事件が早く解決すれば、署長もお喜びだ。明日、昼食をともにすることになっている。状況を報告しておくよ」

了解の返事をしようとしたとき携帯電話が鳴り、トレイはすばやく発信者名を確認した。

「アダムズマーク・ホテルからです」そう断って、電話に出た。「ボニー刑事ですが」

相手の声は心なしか震えていた。

「刑事さん、シェリー・コリアーです」

「コリアーさん、電話をお待ちしていました。出かける準備はできましたか？」

「いつでも出られます」

「三十分後にお迎えにあがります」

「ではロビーでお待ちしています。薄いブルーのワンピースを着ています」

トレイは電話を切って、チアとデイヴィッドを横目で見た。

「彼女が弟と面会する場にきみたちも同席するかい？」

「もちろんよ」

「じゃあ一時間半後に拘置所で落ち合おう」

「かならず行くわ」というチアの声を背中で聞いて、トレイは署をあとにした。

「今日のあいつ、なんであんなに親切なんだ？　気味が悪いぜ」デイヴィッドが不思議そうにつぶやいた。

チアは眉間《みけん》にしわを寄せて相棒を見た。

「ボニーが相棒を持ちたがらない理由がわかった気がする」

「なんでだ？」

「彼のこと、ねたんでるんでしょう」

「変なこと言うなよ」

もじゃもじゃの縮れっ毛が頭の上で揺れるほど、チアは何度も大きくうなずいた。

「ねたんでる。それも半端じゃないねたみかたよ。気をつけないと、そのうち生理前のいらいらが始まっちゃうわよ」

デイヴィッドの顔が怒りでどす黒く染まった。チアに指を突きつけたが、何を言っても墓穴を掘ることになりそうで、最後まで言葉が出てこなかった。敗北感を噛《か》みしめながら、笑顔のチアをその場に残して、首を振り振り立ち去った。チアは陽気に鼻歌を歌いながら自分の席に戻った。

シェリー・コリアーは、ロビーに入ってきた長身でハンサムな男に目を留めた。白地に青いピンストライプのスポーツシャツとジーンズ、それに茶色いジャケットという砕けた装いだが、ベルトに警察バッジがついているのに気づいて、椅子から立ちあがった。

その動きをトレイは目の端でとらえた。近づくと、女性の顔立ちにはローレンス家の人間に共通する特徴がはっきり見てとれた。服装のセンスがよく、スタイルも崩れていないので、実際よりかなり若く見える。事前にファイルに目を通していなかったら年齢を正しく言い当てるのは不可能だろう。

「コリアーさんですか？」

うなずくシェリーに、トレイは手を差しだした。

「今回はご協力していただいて感謝します」

皮肉な笑みがシェリーの口の端をよぎった。

「ここへ来るまでのあいだ、自分は正しいことをしているのだとずっと心に言い聞かせていました」

「お気持ちはお察しします」

シェリーがため息をついた。「とにかく早くすませてしまいましょう」

トレイは彼女の肘に手を添えた。「車はすぐそこに停《と》めてあります。準備はよろしいですか？」

「ええ」

数分後、トレイは科学捜査研究所に向かって車を走らせていた。前回、マーカスとオリヴィアを案内したときに比べると、車中の時間が短く感じられた。あのときの騒ぎがうそのように、この日は駐車場に人影もない。トレイの動きに関心を持っている人間はひとりもいないようだ。

ひとつは幼児殺害事件にシーリー家が関与しているという噂《うわさ》がすでにニュース価値を持たなくなったせいであり、またひとつは、事件とシェリー・コリアーとの関連が研究所の誰にも知られていないせいだろう。言い換えれば、シェリーの件がマスコミに漏れる恐れはないということだ。

「検査はすぐにすみます。終わったら弟さんに会いに行けますよ」

シェリーはうなずいて、トレイの腕につかまった。

体の震えがそのまま伝わってきた。

「何も心配ありません。検査がすむまでそばに付き添っていますから」

「ご厚意には感謝しますが、どんなに親切にしていただいても、家族を裏切る苦しみが軽くなるわけではないわ」

　トレイは眉根を寄せた。「なぜそんなことを？　家族を裏切るのではなくて、弟さんをふたたび自由の身にしてあげるためではないですか」

「でもそれは、ラリイが犯人だと言ってるのと同じことよ」

「ラリイさんがもうひとりの子供の母親だと確信しているようですね？」

　シェリーがうなずいた。

「何か根拠があるんですか？」

「きのう電話でお話ししたあと、いくつか思いだしたことがあるの」

「ほう、どんなことを？」

「たとえば、フォスターが逮捕される前の二年ほど、ラリイの家で何度か子供を見かけたこととか」

　トレイの脈拍が跳ねあがった。

「女の子ですか？」

　シェリーがうなずいた。

「どこの子か言いましたか？」

「詳しいことは何も……ただ、アルバイトでベビーシッターをしていると」

「その話を信じたんですか？」

「わたしたちは双子よ。若いころはさんざんみんなをかついで楽しんだりしたけれど、ふたりのあいだでうそをついたことは一度もないわ」

「ラリイさんと子供がいっしょに映っている写真をお持ちではないでしょうね」

「ありません」

しばらく考えた末、トレイは質問のしかたを変えた。

「写真を見たら、その子だとわかりますか？」

「たぶん。最後に会ったときと同じ年ごろの写真なら」

「いくつぐらいでした？」

「一歳半から二歳ぐらいかしら」

「写真が手に入るかどうか当たってみます。では、検査をすませてしまいましょう。弟さんに早く会いに行けるように」

シェリーはつかの間、目を閉じた。フォスターが喜んで自分と会いたがるとはどうしても思えなかった。

「ローレンス、お客さんだぞ」看守が声をかけて房の扉をあけ、ベルトからつりさげていた手錠をはずして手に持った。「両手を前に出せ」

フォスターは寝台から動こうとしなかった。

「弁護士か？」

「ああ、だがほかにも客がふたり会いに来てる」

「誰だ？」

「知るか。さっさと立つんだ。それがいやなら勝手にしろ。ただし、おれがおまえの立場なら、こんなチャンスをみすみす見逃したりはしないぜ」

　フォスターを動かしたのは好奇心だった。立ちあがり、両手首に手錠をかけられて、取り調べ室に向かう。ドアのガラスごしに弁護士の姿を認めたとき、それまでの突っかかるような態度が消えた。何かいい知らせを持ってきてくれたのかもしれない。ぜひそうであってほしい。

　看守がドアをあけてフォスターの背中を押しやった。部屋に足を踏み入れたフォスターの目に映ったのは、自分を逮捕した刑事と、男女二名の警察官の姿だった。文句を言いかけたところへ、刑事の背後から見知らぬ女性が前に進みでた。フォスターは不快そうな表情を浮かべた。何者か知らないが、初対面の相手と歓談する気分ではない。とそのとき、女性がほほえみかけてきた。

　フォスターは凍りついた。

「こんにちは、フォッシー……久しぶりね」

「姉貴か？　ほんとに姉貴なのか？」

シェリーがトレイを横目で見た。「体に触れてもいいですか?」

フォスターには手錠がかけられ、看守もそばにいる。

「ええ、どうぞ」

長いあいだその存在を否定していた弟に、シェリーはゆっくりと歩み寄った。息遣いが聞こえるほどの位置まで近づいて、足を止めた。

「髪がなくなってしまったのね」

「禿《は》げたわけじゃない。剃《そ》ってるんだ」

「あら、そうなの」

会話は途切れ、ぎこちない沈黙があたりに広がった。トレイが目顔で合図すると、チアとデイヴィッドは部屋の隅に移動した。それをしおに看守は取り調べ室を出てドアを閉めた。

弁護士は残ったが、依頼人と姉が周囲を気にせずに話し合えるように、やはり部屋の隅に退いた。

トレイは両手をポケットに突っこんだ。フォスターが迷惑そうな視線を向けたが、動じずににらみ返した。

「フォッシー」

なつかしい子供時代の愛称で呼ばれると、フォスターは心を揺さぶられた。女性のほうに体を向け、声をひそめて会話が交わせるように顔を近づける。

「姉貴か?」

シェリーが腕をまわして弟の体を引き寄せた。

フォスターは甘えるように姉の肩に頭をもたせかけた。

「フォッシー……ほんとうに久しぶりね」

「ああ。でも、どっちの姉貴だ?」

シェリーは愕然《がくぜん》とした。彼女とラリイはうりふたつだが、家族がふたりをとり違えたことは一度もなかった。しかし、あれから二十五年が経過していることを思えば、見分けがつかないのも無理はない。

「わたしよ――シェリーよ」そう言ったとたん、弟の目を失望の色がよぎるのをシェリーは見逃さなかった。

フォスターがうなずいた。「わからなかったよ。うそみたいだろう?」

「無理もないわ。長いあいだ会っていなかったんだもの」

フォスターがまたうなずいた。

「座りましょう」

言われるままに、フォスターは部屋の中央に置かれたテーブルに向かって腰をおろした。彼が席につくのを待って、シェリーが椅子を引いてきてかたわらに座った。

フォスターがトレイに目をやり、それから視線をシェリーに移動させた。不機嫌そうな表情になる。

「何しに来た？」

シェリーはため息をついた。「驚くのは当然だと思うわ。長いあいだ、一度も連絡しなかったんだから」

フォスターの顔に皮肉な笑みが浮かんだが、内心では怒りより悲しみがまさっていることがはたからも見てとれた。

「ああ、おれは刑務所にぶちこまれてたからな。姉貴はどこにいた？」

「わたしも自分の世界に逃避していたのかもしれない。でも、今はここにいるわ」

「なぜ会いに来た？」

シェリーの瞳に涙があふれた。トレイの目に、はじめてこの女性が年齢相応に映った。

「こんな大それた事件に、どうして巻きこまれたりしたの？」

フォスターの瞳がきらりと光ったが、答えはなかった。

「ねえ、ラリイが関係してるの？」

「なんの話かわからないな」

「わかってるはずよ」

フォスターは身を乗りだして、声をひそめた。

「よけいなことを言うな、姉貴。何も知らないくせに」

シェリーの頬を涙が流れ落ちた。

「ああ、フォスター。わたしも知りたくなかった。でも、わかってるのよ」

フォスターが視線をそらした。

「何がきっかけで巻きこまれたの？　ラリイはあなたに何をさせたの？」

小さく身を震わせながらも、フォスターはやはり無言だった。

「ラリイに子供がいたこと、知ってたんでしょう？」

平手打ちを受けたかのように、フォスターが身を震わせた。

「子供なんかいなかった」

「わたしも当時は知らなかった。でも、今になると思い当たることがいろいろあるのよ。あなたもそうなんじゃない？」

フォスターが泣きだした。

「何があったの、フォッシー？　話してちょうだい」

しぼりだすような声でフォスターがつぶやいた。「思いだしたくない……きっかけは壁だ。壁を修理してほしいと電話してきたんだ」

トレイは腹の奥がよじれるような不快感に襲われた。

「壁ってなんの話？」シェリーがさらに尋ねる。

フォスターは観念したように肩を落とした。警察が相手ならともかく、実の姉に隠しだてをすることはできない。

「詳しいことはおれも知らない。とにかくラリイから電話がかかってきて、湖畔の別荘で仲間と騒いでいたら誰かが酔っ払って壁に大きな穴をあけてしまったので、修理しないと大変なことになると言ってきたんだ。だからおれは荷物を積んではるばるアマリロから駆けつけた」

シェリーがトレイを見あげて説明した。「フォスターは建築現場で働いていたんです」

トレイは無言でうなずいた。

フォスターはトレイの存在を徹底的に無視していたが、心の片隅では、ようやくすべてが明るみに出ることに安堵《あんど》のようなものをおぼえていた。長いあいだ、ひとりきりで背負うには、あまりにも重い秘密だった。

「それで、壁を修理しに行ったのね？」

フォスターはうなずいた。「テクソマ湖のそばの家だった。毎年、七月四日の独立記念日にみんなで遊びに行った湖だ」

シェリーがうなずいて、話の先を促す。

「行ってみると、確かに壁に大きな穴があいていた。ラリイは自分で石膏《せっこう》ボードを小さく切って穴にはめこもうとしていたがぜんぜんうまくいかなくて、結局おれが手伝って仕上げをしてやった。一日か二日して壁が乾燥してからペンキを塗れば新品同様になると言い残して、道具を車に積んで出発しようとしたとき、小さな子がべつの部屋から出てきたんだ」

「その子供のこと、ラリイはどんなふうに説明したの？」

「どこの子だ、ときくと、あたしの娘よって答えた。こっちはびっくり仰天して、どういう意味だよって問いつめたが、ラリイは気がふれたみたいに大声で笑うばかりだった。そのうちに子供が泣きだして、収拾がつかなくなった」

「そのときのことを詳しく話して」

「泣きやませようとしてラリイが抱きあげたが、子供はママ、ママ、と言ってますます激しく泣くばかりだ。頭にきたラリイは、子供の体がつぶれそうなくらいに強く抱いた。苦しがってるからやめろと言ってもぜんぜん耳を貸さないんだ。おれは腕ずくで子供を引き離して、ラリイの頬を叩いた。なんとかして落ちつかせたかったんだ」

「効果はあったの？」

　フォスターはうなずいた。「ああ。ラリイはかんかんに怒って、子供を返せとおれに命じた。またさっきみたいなまねをするつもりかと尋ねたが、おまえの知ったことじゃないととりつく島もない。きちんと事情を説明するまで、子供は返さないとおれは言ってやった」

「その間、子供はどんな様子だった？」トレイが尋ねた。

フォスターは体を前後に揺すりはじめた。

「泣きどおしだった。でも、そのうちにおれの腕のなかで眠ってしまった」そう言うと、テーブルに突っ伏して腕に顔を埋《うず》めた。

「それからどうなったの？」シェリーが先を促す。

「ラリイが子供を抱いて寝かせに行った。あとをついていくと、その部屋には血のあとがあった」

「血だって？」

「寝室の床が血だらけだったんだ。子供のパジャマにも血がついてた。わけをきいたら、子供が鼻血を出したという話だった。子供の体を調べても傷やあざはなかったから、疑う理由はないと無理やり自分を納得させた。そのあと、もう帰ってくれとラリイに言われた。あのとき、そのまま帰っていればよかったんだ」

「子供の身の安全をそんなに気にかけていたのなら、なぜ身代金を要求した？」

フォスターが顔をあげた。血の気がすっかり引いていた。

「自分でもわからない。魔が差したとしか言いようがない。欲に目がくらんだというか。きっと悪魔につけこまれたんだろう」

シェリーも泣いていた。姉に目をやったフォスターは、顔じゅうをしわくちゃにした。

「ごめんよ。ばかなまねをして」

「いいのよ。あなたのせいじゃない」

「話を最後まで聞かせてくれ」トレイが促す。

「おれたちが言い合いをしてるあいだに、子供が目を覚ましてベッドから起きだしていた。部屋の隅にあった古いポータブルテレビをいじってるうちにスイッチが入ったらしい。いきなり大きな物音がしておれたちはびくっとしたが、そのうち、画面に目を吸い寄せられた。どの局もシーリー家の誘拐事件の話で持ちきりだったんだ。誘拐された子供の写真が画面に映しだされた瞬間、おれは心臓が止まりそうになった。説明を求めると、ラリイはそのときになってやっと、子供の父親と付き合ってたことを打ち明けた。男は妻と別れていっしょになると約束したのに、結局はラリイを捨てたそうだ。うそをついた償いをさせてやったとラリイは話していた。だからおれは、身代金を要求する電話もかけたんだろうと思っていた。ところが尋ねてみると、電話はしていないと言う。なぜなら、子供を返すつもりはないからだそうだ」

「なんだかわけがわからない」シェリーはつぶやいた。「ラリイは何を考えていたのかしら」

「正気をなくしてたんだ。どう見てもあの目は普通じゃなかった」ため息がもれる。「だからおれは帰らずに、別荘に残った。そして数日後、いい考えを思いついた。今から思えば浅はかな考えだが、身代金を要求する電話をかけたんだ。信じられないくらい簡単にことが運んで、先方は金を支払った。おれは子供を連れだして、薬をのませて眠らせてから、駐車場のトラックのなかに寝かせておいた。身代金を受けとったあと、警察に尾行されてるのに気づいたが、うまく追跡をまいて、前に店舗の建設にかかわったレストランの地下に金を隠してから、トラックで寝ていた子供を連れてショッピングモールに向かった。そして間違いなく誰かに発見してもらえる場所に置き去りにした。無事にもとの家に戻ってほしかったんだ。あのままラリイのそばに置いておいたら、何をされていたかわからないから」

シェリーは席を立って弟の体に腕をまわし、じっとそのまま抱いていた。ラリイのために泣き、フォスターのために泣き、そして運命を変えられてしまった幼い子供たちのために泣いた。

「あなたは知っていたの？　ラリイの子供の父親は、殺された男の人なのよ」

フォスターは首を横に振った。「誓って言うが、二、三週間前まで、おれはそんなこと何ひとつ知らなかった。この土地へ戻ったのは、金をとり戻して、心機一転やりなおすためだ。それなのに、知らないあいだにまたお尋ね者になってるじゃないか。しかも、今度はまったく身に覚えのない殺人事件だ。おまけに、隠しておいた金は何年も前に火事で焼けてしまっていた」

「逮捕されたとき、どうして警察に正直に話さなかったの？」

フォスターは頭のおかしい人間を見るような目で姉を見た。

「血のつながったきょうだいを裏切るようなまねができると思うか？」

聞き分けの悪い子供に言い聞かせるように、シェリーは弟の肩を揺すった。

「フォスター！　いいかげんに目を覚ましなさい！　ラリイは正気を失っていたのよ。そうでなければ、そんな恐ろしいことができるわけがない。ラリイはどこへ消えたの？　事件のあと、顔を合わせたことは？　今どこにいるの？」

フォスターはうなだれた。

「湖畔の別荘から子供を連れだした日以来、一度も顔を合わせてない。車を出すとき、金切り声で叫ぶのが聞こえたが、おれは振り向かなかった。そんな姿を見たくなかった」

「きみが裁判にかけられたときも、彼女は一度も法廷に姿を現したりなんらかの形でメッセージを伝えたりしなかったのか？」トレイは尋ねた。

「一度も」

トレイは声に出さずに毒づいた。殺人事件の犯人は明らかになったが、裁判で通用するような証拠は相変わらず何ひとつ存在しない。

「なぜラリイは片方の子供を殺したんだと思う？」

フォスターがきょとんとした表情でトレイを見た。

「知るかよ。もうひとり子供がいたことも、たった今まで知らなかったんだぞ」

「ふたりいたことは確かだ。だが、殺されたのがどちらかはっきりしない」

フォスターは見るからにたじろいだ。

「どういう意味だ？」

「ふたりの子供はそっくりで、間違ったほうがシーリー家に返された可能性がある」

「なんだかわけがわからない」フォスターは首を振り振りつぶやいた。「おれが見たのはひとりだけだ。その子をショッピングモールに連れていった」

シェリーがトレイに視線を向けた。

「フォスターはどうなるんですか？」

弁護士が口をはさんだ。

「正式に釈放を要求しますよ。彼がかかわった犯罪は一件だけで、罪はすでに償ったのですから」

「それを決めるのは地方検事だ」トレイは告げた。

両手で涙をぬぐったシェリーは、席を立ち、窓辺へ歩いていった。

フォスターは顔をあげようとしなかった。

結局また振りだしに戻った、とトレイは重い気持ちで考えた。シェリー・コリアーのDNA鑑定の結果が出るまでは、どちらの子が死亡してどちらの子がマーカス・シーリーのもとへ返されたか、わかりようがないのだ。

シェリー・コリアーが突然振り向いた。

「ボニー刑事。社会保障番号を調べればラリイの居所がわかるんじゃないですか？」

「その方法であなたを発見したわけですが、ラリイに関しては、誘拐及び殺人事件が発生した月以降、彼女の社会保障番号で届け出や申請がなされた記録はありません」

「もう死んでいるとお考えですか？」

「推測は差し控えたいと思います。事実にもとづいて捜査するのみです」

「それならラリイはどこへ消えたんですか？　生きているなら、生活のために何か仕事をしているはずだわ」

「べつの人間になりすましてるんだろう」フォスターが言った。「刑務所《ムショ》仲間はみんなやってる。姉貴が考えるほどむずかしいことじゃないさ」

シェリーが表情を曇らせた。「刑事さん、そうなんですか？」

「残念ながら、そのとおりです」

「じゃあ、どうやって見つけたらいいの。ほんとうに見つかるんでしょうか？」

「さあ、なんとも言えません。しかし、あなたと弟さんに協力していただいたおかげで、先週に比べるといろいろなことがわかってきました。少なくとも、誰を捜すべきか明確になりましたから」

「でも、あれから何十年もたっているんですよ。太っていたり白髪になっていたりして、当時の面影はないかもしれない。わたしは若いころと同じ色に髪を染めているけど、それでも弟はわたしが誰かわからなかったんですよ」

「よろしければ、あなたの現在の写真をもとにして、髪の色を変えたり、顔の肉を増減させたりして、似顔絵を作成してみたいのですが」

「もちろんどうぞ。一度、肉親を裏切った以上、今さら何をしてもとり返しはつきません」

「違うよ、姉貴」フォスターが口をはさんだ。「悪いのは姉貴じゃない。おれとラリイだ。おれたちが過ちを犯したんだ」

「でも、それならなぜこんなに心がとがめるのかしら」

フォスターは無言だった。言うべき言葉が見つからなかった。

19

日が沈むころ、トレイはようやく帰宅した。エラは玄関の両脇《りょうわき》に並べられたゼラニウムの鉢植えに水をやっていた。赤いブラウスに赤いスラックスという派手なスタイルに、トレイは思わず笑みを誘われた。ゼラニウムの真っ赤な花にまさにぴったりだ。

「ただいま。今日もおしゃれですね」近づきながら声をかけた。

「ああ、おかえり」エラが水道を止めてホースを巻きあげた。「キャセロールをつくっておいたよ。オーブンで保温してある。バナナクリームパイは冷蔵庫、それから野菜入れにサラダの材料を用意しておいたからね。そうそう、ミルクがあとちょっとしかなくて、卵はあとひとつで終わりだよ。補充するものをリストにして戸棚に貼《は》っておいたから」

「エラ、そこまで面倒をみていただかなくてもいいんですよ。リヴィーの体がもう少ししっかりするまで、誰かについていてほしかっただけですから」

エラが腰に両手を当てて口をとがらせた。

「あたしは自分がしたいようにやってるだけ。人の役に立つのって最高だわ。とにかくこっちは気分よくやってるんだから、ごちゃごちゃ言わないで」

トレイは小さく笑った。「わかりました。でも、あまり無理をしないでくださいよ」

「はいはい。愛《いと》しい彼女は裏庭のプールにいるわ。今日、お祖父《じい》さんが訪ねてきたのよ」

「マーカスが？　まだいるんですか？」

「いや。ポーカーで負けたら帰っちゃった」

トレイの顔から笑みが消えた。「ポーカーをやっていたんですか？」

「そうだけど」

「賭《か》けたのはマッチですよね？」

「まさか。お金に決まってるでしょ」エラがポケットを叩《たた》いた。「二百ドル近く巻きあげてやったわ。でも、すっからかんにはしなかった。こっちもそこまで薄情じゃないから」

「まったく……」トレイは小声でつぶやいた。

「何か文句でもある？」

「エラ、ぼくは法の執行にたずさわる人間ですよ。その家で賭事《かけごと》をするなんて信じられません。でも、今はあまりに疲れていて文句を言う気にもなれない」

エラが鼻で笑った。「そんなに怒りなさんな。もうしないから。マーカス・シーリーは愚かな人間じゃないから、同じ間違いを二度は犯さないよ」

「どういう理由であろうと、賭事をやめてくださって感謝します」

「べつに気にしなくていいのよ。じゃあ、あたしはこれで失礼するわ。お気に入りの番組が始まる時間だから。あとはふたりでごゆっくり。また明日会いましょうってオリヴィアに伝えておいて」

「はい。いろいろお世話さまでした」芝生を横切って帰っていくエラを見送って、トレイは急いで家に入った。

家のなかはエラが調理した料理の香りのほかに、家具の艶《つや》出《だ》し剤のにおいがかすかにただよって、いかにも家庭らしい空気に満ちていた。オリヴィアが来る前には存在しなかったエネルギーがみなぎり、家そのものが息を吹き返したかのようだ。しかし、変化をもたらしたのが人の存在だけではないことをトレイは知っていた。トレイとリヴィーのあいだで育ちつつある愛が、ただの家をぬくもりのある家庭に変えたのだ。

玄関のドアを閉めると、手早く上着を脱いで壁のフックにかけ、拳銃《けんじゅう》を収めたホルスターをはずして机の引き出しにしまった。キッチンの窓から裏庭に目をやると、オリヴィアは大きな浮き輪に体をあずけて水面に浮かんでいた。身につけている黒いビキニはここからではよく見えないが、トレイは大いに男心をそそられた。数分後、水着に着替えて、うれしそうな顔で部屋を出た。

風よけ戸がきしる音が聞こえたが、オリヴィアは目をあける気にならなかった。何かあったらエラが知らせてくれるはずだ。

次に聞こえたのは大きな水音だった。エラがプールに落ちたのだろうか。あわてて振り向くと、日に焼けた長い脚が水中に消えていくのがちらりと見えた。数秒後、すぐそばの水面からトレイが顔を出した。黒い髪が濡《ぬ》れて頭に張りつき、まつげから水がぽたぽた垂れている。一見、涙のようだが、その顔に悲しみの色はまったくなかった。それどころか、とびきりの笑顔を浮かべている。それを見ると、オリヴィアも浮かれた気分になってきた。

「あら、あなただったの」そう言って、トレイの顔めがけて水をはね飛ばした。

「やったな」トレイはオリヴィアの浮き輪を押して、プールの浅いほうの端に移動させた。

トレイの上半身があらわになった。じろじろ見てはいけないとオリヴィアは自分に言い聞かせたが、脳が言うことを聞いてくれなかった。たくましい腕や肩、そして六つに割れた腹筋に目が吸い寄せられてしまう。ほっそりした少年の体が成長してどんなふうに変化したか前々から興味があったが、これでよくわかった。

オリヴィアがにこやかな笑みをたたえて視線を顔に戻すと、トレイは気遣わしげな表情で彼女の肩の銃創を見つめ、傷をおおい隠そうとするかのように腕をのばしてきた。

そして彼女の手をとると、てのひらを上にして自分の口もとに引き寄せ、長くていねいなキスをした。てのひらが彼の息で温まるのを感じて、オリヴィアはうめきそうになった。

たまらなくトレイがほしかった。十七歳のころ、オリヴィアは高校生だったトレイと結ばれた。そして今は、大人の男となったトレイのすべてを知りたいと切実に願っていた。

「トレイ……」

「しーっ」トレイはささやいて浮き輪の向きを変え、オリヴィアを背中から抱き寄せた。うなじを、そして耳の後ろを唇がかすめていく感覚にオリヴィアは神経を集中させた。トレイの口が肩におり、銃弾によってうがたれた傷跡で静止する。深々と息を吸いこむ音に続いて、頭のてっぺんに彼の頬が押しつけられるのがわかった。

「トレイ?」

「動かなくていい」トレイの声は震えていた。

「わたしのことならだいじょうぶよ」オリヴィアはそっと言った。

「きみのことが心配でたまらないんだ、リヴィー。もう少しこのまま抱いていたい」

オリヴィアは彼の胸に頭をあずけて目を閉じた。確かに恐ろしい目にあったが、自分が不運だったとは思わない。あの事件がきっかけとなって、トレイと再会できたのだから。

トレイは喉のつかえを無理やりのみこんで、高まる感情を抑えた。オリヴィアの肩に残る赤く痛々しい傷跡を見るたびに、胸がどきんとして、激しい憤りに襲われる。憎んでも憎みきれない犯人の首に、一度はこの手をかけた。あのまま力を入れて強くひねれば、すべては片づいたはずだ。そうすればデニス・ローリンズによる恐怖の支配は終わりを告げ、テキサス州は刑務所の維持費を多少なりとも節約できた。しかし、トレイは手を下さなかった。命のあるかぎり、あのとき胸をよぎった逡巡《しゅんじゅん》を悔やみつづけるだろう。

だいぶたってからトレイの体が動いた。ゆっくりと息を吸いこむ音がオリヴィアの耳に届いた。


頭をのけぞらせて見あげると、トレイが上からのぞきこんだ。

「逆から見ると、おかしな顔」オリヴィアは陽気に笑った。

「きみもかなりおかしいよ」張りつめた雰囲気をほぐすためにわざとからかっていることを知りながら、トレイは言い返した。

「どっちが速く泳げるか競争する?」

「ぼくはプールにはあまり興味がない」

オリヴィアの笑みが小さくなった。視線がトレイの顔から胸に、そして水のレンズのいたずらでゆがんで見える下半身に移動する。

「裸で泳ぐのかと思っていたわ」

「きみが脱げと言うなら脱ぐよ」

本気じゃないくせに、という言葉が喉まで出かかったが、オリヴィアは怖くて言えなかった。ようやく顔をあげたとき、トレイの瞳は暗い陰りを帯び、顔からは表情が読みとれなかった。

トレイの心は揺れに揺れていた。愛を交わしたいのは山々だが、オリヴィアの体の状態を考えると、許されるのはキスまでだ。そのとき、思ってもみなかった質問が飛んできた。

「あなたがしたいことって、ベッドですること？」

トレイの鼻孔が広がった。「つまらない冗談を言うなよ」

「わたしが笑ってるように見える？」

「そんなこと……まだできるわけないじゃないか」

「なぜ？　撃たれたのは肩よ。お尻じゃないわ」

意外な申し出に、トレイは目をぱちくりさせた。

「ねえ、リヴィー。高校時代のときと比べて、きみはずいぶん変わったね」

「自分の気持ちを正直に口に出すようになったという意味なら、そのとおりよ。もう一度やりなおしたいというわたしの願いを、あなたは聞き入れてくれた。だから、そこから得られるすべてを体験したいの。愛を交わすことも含めて」

「リヴィー、ぼくがそれを望まないと思ってるのか？　死ぬほどきみがほしいよ。でも、ふたりして熱に浮かされるわけにはいかない。どちらか一方が分別を働かせないと。いいかい、きみの健康が完全に回復したら、こんなふうにぼくを焚《た》きつけたことをきっと後悔させてあげるよ」

「健康なら……もう回復してるわ」そう言うと、オリヴィアは浮き輪を投げ捨てて、トレイに歩み寄った。「ほら、よく見て。自分の足で立っているのよ。恥も外聞もなく、あなたにおねだりしているの」

「ねだる必要などない」

「ほんとに？」

トレイの決意もそこまでだった。

「わかった、きみの勝ちだ。プールからあがって家に入れ。二分以内でベッドまで移動すること」

オリヴィアはプールから体を引きあげた。タオルに手をのばそうとした瞬間、ビキニのブラの内側にトレイの指が差し入れられるのを感じた。あっと思う間もなくホックがはずれ、ブラが肩からすべり落ちた。

無意識に両手で胸を隠して振り向いた。トレイの顔には、はっとするほど熱い情熱が刻まれていた。

「あと一分」トレイが告げる。

コンクリートの床に落ちたブラを拾っている暇はない。オリヴィアはそのまま裏口のドアに向かった。家に入って数秒すると、ドアがばたんと閉まり、錠がおりる音が聞こえた。気がつくと、トレイが真後ろに立っていた。

どちらの部屋に行くべきか迷って、オリヴィアは廊下の中央で立ちどまった。

「時間切れだ」トレイはオリヴィアを抱きあげて、自分の部屋へ運んだ。床に立たせてゆっくりとビキニのボトムを脱がせ、それからカバーをめくって、ベッドの中央にそっと横たえる。

「トレイ、何もかもびしょびしょになってしまうわ」

「それも悪くない」

オリヴィアは小さく身を震わせた。

水着のトランクスをおろして足を引き抜いたトレイは、その場に脱ぎ捨てた。

トレイの濡れた肉体を、オリヴィアはむさぼるように見つめた。髪からも水のしずくが垂れている。

「きみは何もしなくていい」低い声で言いながら、トレイがベッドに入ってきた。

オリヴィアの脚をまたぐようにして足もとに腰をおろす。

腕をのばしてトレイの体に触れようとしたオリヴィアは、厳しい声で注意されてひるんだ。

「こらこら、リヴィー。じっとしているように言ったはずだ」

「何よ、偉そうに。わたしはあなたに触れて、あなたを抱きしめたいの。愛される悦《よろこ》びを早く実感したいのよ」

トレイは肘と膝で自分の体重を支えて、オリヴィアにおおいかぶさった。

「ああ、リヴィー。すべてを実感させてあげるよ。目を閉じて、あとはぼくにまかせるんだ」

オリヴィアは素直に彼の言葉に従った。

マットレスの両側がトレイの体重を受けてへこむのを感じてまもなく、胸の先端から先端へ何か温かいものが動いた。吐息のぬくもりだとすぐにわかった。指も舌も触れていないのに、トレイの顔がそこにあるのが感じられた。心臓が速いリズムを刻みはじめる。

ぬくもりは胸からみぞおちにゆっくりと移動し、おへそのあたりでしばらくとどまった。そのあと、何か濡れたものが円を描くように動き、やがておへその穴に達した。

オリヴィアはうめき声をあげた。トレイは舌を使っているのだ。

舌はさらにおり、腿の合わせ目でとどまった。トレイの高まりを感じとったオリヴィアは、すぐにも受け入れようと脚を開きかけたが、その拍子に、体についていた水滴が肌をすべり落ちた。

今度も低い声で注意された。「オリヴィア……じっとして」

彼に触れたい、自分に触れてほしいという欲求で、体が小さく震えてきた。

しかし、トレイは触れさせてくれない。

彼の熱い吐息が腿から膝へ移動した。くるぶしを両手で包まれた瞬間、甲高いあえぎがもれそうになった。

「あせらないで」トレイがささやく。「ぼくにすべてをゆだねるんだ」

左右のくるぶしを握っていたトレイは、その手を少しゆるめて両手を膝にすべらせ、そしてまたくるぶしに戻って、触れるか触れないか程度の微妙なタッチで肌をさすりつづけた。

オリヴィアは身をわななかせた。

「トレイ……トレイ」

「しーっ」

切ないため息をついて、オリヴィアはふたたび言われるままになった。

トレイはオリヴィアの脚をゆっくりとていねいに愛撫《あいぶ》した。はじめは上に、そして下に向かって。同じ動きが何度も何度もくり返されるうちに、オリヴィアは自分が幼い子供になり、やさしくあやされているような不思議な感覚に包まれた。

ふいに足首をつかまれ、脚を大きく開かされた。

オリヴィアは息をのんだ。ようやく待っていた時が来た。

しかしオリヴィアの思惑ははずれた。トレイはまだ行動を起こさなかった。

「お願いよ」オリヴィアはささやき声で懇願した。

「やめてほしいのか？」

「違うわ。まさか、とんでもない」

笑い声が聞こえたような気がしたが、鼓膜の奥で血管がどくどくと脈打っていたので、空耳だったのかもしれない。

今、トレイの手はオリヴィアの腿の上に置かれている。やさしく上下にさすったと思うと、腿の合わせ目にかすかに触れて、またすぐに離れた。

何度も同じ動きがくり返される。

オリヴィアはまたもあやされているような感覚に陥った。体じゅうの骨がとろけそうになったころ、突然脚を持ちあげられ、やさしい手つきで膝を曲げられた。気がつくと、体の中心に彼の親指があった。

オリヴィアは手をのばそうとしたが、押しとどめられた。トレイの声は、耳をすまさなければ聞きとれないほど低かった。

「さっきも言っただろう、リヴィー。きみは動かなくていい。じっとして」

トレイは敏感な部分を指で愛撫しはじめた。角度や方向を変えて、執拗《しつよう》にさすりつづける。

オリヴィアは無意識に息を止めていた。息をするように言われてはじめて、自分が呼吸を止めていたことに気づいた。ふたたび肺に空気をとり入れると、閉じたまぶたの裏に火花が散った。

「トレイ……」

切羽つまったオリヴィアの声を聞いて、トレイの決意は揺らぎそうになった。痛いほどの欲求に体がうずいているが、完全には傷が癒《い》えていないオリヴィアの体に負担をかけるわけにはいかない。

狂おしいほど彼女を求めながらも、なんとか自制心をとり戻した。

そのあいだも指は円を描くように動きつづけている。

うねるような快感が、オリヴィアの腹からさらに下に押し寄せた。トレイの指が触れている箇所に。そして、激しく脈打っている場所に。

オリヴィアは声に出してトレイを求めはじめた。やがて、言葉が不鮮明になった。トレイによって焚きつけられた小さな火が、体のなかで突然大きく爆発した。頭を大きくのけぞらせる。トレイは顔を近づけ、濃厚な口づけでクライマックスの叫びを封じこめた。

唇を合わせ、片手を敏感な部分に押し当てたまま、トレイはオリヴィアの体を抱いた。そして、最後のわななきが消え去ると、両手で自分の体重を支えて彼女のなかに入った。

オリヴィアは動かなかった。巧みな愛撫で体がとろけたようになっていた。トレイが腰を動かしはじめても、快い疲労を感じながらじっと横たわっていることしかできなかった。

記憶にあるより、トレイは大きくて、そして硬かった。それでも、いったん動きはじめると、絹のようになめらかな感触だった。高校時代と同様、ふたりの相性は完璧《かんぺき》だ。オリヴィアの心臓の鼓動とぴったり同じリズムで、トレイは腰を動かした。

彼が達した瞬間、オリヴィアは声をあげて泣いた。ともに過ごせなかった長い年月への悔いと、ふたたび愛し合うことができた喜びの涙だった。

オリヴィアを胸に抱いてぐっすり眠っていたトレイは、何かの気配を感じて目覚めた。上体を起こして耳をすましたが、不審な物音は何も聞こえない。家のなかはしんと静まっている。時計に目をやると、まだ夜中の二時を過ぎたばかりだった。

オリヴィアが寝返りを打ち、かすれた声できいた。「どうかした？　何かあったの？」

「いや、そういうわけじゃない。心配しないでお眠り」

オリヴィアが目を閉じるのを待って、トレイはベッドを出た。

脱ぎ捨てたままの濡れた水着が床に落ちている。つまんでバスルームに持っていき、シャワーカーテンのレールの上に広げた。ドアの裏側のフックにかけてあった短パンをとって身につけ、バスルームをあとにする。目が覚めたのは何かを感じたからだ。何も異常がないと確認するまで、ベッドに戻ることはできない。

家のなかも、外の通りもひっそりとしていた。不穏な動きは何もない。それでも、用心のために引き出しから拳銃をとりだして、庭の見まわりをおこなった。ドアの錠にも風よけ戸にも異常がないことを確認して、家に戻ろうとした。エラの家に明かりがついているのに気づいたのはそのときだった。トレイは眉間《みけん》にしわを寄せた。どうも何かおかしい。

玄関の扉を閉めて、庭へ足を踏みだした。エラの家の裏庭のなかほどまで来たとき、窓ごしに男の影が動くのが見えた。夫を亡くしたエラはひとり暮らしで、ひとり息子はフロリダに住んでいる。しかし、エラはたしか葬儀場チェーンの経営者と付き合っていると話していた。泥棒をつかまえるつもりで駆けつけたはいいが、ふたりの邪魔をするはめになったらばつが悪い。

足を止めて引き返そうとしたとき、男が腕を大きく振りあげるのが見えた。さらに、男の手から何かが飛んだ。ガラスが割れる音に続いてエラの悲鳴が大きく響きわたった瞬間、トレイは走りだした。

勝手口を裸足《はだし》で蹴破《けやぶ》り、銃をかまえて家に踏みこむ。最初に目に入ったのは、縛られて床に転がされたネグリジェ姿のエラと、ひどく荒らされたキッチンの様子だった。次の瞬間、銃を持った男がドアの後ろから忍び寄ろうとしているのを目の端でとらえた。

振り向きざま、トレイは発砲した。

男がよろめいて、そして倒れた。

男が握っていた拳銃を遠くに蹴飛ばしたトレイは、トースターのコードを引き抜いて、相手が息を吹き返す前に手足を縛った。使える電話を探して周囲を見まわしたが、どれも壁から線が引きちぎられていた。

エラがうめき声をあげた。

トレイはそばに駆け寄った。顔にあざがあり、唇は切れて血がにじんでいる。手足を自由にして、体を支えながら起きあがらせると、脚がふらついた。

「無理をしないほうがいい」トレイはエラを抱きあげて窓辺に運び、出窓の下の腰かけに座らせた。「何があったんです？　怪我《けが》はありませんか？」

「怪我はないわ。少し頭がくらくらして、すごく頭にきてるだけ」

トレイの胸に重くのしかかっていた緊張と恐怖がすっと解けていった。エラが怯《おび》えていたら一大事だが、頭にきているなら普段どおりということだ。

「この男が家に押し入ってきたのよ。何か物音が聞こえた気がして、あたしは目を覚ました。電話をしに行こうと思ったけど、その前に男が寝室にやってきたの。現金をよこせって言ったわ。あたしはバッグを指さして、マーカスから巻きあげた札束を見せたんだけど、現金には手を触れようともしないの。わけのわからないことをくどくどしゃべって、顔に張りついた蜘蛛《くも》の巣を払うみたいに顔をこすってばかり」

「トレイ？」

振り向くと、開いた戸口にオリヴィアが立っていた。スエットパンツの上に、ひと目でトレイのものだとわかるだぶだぶのTシャツを着ている。

「エラのそばについていてくれ」トレイはすばやく指示した。「ぼくは使える電話を探してくる」

「この家の電話は全部、線を引きちぎられてしまったのよ」エラが言った。

オリヴィアは床に倒れている男からエラの顔に視線を移し、はっとして息をのんだ。

「まあ、大変！　だいじょうぶ？」大声で叫んで駆け寄る。

「あたしはなんともないよ」エラは気丈につぶやいた。「へなちょこパンチを食らっただけ」

床に転がされている男がうめくのを見て、トレイは思い悩んだ。たとえ銃で撃たれ、縛られているとはいえ、女性たちのそばに危険人物を残していくわけにはいかない。エラの話を聞くかぎり、男はかなり常軌を逸しているらしい。

「そうだ、こうしよう」オリヴィアに告げた。「ぼくの家から携帯電話をとってきてくれないか。玄関ホールのテーブルの上だ」

すばやく勝手口を飛びだしていったオリヴィアは、あっという間に戻ってきた。トレイに携帯電話を差しだして、エラに付き添う。

数分後にはパトカーと救急車が駆けつけた。

男は拘束されたうえで病院に運ばれ、エラはその場で傷の手当てを受けた。本人は必要ないと言い張ったが、トレイは彼女を病院に運んで入念な検査を受けさせるよう救急隊員に指示した。外から見ただけではわからなくても、内臓になんらかの傷を負っていないともかぎらない。

普段のエラならとんでもないとどやしつけて拒否しただろうが、今は言い返す気力もないようだ。腹いせのように、オリヴィアに指を突きつけた。

「あんたは家へ帰ってベッドに入りなさい。顔色が悪いよ」

オリヴィアは声をあげて笑おうとしたが、反対に涙があふれてきた。腰をかがめ、担架で救急車に運ばれていくエラの頬にキスをする。

「いい子にしていればきっとすぐによくなるわ」

エラが口をすぼめた。「あたしがいなくなったら、誰があんたの面倒をみるの？」

「あなたが病院から帰ってきたら、おたがいに相手の面倒をみましょう」

エラは弱々しい笑みをつくった。トレイに手を引かれてオリヴィアが後ろにさがると、救急車は走り去った。現場に駆けつけた窃盗事件担当のふたりの刑事が、トレイの姿に気づいて声をかけてきた。

「よう、ボニー！　おまえの家だったのか？」

「いや、ぼくの家は隣だ」

「状況を説明してもらえるか？」

トレイはうなずいた。「ああ。その前にリヴィーを家に送ってくるからちょっと待ってくれ」

「わたしならひとりで帰れるわ」肘に手を添えたトレイに、オリヴィアは言った。

「わかってる。でも、自分の目できみの無事を確認したいんだ。ぼくにとって大切なふたりの女性がどちらも入院するようなはめになったら困るからね」

オリヴィアはため息をつき、トレイにもたれるようにして家へ戻った。トレイの家の前庭まで来てはじめて、脚が震えていることに気づいた。

「さっき、銃声が聞こえたわ」

「ああ」

「自分が撃たれたとき、銃声は聞こえなかったの。でも、あのときと同じに、胃がきゅっと引き絞られるような感覚がした」

「ごめんよ。怖がらせてしまったね」

「いいのよ。エラがあの程度の傷ですんでよかった」

「ほんとだ」

「トレイ？」

「なんだい？」

「どうしてわかったの？」

「わかったって、何が？」

「強盗が押し入ったこと。何か異常事態が発生しているということに」

ポーチの明かりの輪のなかで、トレイは立ちどまった。

「さあね。ただ気配で目が覚めたんだ」

オリヴィアはトレイの腰に腕をまわした。

「あなたはエラの命の恩人ね。わたしの命の恩人でもあるけれど」

「いや、そんなことは――」

「あなたは立派な人だわ、トレイ・ボニー。その立派さに釣り合う人間になるのは大変なことね」

「ぼくに釣り合う人間になる必要はない。ただ、これからの人生をともに過ごしてくれれば、それでいいんだ」

「それって、プロポーズ?」

「そうだ」

「返事はイエスよ」

トレイはほほえもうとしたが、感動で胸がつまったようになり、笑顔をつくる余裕はなかった。

「ほんとうに長いあいだ、きみにプロポーズできる日が来るのを待っていた。でも、ひとつだけ確信していたことがある」

「何?」

「きみに断られるかもしれないとは一度として思わなかった。おかしいだろう?」

オリヴィアはトレイの胸に頭をあずけて、ぎゅっと抱きついた。

「ぜんぜんおかしくないわ、トレイ。あなたの直感が正しかったというだけよ」

「そうかな……ともかく、きみはベッドに戻ったほうがいい。事件の詳細を伝えたら、ぼくもすぐに戻るよ。仕事に出かける前に少し眠っておかないと」

「なぜ？　何か大事な予定でも入っているの？」

そのときトレイは思いだした。シェリー・コリアーを発見したことも、彼女を連れてフォスター・ローレンスの面会に行ったことも、オリヴィアにはまだ話していなかった。でも、そのほうがいいのかもしれない。すべての事実が明らかにはなっていない段階でオリヴィアの出生にまつわる疑問に触れても、いたずらに気持ちを混乱させるだけだ。

「例の事件の捜査についての打ち合わせや何かがあるからね」

オリヴィアはうなずいた。「あなたが戻るのを待っているわ」とだけ言い残して、家のなかへ消えた。

トレイはしばらくじっと立ち尽くして、オリヴィアの言葉を深く胸に刻んだ。

彼女が待っていてくれる。

これ以上の幸せがあるだろうか。

20

二昼夜にわたるさまざまな事件の連続でトレイはほとんど睡眠がとれず、すっかり疲れ果てていた。そんななか、エラが大事をとって入院することになり、トレイは早朝マーカスに電話をかけて、この日はオリヴィアがひとりで過ごすことを伝えた。

新しいポーカー仲間が強盗に襲われたことを知って、マーカスは衝撃を隠せなかった。

「気の毒に！　命に別状はないんだろうね」

「ええ、もちろんです。骨折もしていないし、縫合が必要なほど大きな傷もありません。あざやすり傷がいくつかできましたが、まずまず元気ですよ」

「ああ、よかった」マーカスはほっと息をついた。「オリヴィアのことなら心配はいらない。わしが付き添ってもいいし、テレンスとキャロリンも早く会いたがっている。きみの留守中に大勢で押しかけるのはどうかと思うが」

「ぜんぜんかまいませんよ。どうぞいらしてください。それから、ひとつお願いがあります」

「なんだね？」

「いらっしゃるときに、両親が殺される前のオリヴィアの写真を持ってきていただけませんか？」

「おやすいご用だ。でも、なぜだね？」

トレイはシェリー・コリアーから聞いた話を手短に伝え、誘拐事件が起こる前、ラリイの家にいた幼児を彼女が何度か目撃していることを話した。

「写真を見ればふたりの違いがはっきりするというのかね？」

「さらにＤＮＡ鑑定の結果が加われば、どちらの子供が返されたのか明らかになるでしょう」

「わかった。あとで会いに行くとオリヴィアに伝えてくれ」

「わかりました。念のためにお知らせしておきますが、うちにはのんびりとくつろげる小さなプールがあります。肩のリハビリを兼ねて、オリヴィアは昼間はそこにいることが多いようです」

「トレイ」

「はい？」

「もう一度言わせてくれないか。きみのことをよく知らずにひどい扱いをして、ほんとうにすまなかった」

「忘れてください。昔の話です」

「そうはいっても、それほど心の狭い人間だったと思うとどうにも気恥ずかしくてね。自分ではもう少しましな人間のつもりだった。きみの寛大さに触れると、自分が小さく感じられるよ。わしがそのことに気づいていないとは思わないでくれ。きみは実に立派な人間だ」

口に出しては言わなかったが、トレイはマーカスの言葉に勇気づけられた。彼がどう思おうとオリヴィアと結婚する決意に変わりはないが、周囲に祝福されたほうがふたりの関係がより円滑に進むのは事実だ。

「そのお言葉をありがたく胸に受けとめさせていただきます。この話はこれきりにしましょう」

「わかった」マーカスは腕時計に目をやった。「この電話がすんだら、キャロリンに連絡して、テレンスとふたりできみの家に向かってもらおう。実は、アンナ・ウォールデンにもオリヴィアのところへ連れていくと約束してあるんだ。施設の職員によると、アンナはオリヴィアが見当たらないと言ってひどく動揺しているらしい。少しでも顔を見れば安心するだろう。普通ならわざわざ会わせたりはしないが、このままにしておくと混乱がさらにひどくなりかねないからね」

「もちろんけっこうです。リヴィーもアンナのことを心配していました。会えたら喜ぶでしょう。あ、それから、ポーカーのことを聞きましたよ」

マーカスが含み笑いをした。「やられたよ」

「ええ、それも聞きました」

「年寄りすぎて相手にならないとエラに言われた。信じられるかね？」

トレイは声をあげて笑った。

部屋へ入ってきたオリヴィアがうれしそうに顔をほころばせた。昔から、トレイの笑い声が大好きだった。

彼女の姿に気づいたトレイは、手招きをした。

「マーカス……ちょっと待ってください。リヴィーが起きてきたので代わります。ぼくはそろそろ仕事に出かけますので。今夜、お会いしましょう」

オリヴィアに受話器を差しだすのと同時に、自分の親指の腹にキスをして、それを彼女の唇の中央に押し当てながらウインクをする。

思いがけない愛の表現にすっかり気をとられたオリヴィアは、祖父が電話口で待っていることを忘れそうになった。

「トレイ、わたし――」

笑顔で電話を指さすトレイのしぐさにはっとなって、受話器を耳に押し当てた。

「お祖父《じい》さま？」

「おはよう、オリヴィア。気分はどうだね？」

「気分？　そうね……上々よ」

トレイはオリヴィアをじっと見つめて、視線で衣服をはぎとった。オリヴィアがにらむまねをして、早く行きなさいとばかりに指を突きつける。そんなオリヴィアを見て、トレイは満足そうな表情で歩み去った。

恋人たちのあいだで小さなバトルがくり広げられていることを知らずに、マーカスが話を続けた。

「施設から連絡があった。アンナはおまえを必死に捜しているそうだ。だから、そっちに連れていってちょっと顔を見せてやったらどうかと思うんだが、かまわないかね？」

「ああ、お祖父さま。もちろんよ。わたしもアンナのことがとても気になっていたの。ぜひ会いたいわ」

「よかった。トレイにも話したんだが、テレンスとキャロリンもおまえに会いたがっている。最初にふたりだけでそちらに向かってもらって、そのあとわしがアンナを連れていくよ」

オリヴィアは気持ちが高揚するのを感じた。なつかしい家族や親戚《しんせき》と再会できるのが楽しみでならない。

「みんなに会えるのが待ちきれないわ」

「じゃあ、あとで会おう」

「ええ、お祖父さま、あとで」

オリヴィアは受話器を置いて、トレイを捜しに行った。

足音に気づいて、トレイが振り向いた。すばやく笑みを浮かべ、かすれた低い声でささやく。「おはよう、リヴィー」

オリヴィアはトレイに近づいた。

「おはよう、あなた。夜中にベッドに戻ってから、少しは眠れたの？」

「ああ、多少はね。なんとか一日乗りきれるだろう」オリヴィアのうなじに手を当てて、体を引き寄せる。

オリヴィアは顔をあげた。

トレイはうつむいた。

唇と唇が合わさった。かすかに口を開いていたオリヴィアは、ミント味の歯磨きの風味を楽しみ、トレイは昨夜の濃密な時間を思い浮かべて股間《こかん》が熱くなるのを感じた。唇が離れると、トレイは不満そうにうめき、オリヴィアの体からしぶしぶ手を離した。

「歯磨きで女性をとりこにできるなんて、はじめて知ったよ」

オリヴィアはにんまりした。「あなたに関係があるものなら、なんでもセクシーに感じるのよ」

「そんなふうに言われると、仕事に行けなくなってしまうよ」

ふいにオリヴィアは、自分が場違いな反応をしているような感覚にとらわれた。シーリー家は深刻な問題に直面しているのだ。無邪気に笑っている場合ではない。

「仕事のことだけど……」

トレイは表情を曇らせた。できるなら捜査の詳しい状況をオリヴィアには知らせたくないと思ってきたが、やはりそうもいかない。彼女のほうから尋ねてきたこの機会に打ち明けるべきだろう。

「それがどうかしたのかい？」

「詳しい話を聞かせてもらっていないわ。デニス・ローリンズが逮捕されたあと、何か進展はあったの？」

「重要な事実がいくつか明らかになった」

「どんなこと？」オリヴィアはベッドの端に腰をおろした。

その横に、トレイが座った。「フォスター・ローレンスが誘拐事件にかかわったのは、実の姉のせいだった」

オリヴィアは息をのんだ。「お姉さん？　その人がわたしの両親を殺したの？」

「たぶんそうだろうが、今のところ確証はない。あるのはローレンスの証言だけだ。あの男が犯罪現場に到着したのは、誘拐事件が発生したあとだそうだ。ぼくはその言葉を信じていいと思う。かいつまんで説明すると、彼の姉のラリイ・ローレンスが、壁の穴をふさいでほしいとフォスターに電話をしてきた。フォスターが作業をしていたら、べつの部屋から幼い女の子が出てきたそうだ」

「それがわたしね」

トレイは無言だった。

オリヴィアの頭に、いつかトレイに聞かされた話がよみがえった。

「壁の穴を修理していたって……もしかして、幼児の遺骨が入ったスーツケースが隠されていた穴のこと？」

トレイはうなずいた。

「あの子は誰なの？　なぜ殺されたの？」

トレイはオリヴィアの両手をそっと握った。たとえどんな結果になろうと、決してそばを離れないと伝えたかった。

「フォスター・ローレンスの家族について、さらに判明したことがある。ラリイは一卵性双生児だった。もうひとりの姉のシェリー・ローレンス・コリアーはマイアミで暮らしているが、実は、きのうからダラスに来ている。ＤＮＡサンプルの提供に応じてくれたうえに、黙秘していたローレンスの口を開かせてくれた」

オリヴィアが納得できないという表情をした。「事件に無関係な人のＤＮＡを調べてどうするの？」

「さっきも言ったように、ラリイがきみの両親を殺害した可能性が高いとわれわれは見ているが、彼女にはマイケルとケイの子供と同い年の娘がいた。その子の父親もやはりマイケルだ。そしてきみも知っているとおり、子供たちのうちのひとりは殺された。返されたのがどちらの子か、その確証となるものをわれわれはずっと探していた。実際の話、異母姉妹であるふたりの幼児が見分けがつかないほどよく似ているというのは常識では考えにくいし、きみのお祖父さんはきみがきみであることにまったく疑いを抱いていない」トレイは小さく笑って、オリヴィアの鼻の頭をちょんとつついた。「そしてぼくも、きみがぼくの愛した人であることを確信している。二度ときみを失いたくない」

オリヴィアは唇をわななかせたが、泣くのはこらえた。

「ええ、そうね、トレイ」

「もちろんだ。だからシェリー・コリアーにDNAサンプルの提供を求めた。一卵性双生児はDNAも同一だからね」

「そうなの」

「これにはもうひとつプラスの面がある」

「この話にプラスの面があるとは思えないけど……でも、続けて」

トレイは渋面をつくって、オリヴィアの頬にキスをした。

「ごめんよ……刑事の立場でものを言っていた」

「いいのよ。こちらこそごめんなさい。つい愚痴をこぼしそうになってしまうけれど、こうして生きていられるだけでもありがたいと思うべきね。わたしがスーツケースにつめられていたかもしれなかったのだから」

「そのとおりだ」

「それで……プラスの面ってどんなこと？」

「ああ。誘拐事件が起こる前の二年ほどのあいだに、シェリー・コリアーは何度かラリイに会いに行っているが、そのたびに小さな女の子が家にいたそうだ。本人はアルバイトでベビーシッターをしていると説明していたらしいが、それはうそだ。それで肝心な点だが、シェリー・コリアーのＤＮＡを検査すれば、どちらがラリイの娘か明らかになる」

「ラリイの居場所を、シェリーは知っているの？」

「いや」

「そう。でも、捜査の面では確かに大きな前進ね」

オリヴィアは気丈に言ったが、その声に怯《おび》えがあるのをトレイは聞き逃さなかった。

「きみの気持ちはわかるよ。でも検査の結果がどうであろうと、お祖父さんもぼくも、きみだけを愛する気持ちに変わりはない」

オリヴィアはうなずいてトレイにもたれかかり、たくましい腕のなかでつかの間の安心感に浸った。

しばらくしてトレイは仕事に出かけた。オリヴィアは元気な顔で手を振ったが、ひとりになると体が小さく震えだした。見ず知らずの人間の遺伝子構造によって、自分の人生が根底からくつがえされてしまうかもしれないのだ。もし自分が殺人者の娘だと判明したら、とても耐えられない。たとえマイケル・シーリーの娘であることに変わりはなくても、祖父は以前とは違う目で自分を見るようになるだろう。そして、オリヴィアの母親に息子を殺されたことを決して忘れないだろう。

「神さま、それだけはお許しください」オリヴィアは祈った。


正午までには、トレイの家は客であふれていた。エラも退院を許されて救急車で自宅まで送ってもらい、プールサイドに置かれたラウンジチェアで女王のようにくつろいでいた。すでに到着していたテレンスとキャロリンは、オリヴィアの肩の傷を見てかなりのショックを受けたが、個性的な隣人にはふたりしてすっかり心を奪われた。トレイの活躍ぶりを、エラは臨場感たっぷりに語って聞かせた。

「……それでね、ドアを蹴破《けやぶ》って入ってくるなり銃をぶっ放したのよ。これまでの人生で、あんなにわくわくしたことはなかったわ」

「まあ、すごい！」キャロリンが興奮気味に叫び、あらためてオリヴィアを見なおした。

「彼とは高校時代からの付き合いなんですって？」

「いいえ、そういうわけではなくて。高校を出たあとは……その……ずっと会っていなかったの。今回、トレイが事件の担当になって、それで再会したのよ」

キャロリンが笑みをたたえて、両手を胸に押し当てた。

「なんてロマンチックなんでしょう。初恋の相手とめぐり合うなんて」

テレンスがやさしくほほえんだ。

「家内は昔からロマンチックな物語が何より好きでね」

「ええ、そうよ。それの何が悪いの？」

「あたしもまったく同感よ」エラが口をはさんで、オリヴィアに向かって片目をつぶった。

「キャロリンとは気が合うわ。ご近所に引っ越してきてもらいたいくらい」

自分のことを話題にされてオリヴィアは頬を染めたが、少しも不快ではなかった。これまでに経験したことがないほど満ち足りた気分だった。

「お昼にしましょうか？」オリヴィアはみんなに声をかけた。

キャロリンが跳ねるように立ちあがった。「わたしにまかせて。キッチンへ案内してくれたら、あとは全部やらせていただくわ」

「こちらよ」オリヴィアは応じた。エラが立ちあがろうとしているのに気づくと、指を突きつけてにらむまねをした。「いっしょに来てもいいけど、いっさい手は出さないこと」

「よろしければどうぞ」テレンスが丁重に差しだした肘に、エラは感謝をこめて腕を通した。

全員がキッチンへ移動し、エラだけは抗議もむなしく椅子に座らされた。オリヴィアとキャロリンがサンドイッチをつくりはじめたとき、ドアにノックの音が響いた。

「わたしが出よう」テレンスが申しでる。

トマトをスライスしていたオリヴィアは、顔をあげて言った。「きっとお祖父さまとアンナだわ」

「じゃあ、もっとサンドイッチを増やさないと」と、キャロリン。

オリヴィアはうなずいて、もうひとつトマトをスライスした。手を洗っていると、マーカスとアンナがキッチンへ入ってきた。アンナは人形を抱きしめているが、それ以外は元気そうで身なりもきちんとしている。洗いたての髪はきれいに櫛《くし》が通り、ピンクとベージュのプリントのゆったりした綿のブラウスにベージュのスラックスを組み合わせていた。よどんだようなその表情を見て、オリヴィアは悲しい気持ちになったが、それでも名前を呼ぶと、表情にいくらか変化が表れた。

「お祖父さま！　アンナを連れてきてくれてありがとう」それからアンナの肩に手を当てて、正面から顔を見つめた。「アンナ……お久しぶりね」

アンナが目をぱちくりさせた。この声には聞き覚えがある。青い服を着ている女性をまじまじと見て、そして頬をゆるめた。この顔にも見覚えがある。

「オリヴィア？　わたしの大切なオリヴィアなの？」

オリヴィアはアンナの肩に腕をまわして、しっかりと抱き寄せた。

「そうよ。あなたのオリヴィアよ。さあ、こっちへ来てエラの隣に座って。エラは新しいお友だちよ」

アンナがかすかに不快そうな顔をした。

「この人もローズみたいに上手にミートローフをつくれる？」

「ローズほど上手にミートローフをつくれる人はほかにいないわ。でも、エラはカードが得意よ。ポーカーの名人なの」

エラがにっこり笑って隣の席を軽く叩《たた》いた。アンナの知力が低下していることは事前に聞かされており、他人事ではないと感じていた。老化現象のあれこれについても、エラは豊富な知識を持っていた。

「わたしもカードをやりたい」アンナが言った。

エラはにこやかに応じた。「いいわ。なんのゲームにする？」

アンナがひたいにしわを寄せて考えこんだ。「ハーツ」

オリヴィアはアンナの肩に腕をまわし、胸にきつく押し当てられているプラスチック製の人形を見ないようにして声をかけた。

「カード遊びはお食事がすんでからにしましょう。アンナ、いっしょにお昼をいかが?」

「ええ、いただくわ」

「サンドイッチができましたよ」キャロリンがみんなに知らせた。

「よかった！　腹が減って死にそうだよ」テレンスが大声をあげ、いくぶん恥ずかしそうに言いなおした。「いや、死ぬほどというのはちょっと大げさだが、とにかくお腹《なか》がぺこぺこなんだ」

いっせいに笑い声があがり、その場がなごんだ。品のよいマーカスでさえ含み笑いをもらしている。オリヴィアの肩に腕をまわしてテーブルに向かって歩きながら、マーカスは耳もとでささやいた。「おまえもよくがんばっているね」

オリヴィアは内心の動揺を隠して言った。

「心配しないで、お祖父さま。すべてが明らかになったほうがわたしもすっきりするから」

「フォスター・ローレンスの姉が見つかったことを、トレイから聞いたのかね?」

「ええ」

「トレイに頼まれて、古いアルバムを持ってきた。リビングに置いてある」

オリヴィアはうなずいた。

「今はよけいな心配をしないで、お食事にしましょう」

マーカスは孫娘を抱きしめ、椅子を引いて席につかせた。かいがいしく働いていたキャロリンが最後の皿をテーブルに運び終え、全員そろって食べはじめた。

「食前のお祈りをしないと」アンナがいきなり言いだした。

人々の動きがいっせいに止まった。

「そうだ、もちろんだとも」マーカスがあわてて同意する。

「わたしが唱えるわ」そう言うと、アンナは抱いていた人形を膝に置いた。

全員が無言でこうべを垂れた。

しばらくのあいだアンナも無言だった。やがて、身を乗りだすようにして目を閉じた。

「食べ物を与えてくださって感謝します。たくさんの友人がいることに感謝します。そして、大切な宝物にふたたび会わせてくださったことに感謝します」

「アーメン」マーカスが声をそろえた。

最初のうち、テーブルには気づまりな空気が流れていたが、食事が進むにつれ、人々はしだいに打ち解けてきた。サンドイッチを食べ終えると、オリヴィアは食器戸棚からエラが前日に焼いたクッキーを運んできた。キャロリンは甘くしたアイスティーのお代わりを注いでまわった。

マーカスがクッキーの味をほめ、口の端にクッキーのかけらがついているといって、キャロリンがマーカスをからかっていたとき、玄関のドアが開閉する音が聞こえた。

キャロリンがおしゃべりをやめて口をつぐんだ。みんなが押し黙るなか、オリヴィアは言った。

「たぶんトレイだわ」

マーカスが玄関まで迎えに出た。

数秒ののち、トレイをともなって戻ってきたが、トレイはひとりではなかった。

「こんにちは、みなさん。ちょうどいいところへ来たようだ」

オリヴィアは席を立って、彼の頬に挨拶《あいさつ》代わりのキスをした。

「冷蔵庫にサンドイッチの残りが入ってるわ。お腹は空《す》いてる?」

トレイは返事をためらった。オリヴィアの様子を見るために家に寄っただけで、家族の集まりにシェリー・コリアーを連れてくるつもりはなかった。しかし、今さらどうしようもない。後ろを振り向くと、シェリーは見るからに居心地の悪そうな表情をしていた。

「みなさん、こちらはシェリー・コリアーさんです。コリアーさん、何か召しあがりますか?」

「いいえ、どうぞおかまいなく」シェリーは反射的に答えた。集まっている人々のなかには身内をラリイに殺された人もいることをよく承知していた。

全員が礼儀正しくシェリーに会釈したが、張りつめた空気は少しもゆるまなかった。

マーカスもいくぶん表情がこわばっていたが、生まれついての紳士らしく、シェリーに椅子を勧めた。

「コリアーさん、おかけになりませんか？　せめて冷たい飲み物とクッキーぐらいおあがりなさい。おいしいですよ」

目には見えない緊張感に気づかずに、エラが歓声をあげた。

「あたしのお手製よ」

硬い笑みを浮かべたシェリーは、周囲の人々にすばやい視線を投げかけて席についた。クッキーを一枚とって口に運ぶあいだに、キャロリンがアイスティーのグラスを用意した。

トレイがマーカスに向きなおった。

「写真を持ってきてもらえましたか？」

「ああ、リビングに置いてある」

「持ってきます」トレイはさっと席を立って部屋を出た。

キッチンに戻ってきたときには、テレンスがキャロリンに手を貸してテーブルを片づけ、シェリー・コリアーは、できるだけ目立ちたくないというようにひとり静かにお茶を飲んでいた。しかし、普通ではありえないような複雑な人間関係のなかでは、どだい無理な話だった。

「大切な宝物にまた会えたの」アンナが言って、顔を輝かせた。

どこか様子のおかしい太った女性にシェリーは目をやり、人形を抱いているのに気づいて、あわてて目をそらした。オリヴィアは泣きたい気持ちだった。慕っていたアンナはもういない。目の前にいるのは彼女の抜け殻だ。

トレイがシェリーの前にアルバムを置いて顔をあげ、周囲の人々を見まわした。

「コリアーさんにいらしていただいた理由は、みなさんご存じだと思います。あらためて念を押しておきますが、彼女のご家族が体験されている悲劇に、コリアーさん自身はいっさい責任がありません。しかし、彼女と同席することにみなさんが居心地の悪さを感じるようであれば、ふたりで別室に行って写真を見ることにします」

「わしは一向にかまわんよ」マーカスが言った。

テレンスとキャロリンが無言でうなずくのを見て、マーカスの意見に賛成という意味だとトレイは解釈した。キャロリンは遠い昔に見た女性の面影を見いだそうとするかのように、シェリー・コリアーをじっと見つめている。だいぶたってからトレイのほうを向いて首を横に振った。マイケルが連れていた女性と似ているかどうかわからないという意味だろう。昔のことだから無理もない。それでもまだ写真とDNA鑑定という強力な手がかりがある。

みずからの肉親がかつて誘拐した子供の目をはじめてのぞきこんで、シェリーがふいに息をのんだ。その子は、今や大人の女性に成長していた。シェリーの様子を観察していたトレイは、問いかけるような目でオリヴィアを見た。

「だいじょうぶよ」トレイの目を見返して、オリヴィアは答えた。

シェリーが視線をそらして一冊めのアルバムを開き、ページをめくりはじめた。マーカスがかたわらに座って解説を加える。

「これが家内のアミーリアで、抱かれているのが息子のマイケルです。息子が十七のとき、家内は死にました。全部を見る必要はありませんよ。オリヴィアが登場するところまで飛ばしましょう」

シェリーはまばたきして涙をこらえた。

「恐れ入ります」低い声でつぶやいた。膝の上で折り重ねた両手は小さく震えていた。

アンナが椅子から立ちあがって、部屋から出ていこうとした。

「どこへ行くんだね？」マーカスが声をかける。

「赤ちゃんを寝かしつけてくるの」

エラが席を立った。「あたしがいっしょに行くよ。どうせ、ここにいてもすることはないし」

「よろしくお願いします、エラ」と、トレイが声をかけた。

ふたりが出ていったことに、シェリーはほとんど気づきもしなかった。目の前の大量の写真を見ることに夢中になっていた。

「これは？」一枚の写真を指さして尋ねる。

「マイケルと妻のケイだ。これがオリヴィアだが、全身をすっぽりくるまれていて顔はよく見えない。出産後、病院から家に連れて帰ってきたときの写真だ」

シェリーはうなずいた。時間をかけてマイケルの顔を見つめ、そしてケイに視線を移す。だいぶたってから、ケイの顔を手で示した。

「なんだか……若いころのラリイとわたしにそっくりだわ。知らない人が見たら家族だと思うんじゃないかしら」

「そんなに似ているんですか?」トレイは思わず尋ねた。

「ええ。わたしたちも身長が平均よりいくぶん高めで、くせのある黒い髪をしていました。それに、顔の形も同じで、鼻が上を向いているところもそっくりだわ」

マーカスは眉間《みけん》にしわを寄せたが、何も言わなかった。

さらに先のページに目を通していたシェリーが、はっとした表情でページ中央の写真を指さした。

復活祭のマイケルとオリヴィアを写した一枚だ。オリヴィアがかかえている飾りつきの小さなかごには美しく彩色した卵が入っている。オリヴィアの顔と洋服にはチョコレートのしみがついているが、父と娘は大きな笑顔でまっすぐにカメラを見つめている。

「信じられない」シェリーがつぶやいた。

トレイが顔を寄せた。

「何がですか?」

「この子よ」

「この子がどうかしましたか?」

「ラリイの家にいたのはこの子です」

「そんなことはありえない」マーカスが異議を唱えた。「それは、誘拐事件が起こる前のオリヴィアだ。子守もベビーシッターも雇っていなかったし、保育所に預けたこともない。ケイは娘から決して目を離さなかった」

シェリーが表情を曇らせた。「でも、間違いないわ。この子です」

トレイは胸の奥がむかついてきた。マイケルを父に持つふたりの娘がよく似ていることはある程度予想していたが、見分けがつかないほど似ているとはにわかには信じがたい。返された子供の顔を見間違えるはずがないというマーカスの言葉を、オリヴィアは心のよりどころにしてきたというのに。

「勘違いをされているんでしょう」マーカスがなおも言った。

「わたしの目に狂いはありません」シェリーはそう断言してトレイを見あげた。困惑したトレイは乱暴に髪をかきむしった。

「これ以上、押し問答しても無意味です。こういう事態は予期していました」

「こういう事態とはなんのことだね?」マーカスが詰問する。

オリヴィアは壁に身を寄せて、両手で耳をふさいだ。この先を聞きたくなかった。

「ふたりの女の子がそっくりだということです」

マーカスの顔から血の気が引いた。「そんなことはありえない。それぞれ違う母親から生まれてるんだぞ」

「その母親たちは、コリアーさんによると、よく似ていたそうです」ひと呼吸置いて、付け加えた。「この写真の女の子は息子さんにそっくりですよね？」

「ああ、そうだ。生まれたときから父親似だった」

「だとしたら、ふたりとも父親似であっても不思議はないはずです」

反論しようとして口を開きかけたマーカスは、実際にはそのとおりだと気づいて視線をそらした。口に出して認めたくはなかった。

トレイが様子をうかがうと、オリヴィアは幽霊でも見たような顔をしていた。

シェリーは納得できないという顔つきで写真を指さした。「わたしが見たのはこの子ではないというんですか？」

「断言はできませんが、おそらく違うでしょう。あなたとマーカスの主張は真っ向から対立しています」

「どうすれば真実がわかるんでしょう」

「あなたのＤＮＡ鑑定の結果が出れば、すべて明らかになります」

「もう少し写真を見せてください」シェリーは言った。「もしかしたら見間違いかもしれません。先入観にとらわれていたかも」

「もちろんどうぞ。納得できるまで見てください」

さらに多くの写真に目を通したシェリーは、ある時点で長い空白があることに気づいた。

「ここからは、マイケルとケイが亡くなったあとの写真ですね?」涙がぽろぽろと頬を伝う。「ごめんなさい。ほんとうに、なんとお詫《わ》びすればいいか」

マーカスはその腕に手を置いた。「あなたのせいじゃない。あなたが謝る必要はありませんよ」

しかしシェリーは無言で首を振って、さらにページを繰りつづけ、ある箇所で手を止めた。身震いしながら写真を指さす。

「これ……」

トレイが写真をのぞきこんだ。

「誰ですか?」

「誰って、子守のアンナじゃないか」わかりきったことをきくなという口調でマーカスが答えた。「この写真は、彼女がうちで働きはじめて数カ月後に撮影したものだ」

シェリーがあえぐような声を出して、唐突に立ちあがった。

「お宅で働いていたんですか?　そんな、まさか!」

シェリーの顔をただならぬ恐怖がよぎったことに最初に気づいたのはトレイだった。

「この人は誰なんですか、コリアーさん？」

「ラリイよ。これがラリイよ。ああ、信じられない」

オリヴィアはうめき声をあげて床にしゃがみこみ、さらなる殴打から身を守ろうとするかのように、腕をあげて頭をおおった。

一瞬さっと青ざめたマーカスの顔が、怒りでしだいに赤黒く染まった。

「わしは息子を殺した女を雇ったのか？」

シェリーは身を震わせていたが、新たな決意をにじませた声で言った。

「ラリイが何をしたのか知りませんが、わたしにとっては血のつながったきょうだいです。お願いですからどこにいるのか教えてください。どうしても会わなければ」

「ついさっきまで、テーブルの反対側に座っていましたよ」トレイが答えた。

シェリーがけげんな表情をした。「なんですって？」

「人形を抱いていた女性です」

今度はその顔に激しい衝撃が刻まれた。

「そんなはずはありません。わたしたちは双子ですよ。見ればすぐにわかります」

立ちあがろうとしたシェリーを、トレイは押しとどめた。

「少し落ち着きましょう」

オリヴィアがよろよろと体を起こして、トレイの腕のなかに歩いてきた。彼女の心中を思いやって、トレイはじっと抱きしめた。

「リヴィー……ぼくを見るんだ」

オリヴィアが低くうめいた。

トレイはオリヴィアの両手をつかんで顔の前からはずし、もう一度くり返した。「ぼくを見てごらん」

ようやく目の焦点が結ばれた。

「何があろうと、ぼくたちの関係はこれまでと同じだ。何も変わらない」

オリヴィアはうなずいた。

「口に出して言うんだ」

震えがちの息を、オリヴィアはゆっくりと吐きだした。しかし、声を出す力を与えてくれたのはトレイの力強いまなざしだった。

「何があろうと、わたしたちの関係はこれまでと同じ。何も変わらない」

「そうだ」やさしく言って抱き寄せながら、トレイは携帯電話をとりだして、ある番号を呼びだした。相手が出ると早口で告げた。

「チア……デイヴィッドとふたりで至急ぼくの家に来てくれないか。幼児殺害事件がいよいよ大詰めを迎えそうだ。第三者として立ち会ってほしい」

チアはよけいな質問で時間を無駄にするタイプではなかった。「十五分で行くわ」

「十分にしてくれ」

「了解。サイレンを鳴らして突っ走っていくわね」

深く息をついたトレイは、携帯をポケットにしまって、オリヴィアの体に腕をまわしながら人々に向きなおった。

「みんなでリビングに移動しましょう。ただし、今聞いたことは口にしないように。話はぼくにまかせて、みなさんはただ座っていてください」シェリーのほうを向いて、指を突きつける。「約束してもらえますか?」

今やシェリーは人目もはばからずに泣いていたが、黙ってうなずいた。

「マーカス、くれぐれも感情を抑えてください。本人から何か聞きだすつもりなら、興奮させるのは禁物ですから」

マーカスの体は小さく震えていた。顔には憤怒《ふんぬ》の表情が浮きでている。

「あの女は人の家にあがりこんで平気な顔で暮らしていた。大切な孫に手をかけた。わしがそれを許してしまったんだ」

「死んだのがどちらの子か、まだわかりません。あなたはどうか知りませんが、ぼくはなんとしても真実を突きとめたいんです。だから、協力すると思って静かにしていてもらえませんか?」

ようやくマーカスが首をたてに振った。

「いいだろう」

「約束ですよ」

そのときになってテレンスが立ちあがり、マーカスのそばへ行った。殴り合いの喧嘩《けんか》をした夜以来はじめて彼の体に触れた。

「マーカス、きみのためにはるばるやってきたんだ。ひとりで苦しんではいけない。わたしたちがそばについているよ」

テレンスが背中に手を当てると、マーカスは小さく身を震わせたが、体を引こうとはしなかった。キャロリンがマーカスの手をとって三人でリビングに歩いていき、静かに腰をおろした。

みんながやってきたのを見て、エラが顔をあげた。口を開こうとした瞬間、トレイが厳しい表情で首を横に振った。とまどった面持ちのエラの横では、アンナが人形を膝でやさしく揺すっていた。

オリヴィアはトレイのあとについてリビングに入っていった。アンナの顔を見るのが怖かったが、いったん近づくと、今度は目が離せなくなった。この人が両親を殺害したのだろうか。幼い女の子の命を奪ったのだろうか。にわかには信じられない話だが、シェリー・コリアーの表情を見るかぎり、彼女がうそをついていないのは明らかだ。その顔には言葉では言い表せないような驚愕《きょうがく》の表情が刻まれていた。

全員が席についたのを見届けたトレイは、アンナがかけている揺り椅子のそばに足台を引き寄せて腰をおろした。重苦しい沈黙が室内に広がる。やがて、トレイは身を乗りだして尋ねた。

「アンナ？」

アンナが顔をあげ、どことなく見覚えのある男に笑いかけた。「オリヴィアを愛してる男の人ね」

オリヴィアは唇を噛《か》んで涙をこらえた。

「ええ、そうです。彼女を心から愛しています」

「愛は大切よ」アンナは人形を胸に押しつけた。

「あなたは誰に愛されていますか、アンナ？」

アンナはわけがわからないという顔をした。「誰って、オリヴィアに決まってるわ。あの子はいつもわたしを愛してくれた」顔を近づけて、ささやき声で続ける。「生まれたときからずっとね」

オリヴィアは両手で顔をおおった。これ以上アンナを見ているのは耐えられない。彼女が自分の母親で、マイケルとケイの娘を殺したのかもしれないと思うと恐ろしさで胸が悪くなる。だが一方、自分がシーリー家の娘なら、アンナは実の娘を殺したことになり、理屈が通らない。

　これほどひどく足がぐらつかなければ、このまま部屋を出ていただろう。しかし、女の言葉が放つ恐怖にからめとられて、オリヴィアは一歩も動けなかった。

「どちらがあなたの子供ですか、アンナ？」

　アンナがけげんな表情をした。腕に抱いた人形とオリヴィアの顔を見比べる。ひたいにしわを寄せて、いやいやをするように首を横に振りはじめた。

「ひどすぎる。ひどすぎる」

　トレイは胃袋を引き絞られるような痛みをおぼえた。オリヴィアの気持ちを思うとつらくてならないが、ここでやめるわけにはいかない。

「何がひどいんですか？」

　アンナがふたたび眉を寄せた。下唇を突きだして、乱暴なしぐさで人形を膝から押しやる。

「わたしのことも赤ちゃんのこともほしくないって。ひどすぎる。ひどすぎるわ」

「誰があなたと赤ちゃんをほしくないと言ったんですか？」

　アンナの指が膝の上でこぶしに握られた。しばらく何も言わなかった。

　トレイはシェリーの様子を横目でうかがった。へたをするとアンナは口を閉ざしてしまうかもしれないが、ここまできたら、もう一歩踏みこまないわけにはいかない。

「ラリイ」

アンナの体がぐらりと揺れた。目に涙をあふれさせて、また首を横に振る。

「死んだわ」

「誰が死んだんですか？」

「ラリイよ。ラリイは誰からも望まれなかった……ラリイの赤ちゃんも」やや間があって、小さく笑った。「でも、アンナは違う。アンナは特別よ。アンナには世話をする子供もいたし、住む家もあった」

「なんてことだ」マーカスが低い声でつぶやいた。

トレイが鋭いまなざしを投げかける。

マーカスの肩にテレンスが腕をまわし、キャロリンが彼の手を握った。

「ラリイを望まなかったのは誰なんですか？」トレイが質問を続けた。

「マイケルよ。マイケルがだましたの。うそをついてはいけないのに」

「ええ、うそをつくのはいけないことです」

室内の息づまるような沈黙を、パトカーのサイレンが突然切り裂いた。ひとりだけ平然とかまえているエラに、トレイは向きなおった。

「迎えに出てもらえますか？」

「おやすいご用よ。外へ出て、案内してくるわ」

「すみません」

アンナが顔をしかめて、押しやった人形に目を落とした。

「赤ん坊が多すぎたのよ。マイケルも一時はラリイに夢中だった。でもそのあと、ラリイはほしくもない赤ん坊を妊娠しちゃったから」

トレイはみぞおちを殴られたように低くうめいた。ためらう気持ちを押して質問を続ける。

「自分の子供をほしがらなかったラリイが、なぜもうひとりをさらったんですか？」

「もうひとりって？」

「マイケルの家にいた子ですよ」

「それがわたしの娘よ。あの子は特別なの。それなりの待遇を受ける権利があるのよ」

トレイはまたも唖然《あぜん》となった。今の話は真実だろうか。ラリイは自分の子供をシーリー家に送りこんで名家の跡継ぎにしたのだろうか。

オリヴィアは静かにすすり泣いていた。その泣き声は部屋の反対側にいるトレイの耳にも届いたが、アンナが永遠に口をつぐんでしまうかもしれないと思うと、今はそばを離れるわけにいかなかった。聞きださなければならないことがまだたくさんある。

「あなたのお子さんは特別だったんですね」

「そうよ、特別」

「それなら、スーツケースに押しこんだのはどっちの子ですか？　壁の裏に隠したのはどっちです？」

あごにパンチを食らったかのように、アンナの上体がぐらついた。揺り椅子の肘掛けに両手でしがみついた拍子に、人形が床に落ちた。悲しい偶然で、揺り椅子の足が人形の頭を踏みつぶした。

銃声のような音とともに、人形の頭が割れた。

アンナはうろたえて大声をあげ、壊れた人形を床から拾いあげようとしたが、トレイはそれを押しとどめた。

「どっちです？」さらにつめ寄る。「どっちを殺したんです？」

アンナは両手で耳をふさいで、金切り声で叫んだ。

「あっちの子がマイケルの家にいるなんておかしい。だからわたしの子を返してやったのよ」

そう言うなり、気を失って床にくずおれた。

21

アンナが床へ倒れたところへ、チアとデイヴィッドが駆けこんできた。

「何があったの？」チアが携帯電話に手をのばしながら言った。「この人、具合が悪いの？　救急車を呼ぶわ。いったい何があったの？」

トレイはアンナに指を突きつけた。

「捜していた双子の姉のひとりだ。逮捕しなくてはならないが、ぼくは直接かかわりたくない。結婚する相手の母親である可能性がないとは言いきれないからね」

チアがあんぐりと口をあけた。

「それ、どういうこと？」

「説明すると長くなる。実におぞましい話だ」トレイはアンナの手首を探った。脈は力強く安定したリズムを刻んでいた。「今は気を失っているだけだが、裁判にかけるには恐ろしく長い時間がかかるだろう。同じ立場だったら誰でもそうだろうが、この女性は正気を失っている。あとは頼むよ」そう言うなり、オリヴィアのそばへ近づいた。

オリヴィアは部屋の隅で目を固く閉じ、両手で耳をふさいでいた。喉の奥からもれる苦しそうなうめき声に気づいて、トレイはオリヴィアが撃たれた晩に負けないほどの恐怖に襲われた。

「リヴィー……」

視線が定まらず、うめき声もやまない。

「リヴィー……リヴィー」さらに何度か呼びかけた末に、トレイはオリヴィアを抱きあげて部屋の外へ出た。

寝室へ運んでドアを足で蹴《け》って閉め、ベッドに腰をおろすと、オリヴィアを膝の上に乗せてそっと揺すった。

「気持ちはわかるよ」やさしく言って、しがみついてくるオリヴィアの頭のてっぺんにあごをこすりつけた。「何も心配はいらない。きみはぼくの大切な恋人だ。何が起ころうとずっといっしょだよ。きみにはぼくしかいないし、ぼくにはきみしかいない。高校生のころと同じだ」

恐ろしいうめき声がやんだ。体はまだ震えているものの、ようやく少し落ち着いてきたようだ。心のなかで苦しみもがきながら、無意識にトレイの声を聞いていたのだろう。

「きみはぼくの大切な人だ。これまでもそうだったし、これからも永久にそうだ。何があろうとぼくの気持ちは変わらない。リヴィー、自分の心を信じるんだ。ぼくを信じるんだ。

愛してるよ。苦しいぐらいに」

腕のなかで、オリヴィアの体の震えがしだいに小さくなり、ぐったりとなるのがわかった。

「しっかりするんだ、リヴィー。ぼくの声が聞こえるかい？」

「聞こえるわ」

安堵《あんど》の思いが一気に胸にあふれて、しばらくは声も出なかった。頭を少し離してオリヴィアの顔をのぞきこむ。その瞳は深い悲しみにおおわれていたが、愛する女性が自分のもとへ帰ってきたというだけでトレイには満足だった。

「お祖父《じい》さんと話がある。ぼくが戻るまでひとりで平気かい？」

オリヴィアはうなずいた。

「長くはかからない」

「行って。必要ならどんなことでもして、早くこのごたごたを片づけて」

「できるだけのことはするよ」

「ええ、お願い」

ベッドに横たえられると、オリヴィアは壁のほうを向いて体を丸めた。できるだけ小さくなって、これ以上傷つかないようにしようという防衛本能が働いているのだとトレイは見てとった。

「愛してるよ」もう一度言った。

オリヴィアは小さく身を震わせて、目を閉じた。「わたしはあなたにはふさわしくないわ。でも、あなたがいてくれてよかった」

これ以上の言葉を今のオリヴィアから期待しても無理だ。トレイは急ぎ足で寝室を出ていった。


救急車が到着し、アンナを乗せて走り去った。

すっかり打ちのめされたマーカスを、エラが古女房のように世話をしていた。

「どうなりました?」比較的しっかりしている様子のテレンスとキャロリンに、トレイは尋ねた。

マーカスの気持ちを思いやって、テレンスは少し離れた場所に移動した。

「警察があの女を逮捕して、被疑者の権利を読みあげようとしたが、耳を傾ける様子もないし聞いても理解できないだろうとみんなの意見が一致して、その部分は省略することになりました。運ばれたのはダラス記念病院です。ふたりの刑事さんは、コリアーさんを連れて病院に向かいました。また連絡するそうです」

トレイはうなずいて、マーカスを横目で見た。

「医者を呼んだほうがいいでしょうか?」

「その必要はないでしょう。時間がたてばよくなりますよ」

「返す返すも残念だわ」キャロリンが夫のそばに歩み寄り、腕をからめた。「もしわたしたちがイタリアに行かなかったら、マイケルが紹介した女性がアンナだと気づいたのに」

「しかし、わたしたちはイタリアに行った」テレンスが応じる。「事実は変えられない。過ぎたことは何も変えられないんだ。生涯、そのことをどれほど強く思い知らされてきたことか……」

　キャロリンがテレンスの肩に頭をあずけて、トレイのほうを向いた。

「アンナはどうなるんですか？」

「おそらく医療刑務所に収容されるでしょう」

「殺された子供がどちらか、まだはっきりはわからないんですね？」

「ええ」

「調べる方法はないんですか？」

「コリアーさんのDNA鑑定の結果が出ればわかります。確実を期すために、アンナ、いや、ラリイの検査もおこないますが」

「オリヴィアの様子は？」

「今は落ちこんでいますが、少しすれば元気になると思います」

「お気の毒に。でも、あなたを家族に迎えることができてうれしいわ」

「ありがとうございます。こちらこそ光栄です」

「トレイ！」

マーカスの声だ。いつもながらの命令調の声音は健在だった。トレイはうれしくなって振り向いた。

「なんですか？」

マーカスが立ちあがる。

「確かにショックではあったが、きみには感謝してるよ」

「はい、シーリーさん」

「マーカスと呼ぶように言わなかったか？」

トレイはため息をついた。「ええ、そうでした」

マーカスはトレイに向かって手をのばしかけたが、途中でその手を引っこめて抱擁に変えた。つかの間の抱擁が終わると、マーカスは腕をさげて一歩離れた。

「ありがとう。自分が生きているうちに息子を殺害した犯人が見つかるとは思っていなかった」感情の高まりで、声がかすれていた。

「でも、まだ疑問点が残っています」

涙をぬぐいながら、マーカスが表情をこわばらせた。

「あの子はわしの孫だ。どんな事実が明らかになろうと、あの子との関係は何も変わらん」

「彼女を産み落とした母親が、あなたの息子さんを殺した犯人であってもですか？」

マーカスの体が揺らいだが、そのまなざしは強く、トレイの顔から一瞬たりとも離れなかった。

「そうであってもだ」

「今は寝室で休んでいます。あなたの口からそれを聞かせてあげてください」

マーカスがうなずいて、部屋を出ていった。

「やれやれ」トレイは重いため息を吐きだして、両手をポケットに突っこんだ。そのときになってエラがいないことに気づいた。「エラはどこだ？　彼女も具合が悪くなったんじゃないだろうな。何かあったのなら――」

「あたしならだいじょうぶよ」足を引きずるようにしてエラがキッチンから出てきた。

「手を開いて」

トレイは言われたとおりにした。

エラがてのひらに鎮痛剤を二錠置いて、水のグラスを差しだした。

「さあ、のんで。今は平気でも、そのうち頭が痛くなるから」

トレイは錠剤を水でのみ下し、グラスを脇《わき》に置いて、エラの小さな体に腕をまわした。

「あまりにかぼそくて、力を入れて抱きしめられない」

「心配しないで。オリヴィアもあたしも今はちょっと落ちこんでるけど、くじけちゃいないから」エラが気丈に言って抱擁を返した。

「神さまに感謝しないと」トレイはつぶやいた。「それからあなたにも。ほんとうにいろいろ世話になりました」

「いいのよ。命を助けてもらったんだから、これぐらいはサービスしないとね」

「口が減らない人だ」

エラがにっこり笑った。

「わたしのヒーロー」

トレイは腹のなかでうめいた。たいしたヒーローだ。みずからの手で、オリヴィアの世界の最も美しい部分を破壊してしまったのだ。彼女が許してくれることを神に祈るしかなかった。

さらに一週間もすると、オリヴィアの肩の傷はほとんど完治し、あまり重いものを持ちあげようとしないかぎり、うずくこともなくなった。

フォスター・ローレンスは釈放され、姉のシェリーの招きに応じてフロリダに旅立った。今後はいっしょに暮らす予定だ。

アンナが逮捕されたことを知って駆けつけてきたローズは、オリヴィアが詳しい事情を何も話そうとしないので気分を害したようだったが、人のことまで気にしている余裕は現在のオリヴィアにはなかった。胸の奥から湧《わ》いてくる疑惑と恐怖に対処するだけで精いっぱいだった。

そんな日々にあっても、あまり落ちこまずに日中を過ごすことができたのは、隣家に住むエラがときに辛口のアドバイスを交えながら何かと世話を焼いてくれたおかげだ。そして、夕方トレイの車が私道を近づいてくるのを見ると、夜を無事に乗りきる自信が湧いてきた。

祖父とは距離ができたが、その原因は一方的にオリヴィアの側にあった。会って話をしたいと何度言われても、本心からの言葉とは受けとれなかった。自分の顔を見れば、いやでもアンナの告白を思いださずにはいられないはずだ。オリヴィア自身、鏡を見るたびに激しい嫌悪感に襲われていた。

来る日も来る日も、鏡に映る顔形をためつすがめつして、若き日のアンナと重なる部分を探した。

しかし、どんなに目を凝らしても、見つめ返してくるのは不安におののいたようなまなざしだけだ。最悪の想像が事実だったらと考えると、どうしていいかわからなくなった。

オリヴィアにとって、トレイが力の源であり、愛の泉だった。トレイがいるから生きていけた。彼の愛だけを信じ、ほかには何もいらないと思った。

そんなある日、電話が鳴った。

オリヴィアは受話器をとりあげた。

「もしもし？」

「ぼくだ。署まで来てほしい」

「今すぐ？　でも、わたし――」

「迎えの車が五分ほどで到着するはずだ。マーカスも今、こっちへ向かっている」

ふいにオリヴィアは悟った。

「鑑定の結果が出たのね？」

「そうだ」

「結果を教えて」

「今はだめだ。みんなが集まったら教えるよ。もう切らないと。アンナも同席するからね」

「なんのために彼女が同席するの？　会いたくないわ」

「会えば気持ちが変わるよ。今はぼくを信じてくれ」

「ええ、わかったわ」

「よかった。ではあとで」

電話を切ったオリヴィアは、自分が水着姿でいることに気づいた。急いで寝室に戻って着替えをする。靴を履きかけていたとき、ドアにノックの音が響いた。

迎えの車だった。警察署までの道のりは、生涯で最も長く感じられた三十分だった。

オリヴィアが署に到着してまもなく、マーカスもやってきた。トレイは受付でふたりを待っていた。

「こちらへどうぞ」

マーカスは不愉快そうな顔をしていた。オリヴィアがそうだったように、彼もアンナ・ウォールデンとふたたび顔を合わせることに強い抵抗を感じていた。しかしトレイの粘り強い説得が功を奏し、最後には同席することを承知したのだった。

「まったくばかげた話だ」マーカスはなおもぶつぶつ言っていた。

「今回のことはぼくにとっても悪夢としか思えません。どうか辛抱願います」

オリヴィアがトレイの肘に手を差し入れて、強く腕を引き寄せた。

「わたしはあなたの言うとおりにするわ」

トレイは足を止めて、彼女にキスをした。

「わかってるよ。無理を言ってごめん」

小窓の前に数人の男女が立っていた。オリヴィアは近寄って窓をのぞきこんだ。なかは小さな部屋になっていて、アンナがひとりでテーブルに向かって座らされていた。オリヴィアの注意を引き戻すように、トレイが紹介を始めた。

「マーカス……オリヴィア、こちらがハロルド・ウォーレン副署長だ。ロドリゲス刑事とシーツ刑事は覚えているね」

ふたりはうなずいた。

「あとは検察局の人たちだ。詳しい紹介はあとでするとして、これからぼくたちはこの小部屋へ入る。外からは室内の様子が見えるし会話も聞こえるが、なかから外は見えない。わかったね?」

「ああ」マーカスが返事をして、オリヴィアの手をとった。

オリヴィアは尋ねたいことがあったが、口に出す間もなく、小部屋のなかへ案内された。

「座ってください。どこでもお好きなところに」

マーカスが椅子を二脚つかんでアンナ・ウォールデンからできるだけ離れた場所に引いていった。彼とオリヴィアが腰をおろすあいだに、トレイはファイルを開いてアンナの前に置いた。

アンナはこうべを垂れ、両手を膝の上で力なく重ねていた。下唇の端からよだれが一滴ぶらさがり、やがて膝に落ちたが、本人は気づいてさえいないようだった。

しかし、トレイは見かけにだまされなかった。

「ラリイ、検査の結果が出た」

アンナは不動の姿勢を崩さず、まばたきさえしなかった。

「ラリイが誰のことかわかっていないみたい」オリヴィアは言った。

トレイは反論も同意もしなかった。

「これを見るんだ、ラリイ。子供のうちのひとりがあなたの子だということは、われわれも知っている。あなたは子供のひとりを殺した。さらに先日の供述で、シーリー家に返したのは自分の娘だとわれわれに思いこませようとした。もうひとりの子供がシーリー家の財産を引き継ぐのは不当だと言い張って。でも、事実は違う。実際に何があったのか、あなたは心の奥では理解している。そうだろう？」

マーカスの視線はトレイの背中に注がれていたが、アンナの体がふいにわなわなと震えるのを目の隅でとらえた。

「この鑑定結果は、あなたが母親であることとの動かぬ証拠だ」

アンナが顔をあげてオリヴィアをまっすぐに見つめた。そのまなざしは依然として暗かった。

「わたしの宝物。大切な美しい娘」

オリヴィアは吐き気がこみあげてきたが、トレイの言葉を信頼して、その場を動かずにじっと耐えた。

トレイがオリヴィアを指さした。「確かに美しい娘だが、あなたの子供ではない」

オリヴィアは思わずうめいた。安堵のあまりめまいがして、周囲のものすべてが揺らいで見えた。マーカスがウエストに手をまわして、不安定に揺れる孫娘の体を支えた。

アンナが眉間《みけん》にしわを寄せた。

「わたしの娘よ」

「ぼくの前でぼけたふりは通用しない」そっけない口調でトレイは言った。

アンナがはっとしたようにまばたきをしたが、表情は変わらなかった。

「あの人はわたしをひどい目にあわせた。だからこっちもひどい目にあわせてやった。子供をさらって、消してやったのよ」

「あなたが子供を死なせたのは事実だ。そのことに疑いはない」トレイはＤＮＡ鑑定の報告書をアンナの前に突きだした。「見ろ！　これを見るんだ。自分のしでかしたことを見るがいい！」

アンナが顔をあげてトレイを見つめ、薄気味悪い声でうつろに笑った。マーカスに視線を移して、とがめるような目でにらむ。

「あんたのせいで何もかも台なしよ。人間の親指は片手に一本と決まってるのに、二本もあるなんて、まったく信じられない」

トレイが報告書を指さした。

「そのとおり。子供たちの左手には親指が二本あった。そのうえ、ふたりはほぼ同じ体格で、カールした黒い髪も、上を向いた鼻もそっくりだった。何があったのか話してくれ。なぜふたりをとり違えた？」

「自分の子は見ればわかるわよ」アンナが小声でつぶやいた。「母親にはわかるの。変なこと言わないで」

「それなら報告書を自分で読むんだな」

「わたしの娘はどこ？」アンナが高い声で訴えた。「あの子がいないわ」

トレイはテーブルにてのひらを打ちつけて、声を張りあげた。

「いないはずだ。スーツケースにつめて壁のなかに隠したんだから。いったいなぜそんな恐ろしいことをした？　教えてくれ、ラリイ！　なぜわが子を殺すようなまねをした？」

アンナの唇が震え、やがて顔のすべての造作が溶けてなくなりそうに見えた。げっそりとした表情で、不安げなため息をつく。

「そんなのうそよ！　うそだわ！」

「報告書にはっきり書かれている！」

アンナはひるんだが、視線はそらさなかった。呆然《ぼうぜん》として見つめるオリヴィアの目の前で、アンナあるいはラリイの病んだ部分が姿を消した。代わりに表れたのは怒りであり、恐怖だった。それだけではない。この瞬間にアンナ・ウォールデンが破滅したことをオリヴィアは悟った。

「こんなのでたらめよ」激しい口調で言って、アンナは報告書を人差し指の先で何度も突いた。

「いや、違う。でたらめなのはそっちだ。検査結果に偽りはない」

「でっちあげに決まってるわ。あんたが指示して書かせたんでしょう」

「違う。シェリー・コリアーの検査結果もまったく同じ内容だった。スーツケースのなかから発見された幼児はあなたの娘だ。あなたはマイケルとケイを殺し、彼らの娘を奪って、そのあとわが子を殺した。そんなことをしていったいなんの得がある？　説明してくれ。ぼくにはどうしても理解できない」

トレイの猛烈な怒りが肉体的な痛みをもたらしたかのように、アンナの上体が揺らいだ。鑑定結果の報告書をとりあげると、もう一度目を走らせて、やがて泣きだした。最初は声もなくはらはらと涙を流すだけだったが、しばらくすると激しく泣きじゃくりはじめた。

「何かの間違いよ。もともと、さらった子供を返すつもりはなかった。でも、フォスターのせいで、計画がすっかり狂ってしまったの。わたしはオリヴィアを手もとに置いて、何日かしたら娘のソフィーのほうを返すつもりだった。ふたりはそっくりだから、入れ替わっても誰にも気づかれる心配はない。そうすればソフィーは本来あの子がいるべき場所に戻って、シーリー家の跡継ぎになれると思った」

「子供たちに何があったのか話してくれ」

「ふたりは仲よく遊んでいたわ。床にできた日だまりに座りこんで、機嫌よく笑いながら相手の鼻やあごをつつき合って、何度も同じことをくり返していた」

つらい思い出を押しやるようにアンナは両手で顔をおおったが、記憶は執拗《しつよう》にまとわりついて消えようとしなかった。

「食べるものを用意するために、わたしはほんの数分だけ、子供たちをふたりきりにしてその場を離れた。しかたがなかったのよ。ふたりともお腹《なか》を空《す》かせていたから」

「それで?」

「泣き声が聞こえたので見に行くと、ふたりとも裸で、足もとには脱いだ服が散らばっていた。一瞬、わたしにもふたりの見分けがつかなかった。しばらくするとオリヴィアがしゃがんで自分の毛布を拾おうとした。ソフィーも毛布をほしがって引っぱったけど、オリヴィアが渡すのをいやがったので、わたしはあの子を叩《たた》いた。オリヴィアはあお向けに倒れて、暖炉の角に頭をぶつけたのよ。よく熟れた西瓜《すいか》を割るときみたいなぱくっという音がした。それきりあの子は動かなくなった。そんなつもりじゃなかった。でも、もう何をしても手遅れだった。オリヴィアはじっとして動かない。だから、さらってきたときに着ていた服を着せて、ベッドに寝かせたの。死体をどうすればいいのかわからなくて途方に暮れたけど、とにかく見つかる場所に置いておくわけにはいかなかった」

オリヴィアの様子が気がかりだったが、トレイはアンナに神経を集中させた。

「それは勘違いだ。頭をぶつけて死んだのはあなたの娘だ、ラリイ」

「うそよ。あの子はオリヴィアが持っていた毛布をほしがったのよ」

「たとえそうであってもなんの証明にもならない。だが、この鑑定結果は信頼できる。あなたは自分の娘を死なせたんだ。そのあと、フォスターがやってきて、あなたが知らないあいだに身代金を要求した。そして、あなたの気持ちなどおかまいなしに、残っている子供を返しに行った」

「そんなこと、どうでもいいのよ。いろいろあったけど、とにかくソフィーは本来あの子がいるべき場所に戻ったんだから」

　トレイがオリヴィアを指さした。

「あいにく、この女性はソフィーじゃない」

「ソフィーよ。子守として雇われたわたしの顔を見たら、すぐに泣きやんだもの。わたしの娘に決まっているわ」

「泣きやんだのは、泣き疲れたせいだ」マーカスが言った。

アンナの体がぶるぶる震えだした。オリヴィアに視線を向ける。

「あなたはわたしの娘よね。みんなに言ってちょうだい。わたしの娘だって」

オリヴィアは黙って席を立ち、部屋を出ていった。

アンナも立ちあがってあとを追おうとしたが、トレイがそれを押しとどめ、鏡のほうを向かせた。マジックミラーの向こう側では、六、七人の関係者が息をつめてなりゆきを見守っていた。

「自分自身をよく見るんだ、ラリイ。目をそらしてはいけない。あなたは捨てられた恨みを晴らすためにマイケルとケイを殺害した。だが、それだけならまだよかった。最大の過ちは、彼らの娘をさらったことだ。自分の子供とべつの子をとり違える母親がどこにいる？　それでも母親か？」

手で顔を隠そうとしたアンナの腕を、トレイは押さえつけた。アンナは目を閉じたが、真実は消えるどころか強引に迫ってきて、スーツケースに押しこまれた小さな遺体をまぶたによみがえらせた。正常な意識の裏側で、罪悪感がアンナを真っ暗な海に引きずりこもうとする。頭にもやがかかったようになって真実を見つめることができなかったあのころに戻りたいとアンナは願った。

暗い闇《やみ》がおいでおいでをしている。体の内側を小さな指でぐいとつかまれるような感覚に引きつづいて、抗議の悲鳴をあげる小さな声がどこか遠くで聞こえた。

「ここからが大事な点だ。最初の検死では見落とされていた意外な事実が明らかになった」

アンナには顔をあげる気力も、それが何かを尋ねる勇気もなかった。

その体を、トレイは強く揺さぶった。

「目をあけて、自分の姿をしっかり見るんだ！」

ラリイが目をあけた。

「スーツケースにつめられていた幼児……あなたが壁のなかに埋めた子供のことだ。あの子は死んでいなかった。スーツケースの内側には小さな引っかき傷がいくつもあり、爪のあいだには裏地の繊維屑《せんいくず》がつまっていた」

小部屋の外で、オリヴィアは両手で口をおおってうめき声を抑えた。チア・ロドリゲスが無言でその腰に腕をまわした。

マーカスはこうべを垂れ、床を凝視した。

しかし、アンナだけはみずからの罪深きおこないから目をそらすことを許されずに、顔をあげて鏡のなかのトレイを見つめた。

「うそ」

「うそではない。こんなことでうそはつかない」

アンナはうめき声をあげた。やがてその声は悲鳴に変わり、髪をかきむしって顔に爪を立てながら床にくずおれた。

倒れたアンナに目をやったトレイは、マーカスに合図して、ふたりで部屋を出た。

オリヴィアはドアの外で待っていた。頬には涙のあとがあり、そのまなざしは絶望の色をたたえていた。

とにした。

「お願いよ。これですべて終わりだと言って」

「ひとつを除いて、すべて終わったよ」トレイは答えた。ふたりは手に手をとって署をあとにした。


四段階のグラデーションを経て空がしだいに濃いピンクに染まり、やがて一日の晴天を約束するまぶしい朝日が顔をのぞかせた。

真相が明らかになってから一カ月。オリヴィアはその日を新たな誕生日と考えることにした。自分が何者かと思い悩むことはなくなり、新たな自信も湧いてきた。

シーリー家の修理は完成に近づいているが、オリヴィアが今後もトレイの家で暮らしつづけることを、マーカスは内心の葛藤《かっとう》の末にようやく受け入れた。屋根を修理する音が今なおやかましく響く屋敷に、マーカスとローズは喜んで戻ってきた。

ラリイ――別名アンナは、自分が犯した罪の重さを受け入れることができなかった。医療刑務所に収容されてひと月もしないうちに、シャワーのフックから首をつっているのが発見された。罪悪感に耐えきれずに、卑怯《ひきょう》にもみずから命を絶ったのだ。葬儀の席で、彼女の死を悼む者はひとりもいなかった。

オリヴィアの世界が停滞しないように気を配り、どんなときにもそばに寄り添っていたのがトレイだった。結婚式を二カ月後に控えて、トレイにはあとひとつやり残したことがあった。それは、遺体で発見された幼児と交わした約束を果たすことだ。

「リヴィー、支度はできたかい?」トレイが戸口から寝室をのぞきこんだ。

「もうちょっと。背中のファスナーがあがらないの」

「そんなことじゃないかと思って見に来たんだ」トレイは近づくと、背中の髪の毛を持ちあげてファスナーをあげた。「さあできたよ」自分のほうを振り向いたオリヴィアに、陰りのあるまなざしを向ける。「すごくきれいだ」

「ありがとう」オリヴィアは礼を言って、トレイのスーツの胸の部分に手を当てた。「あなたに伝えておきたいことがあるの。口に出して言うのは一度きりだけど、この気持ちがいつもわたしのなかにあることを忘れないで」

「伝えておきたいことって?」

「あなたがソフィーへの約束を守ったように、わたしに対しても生涯、誠実でいてくれるなら、わたしはとても幸運な女だと思う」

思いがけない賛辞に、トレイは目をうるませた。

「誰かが気にかけてあげないとね」小声でつぶやく。

「その誰かがあなたで、ソフィーも幸せね。さあ、出かけましょう。彼女には心安らかに眠ってもらいたいの」

エピローグ

ダラス郊外の墓地を年に一度訪れることが、トレイとオリヴィアの習慣になった。そこにはソフィーの墓があり、少し離れた場所にはマーカス・シーリーの妻と両親、息子とその妻、兄弟姉妹が眠っている。そしてのちには、マーカス自身も仲間入りをした。

墓地へ来ると、トレイはいつも決まってソフィーの墓標のかたわらに膝をつき、芝刈り機の刃を逃れた雑草をていねいに手で抜きとる。その間、オリヴィアはピンクの薔薇《ばら》の小さな花束をそっと地面に置いた。

それがすむと、ふたりは立ちあがって一歩後ろにさがり、たがいの腰に腕をまわして、墓標に彫られた言葉を読んだ。たとえ短い命ではあっても、鼻がちょんと上を向いた黒い巻き毛の陽気な幼い女の子がこの世に生きていたという証《あかし》を、こうすることによって世界に示したかった。

血のつながったきょうだいがいたにもかかわらず、その記憶がまったくないことをオリヴィアは悲しく思ったが、やがてその寂しさにも慣れた。そして二度と忘れることのないように、年に一度のお墓参りを欠かすまいと決意した。

　例年どおり、トレイが雑草を抜いているあいだに、ピンクの薔薇の花束を墓にそなえた。一歩さがって仕上がり具合に目をやったふたりは、生年と没年を示す数字の上に彫られた言葉に見入った。

〝ソフィー・シーリー　天使とともに眠れ〟

「安らかにお眠り」トレイは低くつぶやくと、肩に腕をまわしてオリヴィアの体を引き寄せた。シャンプーからほのかに立ちのぼるライラックの香りとともに、空中にかすかにただよう冷気が鼻を刺激する。あれから一年が過ぎようとしている。時のたつのは早い。

　ふたりは手をつないで車に向かって歩きはじめた。とそのとき、何かの物音がトレイの注意を引いた。トレイは足を止めて振り向いた。

「今のは何？」オリヴィアが尋ねた。

　考えこむように眉間《みけん》にしわを寄せたトレイは、やがて肩をすくめてみせた。

「なんでもないよ。たぶん気のせいだろう」

　トレイとオリヴィアは車に向かって歩きつづけた。もう少しその場にとどまって耳をすましていたら、きっとふたりの耳にも届いたことだろう。どこか遠くで幼児の愛らしい笑い声があがり、それに続いて草の上を軽やかに走り抜ける足音が響いた。

＊本書は、2006年7月にMIRA文庫より刊行された
『哀しみの絆』の新装版です。

mira

哀《かな》しみの絆《きずな》

2024年5月15日発行　第1刷

著　者　シャロン・サラ
訳　者　皆川孝子《みながわたかこ》
発行人　鈴木幸辰
発行所　株式会社ハーパーコリンズ・ジャパン
東京都千代田区大手町1-5-1
04-2951-2000（注文）
0570-008091（読者サービス係）
印刷・製本　中央精版印刷株式会社

ISBN978-4-596-99298-7